बलचनमा

बलचनमा

नागार्जुन

वाणी प्रकाशन
प्रकाशन के उत्कृष्टतम 63 वर्ष

सजिल्द पहला संस्करण : 2026
सजिल्द दूसरा संस्करण : 2007
सजिल्द तीसरा संस्करण : 2012
सजिल्द चौथा संस्करण : 2019
सजिल्द पाँचवाँ संस्करण : 2025
सजिल्द छठा संस्करण : 2026

vaniprakashan.com

वाणी प्रकाशन

4695, 21-ए, दरियागंज, नयी दिल्ली-110 002

फ़ोन : + 91 11 23273167, 23275710

शाखाएँ

अशोक राजपथ, पटना-800 004, बिहार

कॉफ़ी हाउस कैम्पस, महात्मा गांधी मार्ग, प्रयागराज-211 001, उत्तर प्रदेश

महात्मा गांधी अन्तरराष्ट्रीय हिन्दी विश्वविद्यालय, वर्धा-442 001, महाराष्ट्र

sales@vaniprakashan.in
vaniprakashan@gmail.com

Balchanma
by Nagarjun

ISBN : 978-81-8143-975-8

Novel

मूल्य : ₹ 300

सिटी प्रेस, दिल्ली-110 095 में मुद्रित

वाणी प्रकाशन का लोगो मक़बूल फ़िदा हुसैन की कूची से

एक

चौदह बरस की उम्र में मेरा बाप मर गया। परिवार में माँ, दादी और छोटी बहन थी। नौ हाथ लम्बा, सात हाथ चौड़ा घर था—दो छप्परों वाला। सामने छोटा-सा आँगन था। बाईं ओर आठ-दस धूर बाड़ी थी। उसमें साल के बारहों महीने कुछ-न-कुछ उपजा लिया जाता। पिछवाड़े गिरहथ का इनारा था, पक्की जगत वाला। सामने इन्हीं के खेत फैले पड़े थे। दाईं ओर कुछ हटकर उन्हीं लोगों का पोखरा पड़ता था।

कहना न होगा कि वह थोड़ी-सी जमीन, जिस पर हम बसे थे, गिरहथ लोगों की ही थी। अपने जीवन की सबसे पहली घटना जो मुझे याद है, वह खूब साफ नहीं है···मालिक के दरवाजे पर मेरे बाप को एक खंभेली के सहारे कसकर बाँध दिया गया है। जाँघ, चूतर, पीठ और बाँह— सभी पर बाँस की हरी कैली के निशान उभर आये हैं। चोट से कहीं-कहीं खाल उधड़ गई है और आँखों से बहते आँसुओं के टंघार गाल और छाती पर से सूखते नीचे चले गये हैं···चेहरा काला पड़ गया है। होंठ सूख रहे हैं। अलग कुछ दूर छोटी चौकी पर यमराज की भाँति मझले मालिक बैठे हुए हैं। दाएँ हाथ की उँगलियाँ रह-रह मूँछों पर फिर जाती हैं···उनकी वह लाल और गहरी आँख कितनी डरावनी है, बाप रे! मेरी दादी काँपते हाथों मालिक के पैर छाने हुए है। उसके मुँह से बेचैनी में बस यही एक बात निकल रही है कि "दुहाई सरकार की, मर जायेगा ललुआ! छोड़ दीजिए सरकार! अब कभी ऐसा न करेगा! दुहाई मालिक की। दुहाई माँ-बाप की···" और माँ रास्ते पर बैठी हाय-हाय करके रो रही है, और

मैं भी रो रहा हूँ। मेरी छोटी बहन की तो डर के मारे हिचकी बँध गयी है।

सुना है मेरा बाप दोपहर के समय बाग से दो किसुनभोग तोड़ लाया था। किसुनभोग कच्चा भी खाने में खूब स्वादिष्ट होता है। ठीक वैसा ही जैसा भिगोया हुआ चावल। तोड़ते तो किसी ने देखा नहीं, मगर पुराने बखारों की ओट में बैठे-बैठे वह जब आम के छिलके उतार रहा था तो किसी ने देखा और जाकर चुगली कर दी। फिर क्या था, मँझले मालिक आग-बबूला हो गये और···

बाबू जब मरा तो दादी को चौठइया बुखार लग रहा था। कुछ मालिक से लेकर, कुछ इधर-उधर से जैसे-तैसे किरिया-करम हुआ और मेरे गले की उतरी टूटी। उसके बाद दादी और माँ की राय हुई कि मैं मालिकों की किसी पट्टी में चरवाहे का काम करूँ। दादी ने मना किया था—"अभी खाने-खेलने के दिन हैं, इसी समय जोत दोगी तो कलेजा सूख जायेगा", इस पर माँ बोली थी कि "अभी से पेट की फिकर नहीं करेगा तो बहतरा हो जायेगा···"

कुछ ही दिन बाद छोटे मालिक के यहाँ भैंस चराने का काम मिला है। भगवान ! कितनी कठिनाई से और कितना गिड़गिड़ाने पर छोटी मलिकाइन मुझे रखने को राजी हुईं ! उनके यहाँ जब हम पहुँचे तो अपना मुलायम और गुलाबी हाथ चमकाकर दादी से उन्होंने कहा—"अरे, यह तो मेरे बखारों को खुक्ख कर देगा। डेढ़ सेर इस जून, डेढ़ सेर उस जून। छोकड़े का पेट तो देखो, कमर से लेकर गले तक मानो बखिया है। कैसा बेडौल, कितना भयानक है, मइया री मइया !"

मेरी ओर सिनेह-भरी निगाहें डालती हुई दादी ने कहा—"नहीं मलिकाइन, ऐसी बात न कहिए। मेरा बालचन मुट्ठी-भर से अधिक भात नहीं खाता। कोदो, मड़ुआ, मकई, साँवाँ, काँवन चाहे जिसकी भी रोटी दे दो, खुशी-खुशी खा लेगा और दो चुल्लू-भर पानी पीकर सन्तोख की साँस लेता उठ जायेगा, बड़ा ही सुभर है, तनिक भी नहीं खलेगा, मलिकाइन !"

मेरी कमर से फटी-सी मैली-सी बिस्ठी झूल रही थी। बिस्ठी न तो लँगोटी है न कच्छा, कपड़े के लीरे को अगर तुम कोपीन की भाँति पहन

लो तो वही हमारे यहाँ बिस्ठी कहलायेगी। मलिकाइन ने बिस्ठी की ओर इशारा करके कहा—"कपड़ा-वपड़ा हमसे पार नहीं लगेगा।" यह सुनकर दादी ने दाँत निपोड़ दिये। चेहरे की झुर्रियों और लकीरों में बल पड़ गया। दोनों हाथ जोड़कर वह गिड़गिड़ाई—"क्या कमी है मलिकाइन, आप लोगों के यहाँ? आप ही का तो आसरा है, नहीं तो हम गरीब जनमते ही बच्चों को नमक न चटा दें! अरे, अपना जूठन खिलाकर, अपना फेरन-फारन पहनाकर ही तो हमारा पर्तपाल करती हैं..."

छोटी मलिकाइन का चेहरा खिल गया, उनके दाँत दनुफ के फूल जैसे झकझक कर रहे थे। होठों की लाली बड़ी भली लगती थी। मेरी दीदी पर अहसान का मनों भार लादती हुई वह बोलीं—"खाना-पीना, लत्ता-कपड़ा और ऊपर से दो आना महीना! कौन देगा इतना? अभी सारा काम इसे सिखाना पड़ेगा। समझाते-समझाते दिमाग का गूदा चट हो जायेगा।"

दादी ने मलिकाइन के पैर पकड़ लिये—"आज से आप ही इस निभागे की माँ-बाप हुईं गिरहथनी! आपका जूठन खाकर इसका भाग चमकेगा..."

अगले दिन से मैं काम करने लगा। बतला ही चुका हूँ, चौदह साल की उमर थी। यों खास काम मेरा भैंस चराना था, फिर भी और कई काम थे जैसे कि बच्चे को खेलाना, पानी भरना, बाहर बैठक में झाड़ू लगाना, दुकान से नून, तेल, मसाला लाना और मलिकाइन के पैर चाँपने...

चौधरी लोगों का यह घराना किसी जमाने बहुत ही भरापूरा और अकबाली था। अब इनकी जमीनदारी तो नहीं थी, लेकिन रोब-दाब, रहन-सहन, चाल-ढाल और बातचीत से हुकूमत की बड़ी बिकट बू आती थी। चार पट्टियों में बँटे थे लोग। अलग-अलग हवेलियाँ थीं। बची-खुची जमीन-जायदाद बँटी हुई थी। गाछी, कलमबाग, बाँस, पोखर, खढ़ोर और चरा-गाह—यह सब साझा चला आ रहा था। बीजू या शरही (देशी) आमों का बाग गाछी कहलाता है। बीस-बीघा में फैले हुए थे उनके बाग, हजार के लगभग पेड़ होंगे। कलमबाग भी काफी बड़ा था। बाँस भी तीन सौ बीट थे—तीन बीघे में फैले हुए। पोखर उनके तीन थे। खढ़ोर इतना बड़ा था कि सभी पट्टीदारों को अपने मकान छवाने लायक खर उसी से निकल

आता। चरागाह थी तो बड़ी, लेकिन ऊसर हो गई थी। इसके अलावा सीसम, महुआ, तूत, इमली, जीमड़ जैसे तरह-तरह के सैकड़ों पेड़ों से भरा एक जंगल था।

पहले दिन सुबह-सुबह भैंस खोलकर जब मैं चराने ले चला तो अभी काफी सबेरा था। मुझे डर लगा। दादी के मुँह से भूत-प्रेत की कहानियाँ रोज ही सुनी थीं। गाँव के बाहर का हर एक बूढ़ा पीपल या बरगद मेरे लिए भूतों का रैन-बसेरा था। भैंस सीधी-सादी थी, नाकों में नकेल थी। नकेल की रस्सी को हाथ में लपेटकर भैंस की पीठ पर मैं बैठ गया और वह अपनी इच्छा से पूरब की ओर चल पड़ी। जेठ का महीना था। उस साल आम नहीं फरे थे। इसलिए चरवाहे बागों में ले जाकर अपनी भैंसों को छोड़ देते थे और खुद भैंस की पीठ पर पड़े-पड़े सुबह की मीठी नींद के झोंके लेते रहते। उन्हें इस तरह सोते देखकर मुझे कई बार डाह हुई थी, पर आज तो मैं खुद भैंस की पीठ पर सवार था।

छोटे मालिक किसी राजा के यहाँ मनेजरी करते थे। परिवार को कभी उन्होंने साथ नहीं रक्खा। मलिकाइन बहुत बड़े घर की बेटी थीं। बिना दूध-दही का खाना उनके कहने के मुताबिक बालू-गोबर निगलना था। दो सौ रुपये लगाकर गुजराती नसल की यह भैंस उन्होंने मालिक से खरीदवाई। सेवा नहीं होने से भैंस बड़ी दुबली हो रही थी। पड़िया मर जाने से बिसुक गई थी। पुट्ठों का हाड़ और रीढ़ निकल आई थी। पुराना चरवाहा भागकर कटिहार चला गया था, चटकल में। फिर उन्होंने एक जवान दुसाध को इस काम के लिए रक्खा। उसकी एक ग्वालिन से साँठ-गाँठ हो गई तो मझले मालिक को इस बात का पता लग गया। पकड़े जाने पर उन्होंने उसे जूतों से इतना पीटा कि आधा पहर तक बेचारा आह-ऊह भी न कर सका, भाग तो गया ही···

अब भैंस मेरे सुपुर्द थी। पहले दिन मालिक के बाग में ही मैं उसे चरा ले आया। दूसरे दिन से तो वह मुझे पहचानने लगी। अभी तक माँ, दादी और रेबनी (छोटी बहन) से ही हिला-मिला हुआ था। बाबू चल ही बसा था। उन चारों के बाद वह भैंस ही थी जिसकी गीली आँख और गरम साँस मुझ पर अपना असर डाल सकी। सुबह-सुबह मैं रोज उसे चरा लाता।

पहर दिन उठने पर मलिकाइन मुझे कलेवा देतीं, मड़ुआ की लाल रोटी। नोन और सरसों के तेल साथ में जब वह रोटी खा लेता, तो छोटा बच्चा मेरे जिम्मे कर दिया जाता। यह लड़का मानो रोना ही जानता था। घड़ी-भर में ही उसकी रुलाई से मेरा माथा दुखने लगता। चुप करने की सारी कोशिशें बेकार जातीं और तब खस की कूची से बाल झारती हुई मलिकाइन सिर नीचा किये ही डपटकर मुझे कहतीं—"कंधे के सहारे बच्चे को ले-ले और घूमघाम, माँ ने तुझे ठूँस-ठूँसकर खाना तो खूब सिखला दिया है, मगर फूल-सा हलका बच्चा भी तुझसे नहीं सँभलता···कोढ़िया !"

गालियाँ सुनकर पहले दो-चार दिन तो मुझे थोड़ी बहुत तकलीफ़ हुई पर बाद में कान खूब पक्के हो गये। गदहा, सुअर, कुत्ता, उल्लू···क्या नहीं कहती थीं वह मुझे ? उनका गुस्सा चुपचाप सह जाना मुझे सीखना पड़ा। एक बार दोपहर को घास लाने में जरा देर हो गई। बैसाख-जेठ की जलती धरती हो तो घास छीलने में बड़ी कठिनाई होती है। पचीसों जगह खुरपी चला-चलाकर तंग आ जाओगे फिर भी टोकरी-भर घास नहीं होगी। लेकिन जो देवी कई-कई डेवढ़ियों वाली हवेलियों के भीतर छाँह में आराम से बैठी हुई हों, उन्हें अपनी यह दिक्कत तुम समझा पाओगे भैया ? उनके लिए सारी धरती हरी-हरी, नरम-नरम दूबों में भरी होती है। सो उस रोज घास लेकर जब मैं जरा देर से पहुँचा तो मलिकाइन हुहुआ उठीं—"मर क्यों न गया ? बड़े नवाब के नाती हुए हैं। कहीं बैठकर बाप के साथ कौड़ी खेल रहा होगा और देर हो गई तो घास नहीं मिलती है, खुरपी भोथी है, बेंट ढीला पड़ गया था···पचास बहाने बनाता है। कलमुँहा !" इतना बक चुकने पर जब उन्हें सन्तोख न हुआ तो झाड़ू उठा लाईं और मेरी पीठ पर कई बार झट-झट बरसा दिये। मैं तिलमिलाकर वहीं बैठ गया—बाप-बाप कर उठा।

वह जब बहुत खुश होती तो सूखा या बासी पकवान, सड़ा आम, फटे दूध का बदबूदार छेना या जूठन की बची हुई कड़वी तरकारी देती हुई मुझे कहतीं—"बलचनमा, ऐसी अच्छी चीज तेरे बाप-दादे ने भी नहीं खाई होगी।"

किसी चीज की कमी नहीं थी। मालिक ढाई सौ रुपया महीना कमाते

थे। मलिकाइन के मायके से भी महीने में दो-एक भार आ ही जाता था। यों तो भार का मतलब है बोझा, मगर सौगात में एक गाँव से दूसरे गाँव भेजे जाने वाले ये भार मामूली ढंग के नहीं होते। बाँस की लचकदार बहँगी कंधे पर होती है, उसके दोनों छोर से लटकते छिक्कों पर दही का छाछ, चिवड़ा से भरा चँगेरा, केले की घौद, पकवानों या मिठाइयों से भरी डलियाँ, धोती, साड़ी, लहठी ऐसा ही और भी कुछ डाल दिया जाता है; बस यही भार कहलाता है। इसको लेकर चलने वाले भरिया कहलाते हैं। तुम इन्हें बोझ ढोनेवाले मजूर समझ लो। मलिकाइन के मायके से कभी-कभी ऐसा ही भार आता था। सौगात की सारी चीजों को वह टोला-पड़ोस के छोटे-बड़े घरों में बायना के तौर पर बँटवा देती थीं। हाँ, चावल, चिवड़ा, साड़ी, लहठी जैसी वस्तुएँ बायने में नहीं दिया जाता।

दही जब बहुत खट्टा हो जाता था, उससे बदबू आने लगती थी और वह उनके अपने या किसी पड़ोसी के खाने लायक न रह जाता तब मुझे मिलता। मैं उस दही को खुशी-खुशी खा लेता। याद आता है कि एक बार जास्ती खट्टा और बदबूदार रहने से उस दही को नहीं खा पाया तो मलिकाइन ने सजा दी थी—अगले दिन खाना नहीं मिला था।

भैंस चराना मुझे खूब पसन्द था। गाँव के बाहर मेरी ही उमर के जब और-और चरवाहे इकट्ठे होते तो हम अपना-अपना दुःख भूलकर खेलते। कभी कौड़ी उछालते, कभी बकरी की सूखी मींगणियों से सतधरा खेलते, कभी कंकड़ों से कौवाठुट्ठी, मोगल-पठान या बाघ-गोटी का भी खेल चलता। हमारी भैंसें दूब-भरे मैदान या चरागाह में चरती होतीं और हम अपने मालिकों की बुरी-भली कहते-सुनते और खेला करते। बड़े मालिक का चरवाहा बूढ़ा था, सबूरी मंडल। ठिगने कद का बूढ़ा धानुक। कान दोनों बुच थे। कपार छोटा। आँखें चमकदार मगर धँसी हुईं। बाल सन जैसे सफेद। अपने पशु की सेवा वह बड़ी ही लगन से करता। हमें अपने बीते दिनों की कहानियाँ सुनाते कभी न थकता था। खेल में मशगूल पाकर बहुधा हमको वह फटकारता भी।

और जो कुछ हो, सबूरी काका की दो बातें मैं अभी तक नहीं भूल पाया। एक तो यह कि अपनी भैंस को वह शायद ही पीटता और दूसरी यह

कि सगी सन्तान की तरह उनकी सेवा। उसकी भैंस की आँखों में कभी किसी ने कीचड़ नहीं देखा। हर तीसरे दिन वह उसे तालाब में ले जाकर नहलाता, मुलायम दूबों की नूड़ी से भैंस की पीठ, पेट, पुट्ठे, जाँघ, गर्दन, माथ और पैर को भली भाँति रगड़ता। इस तरह अपनी भैंस को वह साफ-सुथरी रखता···हम तो खैर थोड़ी ही उमर के थे, जिनकी उमर बड़ी थी उन चरवाहों से भी अपनी भैंसों की ऐसी सेवा पार नहीं लगती।

एक दिन मैं दोपहर के वक्त बड़े मालिक के बथान पर गया। उनके सोलह बैल थे और चार भैंसें थीं। चरवाहे तीन थे। सबूरी के जिम्मे दो भैंसें थीं। वहीं अलग एक झोंपड़ी में रहते थे। जिस समय मैं उनके पास गया तब वह हुक्का गुड़गुड़ा रहे थे। नारियल की पेंदी वाला इसी तरह का हुक्का मेरा भी बाप पीता था। मैं जाकर उनके पास बैठ गया। आँखें उठाकर अपने नजदीक बैठने को उन्होंने इशारा किया। थोड़ी देर बाद बड़े प्रेम से उन्होंने पूछा—"तुम्हारी भैंस का यह सातवाँ महीना चल रहा है न ?"

"हाँ", मैंने कहा—"बाबा, यह तुम कैसे जान गये ?"

इस पर पतली मूँछों वाले उनके होंठ खिल उठे। सच, जोर से ठहाका लगाते उन्हें कभी नहीं देखा। बहुत हुआ तो खिलखिला पड़े, और तब बिना दाँत के उनके वे लाल मसूड़े बड़े ही सुन्दर लगते। हुक्के को खूँटे से टिकाकर और चिलम को उलटाकर मंडल ने कहा—"जिन्दगी-भर तो भैंस ही चरायी है बलचनमा ! मैं जब ननिहाल से भागकर यहाँ आया तो बाइस साल का था। तेरा बाप लालचन्द तेरी ही उमर का रहा होगा···लच्छन से मालूम होता है कि तेरी भैंस के पेट में सात महीने की पड़िया है।"

यह सुनकर मैं दङ्ग रह गया। वह उठकर भैंस के पास जा बैठे। थनों से ऊपर वाली उसकी नसों को सहलाते हुए काका बोले—"खाली बखत में इधर-उधर भटकना ठीक नहीं। चरवाहे को चाहिए कि अपने पशु के रोएँ-रोएँ को गौर से देखें। लापरवाही से कई तरह के कीड़े पड़ जाते हैं—अठोड़ी, किलनी, जूँ, चिल्लड़···कभी-कभी कुकुरमाछी भी इन्हें तंग करती है। इन बातों का ख्याल चरवाहा न रक्खेगा तो कौन रक्खेगा। इसके अलावा उनके रहने की जगह को साफ और सूखा रखना बहुत जरूरी

है···आजकल के चरवाहे हराम का खाते हैं, तभी तो उनका जानवर कलफ्ता रहता है।"

उस दिन मुझे ऐसा लगा कि सबूरी काका भैंस की सेवा करने में बड़े ही होशियार हैं, इनके पास घड़ी-आध घड़ी रोज आकर बैठूं तो बहुत-सी बातें यों ही समझ में आ जायेंगी। और तब से जब कभी मुझे मौका मिलता तभी जाकर सबूरी मंडल के पास जा बैठता। हम एक बिरादरी के नहीं थे। वह थे धानुक मैं ठहरा ग्वाला। वह थे सबूरी मंडल मैं था बालचंद राउत, फिर भी दादा-परदादा की तरह वह मुझे प्यार करते। कहीं कोई खाने-वाने की अच्छी चीज मिल जाती तो उसमें से थोड़ा कुछ मेरे लिए सँजोकर रखते। मुझसे और तो कुछ नहीं होता मगर रात को कभी-कभी जाकर पैर चांप आता था।

मालिक की नौकरी ऐसी थी कि छुट्टी का नाम नहीं। तब भी छठे-छमाहे आ वह जरूर जाते। दो-चार दिन रहकर वह विदा होते तो इसटीसन तक सामान मुझे ही पहुँचाना पड़ता। चमड़े का छोटा-सा सूटकेस, होल्डाल में बँधा हुआ बिस्तरा—यह दोनों सिर पर और हाथ में टिफिन का डिब्बा। रामपुर से मधुबनी ढाई कोस पक्का पड़ता है। उठते-बैठते किसी तरह मैं पहुँचता। गरदन टूट जाती। पसीने से सारी देह तर हो होकर सूख चुकी होती। और इतने पर भी जब मालिक की गाड़ी पलेटफारम छोड़कर खिसकने लगती तो दो पैसा मेरी ओर फेंककर वह कहते—"ले, मूढ़ी या चना खरीद लेना, फाँकते-फाँकते घंटे-भर में घर पहुँच जायेगा।"

मन करता कि उन पैसों को वहीं पलेटफारम पर ही छोड़कर चल दूं! आखिर मैं वह पैसा उठा लेता। पैसे के चने और पैसे की बीड़ी, किसी तरह घर पहुँचता और माँ के पास धम्म से जा गिरता।

माँ मेरे बाप की ब्याही औरत नहीं थी। पहले ब्याह की औरत जब मर गई तो बाप कुछ रोज कलकत्ता रह आया था। बाद में जिस विधवा से संबंध हुआ वही थी मेरी माँ। दादी को भैंस चराने का मेरा यह काम पसन्द नहीं था। बहन थी छोटी, उसकी राय का कोई सवाल ही नहीं। हमारे पास कुल सात कट्ठा जमीन थी। मंझले मालिक सौ कसाई के एक कसाई थे। बाबू के मरने पर बारह रुपये उन्होंने माँ को कर्ज दिये थे।

बदले में सादे कागज पर अँगूठे का निशान ले लिया था। सूद देते-देते हम थक गये, मूर ज्यों-का-त्यों खड़ा था। छोटी मलिकाइन दुअन्नी के हिसाब से साल-भर का दरमहा डेढ़ रुपैया देती थीं, उतने से क्या होता···

जाड़े की एक-एक रात हमारे लिए परलय की डुगडुगी बजाती आती थी। गर्मी के दिन जैसे-तैसे कट जाते, लेकिन जाड़ा से निबटना बड़ा ही मुश्किल होता। गुदड़ी-कथड़ी भी ओढ़ने को अगर काफी न हो तो पूस-माघ की ठंडी रात यमराज की बहन साबित होती है। जलावन के लिए लकड़ी भला हम लाते ही कहाँ से, हाँ, दादी ने दो बकरियाँ पाल रक्खी थीं, उनकी सूखी मींगणियाँ ताप-तापकर हम रात काटते। मालिकों के पास न लकड़ी की कमी, न घास-फूस की। गोइठा, गोहरा भी उन्हीं के पास होता जिनके माल-जाल हों। माल-जाल के नाम पर हमारे यहाँ दो बकरियाँ थीं। आम, लताम, जामुन, कटहर, बेर, कुसियार, ककड़ी, तरबूजा और खरबूजा···हमारा पेट भरने में इनसे काफी मदद मिलती। दादी अँधेरे में निकल जाती और मालिक के बाग से आम ले आती। गन्ना और दूसरे मौसमी फलों का यही हाल था। छोटी चीजें चुराने में मेरी दादी कमाल करती थी। यह कभी नहीं पकड़ी गई। माँ से यह काम नहीं होता था।

गाँव के बाहर जाड़े के दिनों में हर साल मालिकों का कोल्हू गड़ता। उनके यहाँ गन्ने की खेती कम नहीं होती। मैं अपनी छोटी बहन को लेकर रात को कोल्हूआड़ में ही बिताया करता। गन्ना खा-खाकर पेट भर लेना और भट्ठी की आँच से गरमाकर सो जाना। डेढ़-दो महीने हर साल जाड़ों में हम ऐसा ही करते।

मझले मालिक की निगाह हमारे उन थोड़े से खेतों पर थी जिनमें मड़ुवा उपजाकर तीन-चार महीने का खर्च हम निकालते आये थे। उन्होंने सोचा—लौंडा अभी छोटा है। जमाने का रंग-ढंग अच्छा नहीं। कमाने लायक होने पर कटिहार या कलकत्ता कहीं-न-कहीं जरूर भाग जायेगा, फिर कोई इसका क्या कर लेगा! अभी तो खैर इस औरतिया का अँगूठा निशान अपने कब्जे में है···

सोच-समझकर एक दिन मझले मालिक ने हम तीनों को बुलाया।

वहाँ गाँव के बूढ़े पंडित भी बैठे थे। आधा पीतल और आधा लोहे से बना सरौता मालिक के हाथ में था। वह सुपारी कतर रहे थे। कुछ बारीक कतरा पंडित जी की ओर बढ़ाते हुए उन्होंने कहा—"ललचनमा जब तक जिया, जी जान से मेरी सेवा उसने की और इनको तो देखिए।"

पंडित जी ने सुपारी फाँक लिया। फिर टूटे डंठल वाले चश्मे को नाक पर से हटाकर कपार पर चढ़ाया। मेरी ओर तनिक देर गौर से ताकते रहे। तब जाकर बोले—"जसोधर बाबू, छोकड़े के रोआँ-रोआँ से नमकहरामी टपकती है। देखो न, कैसे मुलुर-मुलुर ताकता है।"

इस पर मझले मालिक ने कहा—"हाँ गुरु, बड़ा ही पाजी है। कभी पकड़ में नहीं आता। पाहुना आये थे, उनका नौकर बीमार पड़ गया। मैंने इस ससुर को कहला भेजा कि आकर मेहमान की मालिश कर जाय। साला आया ही नहीं…"

मैं कुछ नहीं बोला। मेरी ओर से दादी बोली।

उसने कहा—"कल का बच्चा है बाबू? दिन-भर का थका-माँदा, चूर-चूर, रात को बेसुध होकर सो जाता है।"

"चुप रह कुतिया"—मालिक गुर्राये। पंडित जी ने सिर हिलाया और गुनगुना उठे—राड़ं एड़ं पवित्रं हूँ: !

लेकिन मझले मालिक को अपना मतलब गाँठना था। अपनी बोली में मिठास घोलकर मेरी माँ से उन्होंने कहना शुरू किया—"बलचनमा की माँ! तुम्हें तो याद होगा, बेर-बखत में हम कभी पीछे नहीं रहे। दो की जरूरत पड़ी तो तुम्हें चार दिये, पाँच की जरूरत पड़ी तो तुम्हें दस दिये। जैसे अपने परिवार के प्राणी हैं तुम लोगों को हमने वैसा ही समझा। हाँ, काम-काज की भीड़ रहती है। ख्याल नहीं रहता है। कभी-कभी तुम्हारी बात पर ध्यान नहीं भी जाता है, मानता हूँ, मगर महतो और ब्रहिया आखिर बाप-बेटे ही तो होते हैं। दूसरा काम नहीं आता है। कान भरने वालों की कमी नहीं है…" इतना कहकर मालिक ने पलकों से इशारा करके मुझे अपने नजदीक बुला लिया। मेरे सिर पर हाथ फेरते हुए वह बोले—"तुम्हारे दिन, बलचनमा की माँ, अब लौटने ही वाले हैं। बड़ा कमासुत निकलेगा बेटा। अपने बाप का नाम उजागर करेगा। भगवान करेंगे, तुम्हारे सारे

मनोरथ पूरे होंगे। बाकी, थोड़ा दिन और धीरज से काम लो···"

माँ की समझ में नहीं आ रहा था कि इतना कुछ कहने का आखिर मतलब क्या है। भीतर-ही-भीतर कांप उठी! दादी चुपचाप बैठी थी। पंडित जी तम्बाकू चुना रहे थे। मैं खम्हेली के सहारे, वहीं मालिक के नजदीक खड़ा था।

पंडित जी बोले—"जो बहिया, महतो को प्रसन्न रखता है उसके लिए स्वर्ग में अमृत की धार बहती है। अरे जसोधर बाबू, मिट्टी का ठहरा शरीर, गिरता है तो खाक हो जाता है। समझदार वह है जो इस चोले को पाकर कुछ कर जाता है···मान लीजिए आपको बित्ता-आध बित्ता जमीन की जरूरत है और बलचनमा की माँ उतनी जमीन आपको दे देती है तो होता है क्या?"

हम सभी ने भक्कू की भाँति पंडित जी की ओर देखा। मालिक की भी नजर उन्हीं पर थी। वह सुर्ती खा चुके थे। लड़खड़ाती जीभ से एक-एक शब्द पर डबल जोर देते हुए उन्होंने कहा—"होता है क्या?"

इस पर मालिक से चुप नहीं रहा गया। वह बोले—"अरे, होगा क्या? आपस की बात है। एक का भात दूसरे की दाल, एक की रोटी दूसरे की भाजी। मतलब यह है कि किसी तरह काम चलना चाहिए।"

तब मालिक ने एक बार मुझे, एक बार माँ की ओर, एक बार दादी को गौर से देखा। हमारे चेहरे पर कोई खास भाव नहीं था। सूखे कोहड़ों के लिए क्या बसंत, क्या सरदी! हमारे अन्दर का अन्दाजा पा चुकने पर मझले मालिक ने कहा—"कल बुधवार है, परसों बृहस्पति। बलचनमा की माँ, जरा खजोली चलना होगा। तुम्हारे घर से पश्चिम हमारा जो भिट्ठा खेत पड़ता है उसमें केरबी आम के क़लम लगाना चाहता हूँ, तुम्हारी कुछ ज़मीन वहीं पड़ती है। वह अगर दे दो तो खेत बिल्कुल चौकोर हो जायेगा।"

माँ कुछ नहीं बोली। दादी भी चुप थी। मैं कुछ ज्यादा समझ ही नहीं सकता था। सुरती थूककर बूढ़े पंडित जी ने अपनी बड़ी-बड़ी आँखों को नचाया। फिर मेरी ओर मुड़ करके बोले—"क्या होता है उसमें? कभी चार सेर मड़ुआ, कभी सेर-भर सुथनी, कभी पाव-भर अल्हुआ··· मैंने तो

तुम्हारी ऊसर टुकड़ी में दूब भी उगते नहीं देखा।"

अब दादी से न रहा गया। लपककर उसने मालिक के दोनों पैर पकड़ लिए। भर्राई आवाज में कहने लगी—"नहीं सरकार, ललुआ की कमाई का निशान है वह खेत। उसे न छीनें। क्या कमी है आपको···"

मालिक ने 'हट-हट' कहते हुए अपने पैरों को हटा लिया। कुछ देर तक घूरकर वह हमारी ओर देखते रहे। फिर बोले—"दो कट्‌ठा के बदले चार कट्‌ठा देने को तैयार हूँ, धनहर खेत। तुझसे सपरेगा?"

इस पर मेरी माँ ने मुँह खोला—"मालिक, यह जमीन घर के नगीच पड़ती है। मकई या मड़ुवा जो चाहे छींट दें, बो दें, कुछ-न-कुछ हो ही जाता है। निगाह के सामने रहने से अगोरने का इन्तजाम अलग से नहीं करना पड़ता। और, मालिक धान का खेत गाँव के बाहर जरा दूर पड़ता है। बलचनमा अभी बच्चा है। कौन सँभालेगा?"

मालिक उठे और छप्पर की ओलती से लटकते तिनके को खोट लिया और फिर बैठ गये। खर की उसी टुकड़ी से कान खोदते-खोदते कहा—"अरे, मैं सब कर दूँगा। जहाँ इतनी खेती-बाड़ी होती है वहाँ तुम्हारा दो-चार कट्‌ठा भला क्यों न आबाद होगा? हाँ, हल, बैल, बीज पर जो मजदूरी न दे सके तो उतने का रकम जोड़कर कागज पर मैं कहीं टीप लूँगा···भगवान जो करते हैं, अच्छा ही करते हैं।"

अच्छा तो भगवान करते ही हैं? चार परानी का परिवार छोड़कर मेरा बाप मर गया, यह भी भगवान नें ठीक ही किया। भूख के मारे दादी और माँ आम की गुठलियों का गूदा चूर-चूरकर फाँकती थीं, यह भी भगवान ठीक ही करते थे। और मालिक लोग कनकजीर और तुलसीफूल के खुशबूदार भात, अरहर की दाल, परवल की तरकारी, घी, दही, चटनी खाते थे, सो, यह भी भगवान की ही लीला थी। चौकोर कलमबाग के लिए उनको हमारा दो कट्‌ठा खेत चाहिए था और हमें चाहिए अपने चौकोर पेट के लिए मुट्‌ठी-भर दाना।

अच्छी तरह मुझे याद नहीं है कि माँ को जबरन कैसे राजी किया गया, लेकिन मझले मालिक का कलमबाग आखिर चौकोर हो ही गया। बदले में बटाई के तौर पर धान का खेत तो कौन कहे, अँगूठे का वह पुराना

निशान भी वापस नहीं मिला। कहा गया कि मिल नहीं रहा है, कागजात के नीचे तुम्हारा वह छोटा-सा पुरजा कहीं दब गया है। अरे, मेरा न सही भगवान का भरोसा तो करो···

छोटी मलिकाइन के यहाँ से फुरसत मुझे बहुत ही कम मिलती थी। भैंस के चरवाहे दोपहर का समय खूब आराम से बिताते हैं। लेकिन मैं तो सिर्फ चरवाहा ही नहीं था, उनका बहिया भी था। मेरी हड्डी-हड्डी, नस-नस और रोएँ-रोएँ पर उनका मौरूसी हक था। पोसने-पालने, सड़ाने-गलाने और मारने-पीटने का भी उन्हें पूरा हक था! दोपहर का खाना खाकर जब मैं बैठता कि अन्दर से लौंडी आवाज देती—बलचनमाऽऽऽऽ, कहाँ गया रेऽऽ, अरे बलचनमाऽऽ, कोढ़िया बोलता भी नहीं कहाँ गया।

थकावट के मारे चूर-चूर रहता मैं। ऐसा मन होता है कि कलमुँही का जाकर मुंह नोच लूँ। यह नौकरानी बड़ी मुँहफट थी। मलिकाइन के मायके की रहनेवाली, देखने में खूबसूरत। गोरी और छरहरी। दोनों बाँहों पर बाँसुरी बजाते हुए बाँके बिहारी कृस्न गोदे हुए थे। टोड़ी पर बाईं ओर तिल गोदा हुआ था, कपार पर बिन्दी। गरदन पर चाँदी की मोटी हँसुली थी। बाँहों में बाजूबन्द थे, नाक के छेद में सोने का छक था। कलाइयों में लाह की मोटी-मोटी चार लहठियाँ बड़ी भली लगती थीं। पैर खाली थे। हाँ, उन पर पीपल के पत्ते की शकल का गोदना गोदवा रक्खा था। चौड़े पाट की साफ साड़ी पहनकर जब वह बाहर निकलती तो और भी खूब-सूरत लगती। और तो नहीं कुछ, मखौल और ठिठोली उससे सब करते थे। मझले मालिक का लँगड़ा नौकर तक इसमें नहीं चूकता। और वही जब कोढ़िया कहकर मुझे पुकारती तो मन करता कि झपटकर उसका मुँह-नाक नोच लूँ···। छन-भर भी मेरा बैठना उसे बरदाश्त नहीं था। कुछ काम नहीं रहता तो भी फिजूल की बातों में वह मुझे उलझाये रहती—बलचनमा, दुकान जाकर देख तो आ कि नहाने का साबुन आया है या नहीं। कभी कहती, बखार के अन्दर घुसकर देख कि नेवले ने वहाँ अड्डा तो नहीं बनाया है। कभी उसका हुकुम यों होता—बलुआ पाठक की हवेली के अन्दर जो बगिया है, उसमें मेंहदी के झाड़ हैं, मलिकाइन के हाथ और पर कई दिनों से सूने पड़े हैं। जा, मेंहदी के पत्ते ले आ।

सभी बात में मलिकाइन का ही वह नाम लेती। ढीठ वह इतनी थी कि अकेले में पाकर जाने कितनी दफे इन गालों को उसने चूम लिया होगा। हमारे छोटे मालिक का उससे लगाव-सम्बन्ध था कि नहीं यह बतलाना मेरे लिए कठिन है। लेकिन इतना मैं कहूँगा कि थी वह बड़ी चालाक। साफ था, जिस आबोहवा में पल-पुसकर वह बड़ी हुई थी उसमें कई हाथों की फेरी रही होगी। चाँदी के गहने उसकी खूबसूरती के गवाह थे। चुलबुलापन कूट-कूटकर भरा था उसमें। मलिकाइन के लिए वह दाहिना हाथ थी।

पीछे मैंने भैंस दुहना भी सीख लिया था। सबूरी मंडल मेरे गुरु थे। दूध काफी होता था। मगर नई-नई ब्याई भैंस का दूध पतला होता है। उससे मक्खन बहुत कम निकलता है। दूसरी बात यह कि सूखे दिनों की कड़ी घास और बरसात की मुलायम घास में बहुत फर्क है। भैंस ने आठ-दस महीने बाद दूध देना बन्द-सा कर दिया। फिर दूध जास्ती से जास्ती मीठा होता गया। तिस पर बैसाख-जेठ की कड़ी घास तो भैंस के गाढ़े दूध को और भी मीठा बनाती गई। गरमी के दिनों में भैंस दूध कम जरूर देने लगी मगर उसमें मक्खन अधिक रहता था।

झूठ मैं नहीं कहूँगा कि उनके यहाँ दूध-दही खाने को मुझे कभी नहीं मिला। मिला क्यों नहीं, लेकिन सिनेह और जतन से नहीं। अमृत भी अगर दुतकारकर मिला तो क्या मिला? उस मिलने से न मिलना लाख गुना अच्छा।

हमारे तरफ छोटी जात वाले बड़ी जात वालों का जूठन खुलकर खाते थे। अब पंचायत ने इस पर रोक लगा दिया है। पर मैं तो यह बहुत पहले की बात कह रहा हूँ। बचपन में मालिक लोगों की बहुत जूठन मैंने खायी है। बल्कि यों कहूँ कि अच्छी चीज जो भी खाई होगी वह बाबू लोगों की जूठन ही रही होगी। इन लोगों के यहाँ दामाद, बहनोई, समधी या ससुर जैसे मेहमान आते ही रहते हैं। उनके आने पर बढ़िया से बढ़िया चावल कोठार से निकलता। अरहर की पुरानी दाल निकलती। कुँजड़ा से कहकर अच्छी से अच्छी तरकारी मँगवाई जाती। मछुओं से अपने तालाब में रोहू मछली पकड़वायी जाती। दही, दूध, घी का तो कहना ही क्या। इस तरह मालिक के घरों में 'महामहोच्छव' होता रहता। ऐसे अवसरों में

हम अभागों का भाग्य चमक उठता। कायदे के अनुसार मेहमानों के आगे खाने-पीने की चीजें अधिक ही रक्खी जाती थीं। वह आधी या चौथाई ही खा पाते। बाकी, जो बचता उससे हमारे जैसों की जीभ का सराध होता। ओह ! जिस दिन मेहमान आते उस दिन मेरी दादी कितनी बेचैनी से उनकी जूठन का बाट जोहती ! उनके खा लेने पर जूठन बटोरकर दादी ले आती। मैं भी बुलाया जाता। हम सभी उस जूठन को घेरकर बैठते। सबको अपना-अपना हिस्सा मिलता। खाते समय दादी बतलाती जाती— यह कटहल का बड़ा है, यह सहिजन का अचार, यह रोहू की पेटी और देखो न, खटमिट्ठी कैसी अच्छी है ! यह मझले मालिक के ननिहाल से आयी थी। अरे वाह, कनकजीर चावल का भात कितना मीठा गमक रहा है। दाल से भी घी की खुशबू आती है ''' मगर मलिकाइन का हाथ छोटा है। खुलकर जब परोसती ही नहीं तो बेचारा मेहमान क्या खायेगा और क्या छोड़ेगा ?

मैं गाँव छोड़कर जब से बाहर निकला हूँ तब से दो ही एक बार जूठन खाई होगी। पर उन दिनों मालिक के यहाँ मेहमान की जूठन पा जाना भाग की ही बात थी; क्योंकि मालिकों की तरह दासों के भी अनेक परिवार थे। उन्होंने आपस में घर बाँट रक्खे थे। हमारे हिस्से में छोटे मालिक पड़ते थे। कभी-कभी यह सीमा टूट भी जाती थी। ऐसा तभी होता जब मूड़न, छेदन, जनेउआ, शादी-ब्याह, बूढ़ों का सराध वगैरह आ पड़ता। काम-काज के उस भीड़-भाड़ में एक मालिक के यहाँ बहिया—खानदान के सभी मिलकर खटते थे।

मालिकों की चार पट्टियाँ थीं। पुरानी हवेली बड़े मालिक के हिस्से में पड़ी थी। मझले और सझले मालिकों ने मिलकर उस पुरानी हवेली की मरम्मत करवा ली थी जो उनके निपूती चचा की थी और इधर पन्द्रह-बीस साल से ढंढ्मंड पड़ी थी।

छोटे मालिक ने अपने लिये एक हवेली अलग बनवाई। यह थोड़ी ही जगह को घेरकर बनाई गई थी। यही कोई दो बीघे की। बीच में आँगन, चारों ओर घर। इन घरों के चार-चार छप्पर थे। छप्पर को हमारे यहाँ चार कहा जाता है। कच्ची ईंटों की दीवारें खड़ी कर उन पर दो-दो धरनें

डाल दी गई थीं । धरनों पर छोटे-छोटे खम्भे थे, खम्भों के सहारे मुड़ेरे पर लम्बी बड़ेरी पड़ी थी। कीलों ठुकी साखों की कड़ियों पर चार टिके हुए थे। मालिकों को न बाँस की कमी थी न लकड़ी की। घास-फूस, खढ़-खढ़ी, सरपत-साबे किसी ऐसी चीज का अभाव वहाँ नहीं था जिसकी जरूरत घर बनाने में होती है। चौखटें सीसम की। क़िवाड़ थे कटहल की लकड़ी के बने। देखने में पीले, बनावट के अच्छे यह किवाड़ बड़े ही अच्छे लगते थे। आँगन की ओर चारों घरों में ओसारे थे। आँगन के दच्छिन-पूरब कोने में तुलसी का चबूतरा था, वहीं हनुमान जी की धुजा गड़ी हुई थी। लाल पताका पर लम्बी लंगूर वाले महाबीर जी सफेद कपड़े से सी दिये गये थे। हाथ में टेढ़ी-सी गदा थी। उत्तर और पूरब के कोने से बाहर निकलने का रास्ता था। दरवाजे पर भी किवाड़ थे। बन्द कर लेने पर घर और आँगन मिलकर हवेली को एक अलग संसार बना देते थे। दरवाजे से सटा हुआ सुन्दर दालान था। उसके अन्दर वाले दो कमरों की हवेली के पुबरिया घर से भीतर-ही-भीतर सम्बन्ध था। बरसात के दिनों में पाहुनों को अन्दर जाने के लिए सुभीता था। घूमकर सदर दरवाजे से जाने पर भीगना होता लेकिन अन्दर का दरवाजा खोल देने पर हवेली पहुँच जाते। दालान के सामने खुली जगह थी। बाईं ओर बड़े-बड़े बखार थे। बैठक में एक ओर चार-चार पहियों वाली बड़ी-बड़ी संदूकें पड़ी थीं जिनमें पुराने ज़माने के बेढंगे खुरदरे ताले लटक रहे थे। दूसरी ओर तो तख्तपोश थे, उनमें से एक पर बीचोबीच शतरंज का घर खुदा हुआ था। अन्दर कमरों में छोटे-छोटे दो खूबसूरत पलँग खड़े थे।

हवेली के उत्तर मवेशीखाना था। लकड़ी का लम्बा नाँद रखा था जिसके दोनों तरफ चार-चार खूँटे ठुके हुए थे। जरा हटकर सीमेंट की गहरी और गोल हौद बनी थी, उसके भी दोनों ओर दो खूँटे गड़े थे। वह भैंसों के लिए था। उन आठ खूँटों में बैल बाँधे जाते थे। बैलों की सेवा मुझे नहीं, हलवाहों को करनी पड़ती थी। गाय वहाँ एक भी नहीं थी। बड़े घरों में गाय रखना दरिद्दर समझा जाता है। जिन्हें भगवान ने पालने-पोसने की सामर्थ दी है, उनके यहाँ भैंस ही पाओगे।

हमारे मालिक की पट्टी में दिखावा कम था मगर रुपया-पइसा जास्ती

था। गाड़कर रक्खे हुए थे। दस हज़ार का लहना-तगादा चलता था। खाने वाले सात ही मुँह थे। उपज थी हज़ार मन की। मलिकाइन बड़ी चालाक थीं। भादों-आसिन में वह अपने बखार खोलतीं और चढ़े दाम पर सारा धान बेच लेतीं। डेढ़-दो सौ मन ड्योढ़े-सवाये पर भी लगातीं। देते समय का बटखरा लेते समय गायब बतलाया जाता। एक बार फूदन मिसर की विधवा औरत पूस में धान वापस करने आई थी। बराह्मनी ने टोकरी में ढो-ढोकर मलिकाइन के सामने धान का ढेर लगा दिया और कहा—"तौल कर लाई हूँ साढ़े सात मन से कुछ जास्ती ही है। फिर भी मलिकाइन, आप तौलवा लीजिए।"

उस बखत वह हाथों में मेंहदी लगाये हुए थीं। मुझे अन्दर बुलाया और कहा—"जा, जूगल कामत को बुला ला। वह तौल भी लेगा और बखार में डाल भी देगा।"

जूगल कामत केवट थे। छोटे मालिक ने दस कट्ठा खेत दे रखा था। इसी घर से उनकी परवरिस होती थी। इन्हीं के यहाँ मजूरी-बनिहारी करके बेचारे का निरबाह होता था। अफाल-विकाल, बेर-कुबेर, रात-बिरात, समय-कुसमय जभी जरूरत पड़ती, मलिकाइन कामत को बुलवा लेतीं। कर्ज और गुलामी में सिर से पैर तक डूबा हुआ यह आदमी मलेरिया की हड्डीतोड़ बीमारी में गल-पचकर जब मरा तभी छुटकारा पा सका।

जूगल को मैं बुला लाया। मलिकाइन ने उससे कहा—"उत्तरबरिया घर में बटखरा पड़ा है, तराज़ू भी वहीं हैं। लाकर तौल लेना यह धान।"

कामत सफेद पत्थर की गोलमटोल पनसेरी से जब तौलने लगे तो ठुड्डी हिलाकर बराह्मनी बोली—"ऊँहुँ ! यह नहीं है वह बटखरा जिससे तौलकर मिला था···ऊँहुँ···"

"हँऽऽऽ ! सच बघारने आई है"—गरजकर मलिकाइन ने कहा—"देखो तो कामत, फूदन मिसर की यह विधवा क्या बक रही है ? जब पेट जलने लगता है तब तो आ-आकर नाक रगड़ती है, ईसर-परमेसर, अनपुर्ना-लक्ष्मी जानेक्या-क्या बनाकर पैर पकड़ती है ! मौके पर न दो धान तो समूचे गाँव को बरमबध लगेगा, दो तो लौटाते समय···फटता है ! सँइयाँडाही कहती है कि बटखरा बदला हुआ है !!"

फिर ताव में आकर मलिकाइन ने मेंहदी लगे अपने हाथों को दच्छिन की ओर फैला लिया और चिल्ला उठीं—दुहाई गंगा मइया की ! छटाँक-आधा छटाँक धान के लिए जो मैंने बटखरा बदला हो तो मेरा सत्यानाश हो नहीं तो झूठ-मूठ का कलंक लगाने वाली इस राँड की माँग अगले जनम में भी खाली की खाली रहे···

मोसम्मात बेचारी चुप रही, और चारा ही क्या था ? हर साल जेठ-असाढ़ में वह यहीं आकर हाथ फैलाती थी। उसने जी को कड़ा कर लिया—पसेरी-दो पसेरी धान यह अधिक ही लेगी तो क्या ? घटेगा तो देना भी तो इसी को पड़ेगा न ?

मलिकाइन की ओर वह घूरकर रह गई। तौलना खतम हो चुका था। सात मन दो पसेरी हुआ। झख मारकर बेचारी टोकरी-भर धान और ले आई। दो पसेरी तौल लेने पर थोड़ा-सा धान टोकरी में बच रहा। जूगल ने हाथ से हाथ ठोंककर धूल झाड़ी, फटे-मैले अँगोछे से मुँह-कान पोंछा। अँगना के किनारे जाकर खखार आया और ब्राह्मणी से कहा—"ले जाइए मिसराइन, यह धान बचा है।"

गिरहथिनी ने टोका—"अरे, ले कहाँ जायेंगी ? पाव-आध पाव भी क्या कोई चीज है। जाओ, यह भी बखार में डाल आओ। हमारे यहाँ पड़ा रहेगा तो समय पर इनके ही काम आयेगा नहीं तो फाजिल अनाज ये लोग छींट-छाँट डालते हैं।"

रंज और गम के मारे मिसराइन का चेहरा स्याह पड़ गया था। उलटकर टोकरी को जोर से उसने झाड़ दिया और झपाटे से निकल गई। आँगन से निकलते-निकलते उसने कहा था—"हे भगवान ! इनका पेट है कि अगम कुआँ ! इतना धन, इतनी सम्पदा। फिर भी संतोख नहीं !"

ऐसे ही करिमबक्कस को भी एक बार मैंने छिलमिलाते देखा था। बसंत पंचमी का दिन, शाम होने में तनिक देर थी। वह और उसका बेटा दो टोकरी धान लाए। उस रोज मलिकाइन ने खुद तौला था। वही सफेद पत्थर वाली पनसेरी थी। तराजू मगर दूसरा था ! तीन मन में एक पनसेरी धान कम हुआ। शेख हाय-हाय करने लगा—"सरकार, हम तो दो सेर से ज्यादा ही लाये थे, घट कैसे गया ?"

उनकी दाढ़ी के नजदीक अपने दाहिने हाथ को चमकाती हुई मलिकाइन गुर्रा उठीं—"सुगरखौका, लाज-शरम तुझे छू तक न गई लेकिन मुझे तो भगवान का डर है···वही बटखरा, वही तराज़ू। वही तू और वही मैं···" फिर हाथ के अँगूठे और बिचली अँगुठी को टेढ़ी करके मलिकाइन ने ऐसा अभिनय किया मानो करिमबक्कस की दाढ़ी नोच लेंगी।

इस तरह की कई बातें मुझे याद हैं। उनके यहाँ काम करने वालों की कमी तो थी नहीं। मजदूरी में अच्छा दाना नहीं मिलता था। झख मारकर मजदूरों को लेना तो पड़ता ही। दिन-भर काम कराके कच्ची तौल से तीन सेर खेसाड़ी या जौ या मड़ुआ मिलता। दाने हलके और कभी-कभी घुन लगे होते थे। कभी-कभी धान भी मिलता था। डेढ़ पहर काम कर चुकने पर पाव-भर पिसान से बनी मड़ुआ की रोटी पनपिआई मिलती।

धान रोपने के दिन बड़ी चहल-पहल के होते थे। उत्तर बिहार के कई जिलों में धान की फसल काफी अच्छी होती है। वहाँ की खास फसल धान ही समझ लो। दरभंगा जिला तीन डिविजनों में बँटा हुआ है—सदर, समस्तीपुर और मधुबनी। सदर और मधुबनी धान की अपनी अच्छी फसल के लिए मशहूर हैं। बर्खा उधर बैसाख के अन्त से ही शुरू हो जाती है। रोहनी नछत्तर में कोसों फैले खेत धान के नये-नये पौधों से हरे समुन्दर की तरह लहराते रहते हैं। आँखों को तर करने वाली वैसी हरियाली तुम्हें और कहाँ मिलेगी? यह पौधे महीना-डेढ़ महीना में बड़े हो जाते हैं। हाथ-हाथ भर के। तब तक निचली सतह के खेतों को जोत-जोतकर किसान तैयार किये रहते हैं। असाढ़ में धान के छोटे पौधे, लोग इन्हीं खेतों में रोपना शुरू करते हैं। धान रोपने का यह सिलसिला सावन तक चलता रहता है। हाँ, ऐसा वहीं होता है जहाँ बारिश काफी होती है। हमारे यहाँ नहर का इन्तजाम नहीं है। इन दिनों हर काश्तकार की कोशिश यही रहती है कि पहले उसी के खेतों में धनरोपनी हो जाये। बनिहारों और खेत-मजूरों की मदद के बिना ऐसा होना असम्भव है। छोटे-बड़े सभी गिरहथ इसी से धान रोपने वाले मजदूरों को चार सेर की मजदूरी देते थे और यह भी कि मेड़ पर बैठाकर दाल-भात, तरकारी-अचार खिलाते थे।

मलिकाइन अपनी खेती का काम सँभालने के लिए नइहर से मजदूर मँगवा लेती थीं। काम की निगरानी के लिए दूर के रिश्ते का भाई साथ आता। रामपुर के पड़ोस में दो छोटी-छोटी बस्तियाँ मुसहरों की थीं। साँवला रंग, ठिगना कद, गोल माथा, छोटी-छोटी आँख, दिया जैसी नाक—मुसहर होते हैं; मगर मजबूत काठी के मेहनती और ईमानदार। थोड़े में ही संतोख करने वाले। मुसहरों की दो बस्तियों से क्या होता ? वहाँ आस-पास पचासों काश्तकार और कई जमींदार बिछे पड़े थे। धान रोपने के दिनों में मजदूरों की कमी पड़ जाती। हमारे मालिक की औकात के लोग अपने ससुराल, ननिहाल से कमकर मँगवाते, नहीं तो ठीक बखत पर काम सपरना मुश्किल होता।

मलिकाइन इन दिनों अपनी मुट्ठी जरा खोल देती थीं। आम और मिर्च का अचार भंडार से निकल आता। लगातार कई दिनों तक तीस-तीस, चालीस-चालीस आदमियों का खाना तैयार होता। बैलगाड़ी पर चटाई बिछा दी जाती। उस पर केले के पत्ते। फिर भात डाल दिया जाता। पीतल के बड़े हंडे में दाल, टोकरी में तरकारी और अचार। खेतों के बीच-बीच गुजरने वाले बाँध पर जाकर गाड़ी खड़ी हो जाती। साहड़ के तले दूब पर बैठकर मजूर खाना खाते और फिर रोपनी शुरू होती।

मेरा भी मन मचलता कि मजूरों के साथ जाकर धान रोपूँ; मगर नहीं, सुबह-सुबह भैंस चरा आने के बाद बथान साफ करना पड़ता। आठ बैल थे। भैंसें अब दो हो गई थीं। मलिकाइन के भाई घोड़ा पर चढ़ के आये थे। सो, उसकी जगह भी लीद से भरी रहती। मैं नहीं तो और कौन साफ करता ? अपनी भैंसों का गोबर-मूत उठाना भला क्यों अखरता ? लेकिन बैलों की जगह साफ करते समय मेरा रोआँ-रोआँ मलिकाइन को गालियाँ देता। गोबर-गोंत, कीच और लीद उठा कर उन जगहों पर बालू डाल देता ताकि आराम से माल-जाल वहाँ बैठ सकें।

इसके वाद बासी भात या मड़ुआ की गरम रोटी कलेवे में मिलती। अच्छी तरह निगलकर शायद ही कभी खा पाता होऊँगा, क्योंकि मलिकाइन और उनकी लाड़ली नौकरानी का हुकुम-पर-हुकुम छूटता रहता—बल-चनमा, जा दौड़, तालाब की मछलियाँ नाले से निकलकर भाग रही हैं,

बलचनमा, कलमबाग में वह देख कोई आम तोड़ रहा है; बलचनमा, अरे, वह किसकी गाय मूंग चर रही है···लगता था कि एक ही बलचनमा बीस शरीरधारी है और एक ही समय में बाखूबी बीस काम कर सकता है। खवासिन खा-खाकर खूब तगड़ी हो गई थी, सबसे अधिक गुस्सा मुझे उसी पर आता—संसुरी मलिकाइन की सौत बन गई है ! जिसकी अपनी कोख सूनी हो वह क्या जानेगी कि बच्चों का मोह क्या होता है । उसे क्या पता है कि चौदह-पन्द्रह साल का बलचनमा बोतल झा (पहलवान) नहीं है। खुद हरामजादी सुअर की तरह मोटी हो गई है, चला तक नहीं जाता और मुझ पर हुकुम चलाती है ! बस चले इसका तो मेरे कन्धों पर सवार होकर···।

कभी-कभी वह चिग्घाड़ मारकर रो पड़ती थी। कोंचा खोलकर नंगी हो जाती और हाय बाप, हाय बाप करती हुई जीभ निकालती। बोलती—"ही-ही-ही-ही मैं काली हूँ, पोखर पर जो बौना पीपल है उसी पर रहती हूँ, खा जाऊँगी समूचा गाँव। बकरा दो बकरा···"

मलिकाइन चीखकर दोनों हाथ जोड़ लेतीं—"दुहाई भगवती की, सुखिया का भूत भगा ले जाइए। दो कुंआरी लड़कियों को आपकी खातिर खीर-पूड़ी खिलाऊँगी"—फिर मेरी ओर मुँह करके कहतीं—"बलचनमा, दामो ठाकुर को बुला ला।"

दामो ठाकुर ओझा थे। झाड़-फूंक, पूजा-पाठ, टोना-टापर—सब करना जानते थे। लाल रंग की धोती, लाल अँगोछा। कपार पर सिंदूर का लाल टीका। चोटी के बाल बहुत बड़े थे, इतने बड़े कि खोल देने पर पीठ के पीछे कमर तक लटक आते। चोटी के आधे बाल हमेशा बँधे रहते। साल में छः महीना वह बाहर रहते और छः महीना घर। गले में हाथी के दाँतों को तरासकर बनाये गये दानों की माला थी—लाल रेशम से गूँथी हुई। सुमेर की जगह उसमें ऐसा दाना था कि जो दोमुँहे बाघ की तरह था। दाईं बाँह पर काले धागे में गूँथा हुआ बड़ा-सा मूँगा बँधा था। कान के छेद में कुंडल की जगह रुद्राक्ष लटक रहे थे। तीन जगह से टेढ़ी, नेवले के मुँह-जैसी मूठ वाली बकुली छड़ी लेकर दामो ठाकुर जब चलते तो बच्चों को बड़ा ही डर लगता। पैरों से खड़ाऊँ कभी नहीं छूटती।

तीन बार बुलाने पर वह आते। दच्छिन वाले घर में उन्हें बैठने को कहा जाता। मलिकाइन उनसे परदा करती थीं। बड़े मालिक की लड़की का नाम था जयमंगला। वह बाल-विधवा थी। देखने में खूब सुन्दर। साँवली। बड़ी-बड़ी आँखों वाली। उसे ऐसे समय बुला लिया जाता। वह बिचवई का काम करती। चूहे के बिल की मिट्टी, पुराने बिनौले, तोड़े हुए कुश के तिनके, चार बूँद गंगाजल, पीपल के सूखे पत्ते···इतनी चीज मिलाकर दामो ठाकुर भूत झाड़ना शुरू करते।

फिर-फिर नंगी न हो जाय। इसलिए मलिकाइन लौंडी की साड़ी में कमर के पास गाँठ बाँध देतीं। दो हलवाहे—कल्लर और छीतन उसे बीच आँगन से पकड़कर तान्त्रिक जी के नजदीक बैठा जाते। वह ऊपर बताई चीजों से झाड़ना शुरू करते—ओम् काली-काली महाकाली इन्द्र की बेटी ब्रह्मा की साली फू···इतना कहकर कुछ देर तक होंठ पटपटाते और फिर खवासिन की छाती पर फूँक मारते। फिर सिर पर, कन्धों पर, कमर में। आँखों का इशारा पाकर दूसरे लोग घर से निकल जाते, किवाड़ भिड़का दिया जाता। अन्दर से हुँ-हुँ की आवाज आने लगती।

थोड़ी देर बाद किवाड़ा खुलता। लेकिन किसी को अन्दर जाने का साहस नहीं होता। थोड़ी देर बीतने पर पसीने से लथपथ दामो ठाकुर बाहर निकलते और यह कहते हुए आँगन से निकल जाते कि नौकरानी का मिजाज ठीक कर दिया है, बड़ा जबरदस्त भूत था, मुश्किल से काबू में आया··· अभी थोड़ी देर, जयमंगला उसे अकेली छोड़ दो।

वरसाती नदी में बाढ़ आती है। कैसी विकराल हो जाती है वह ! न कूल न किनारा ! भूत लगने पर सुखिया का यही हाल होता। भूत उतर जाने पर वह कुआर-कातिक की नदी की तरह हो जाती। भूत या जिन्न अक्सर बाँझ औरत को ही पकड़ता है। हमारी मलिकाइन के यहाँ उस लौंडी पर साल में दो-एक बार इस तरह का दौरा आया करता और तब दामो ठाकुर की गुहार होती। उनके न रहने पर डेढ़-दो दिन तक वह उछलती-कूदती, रोती-हँसती। खुले बाल, नंगी पकड़कर उसे मलिकाइन उतरबरिया घर में डाल देतीं, किवाड़ा बन्द कर जंजीर चढ़ा देतीं।

एक बार उसने अन्दर से खूब जोर लगाकर किवाड़ों को पीटना शुरू

किया। मलिकाइन ने अनन्त बाबू को बुलाया। वह खूब हट्टे-कट्टे थे। आठों पहर उनका खेती-गृहस्थी में बीतता। बदमाश से बदमाश घोड़े को सही रास्ते पर लाने में, बिगड़े बैल की सींग पकड़कर काबू करने में उनकी बराबरी दूसरा कोई नहीं कर सकता था। उस दिन मलिकाइन ने उन्हें नौकरानी के भूत से भिड़ा दिया। लगी कुश्तम-कुश्ता होने। वह भी मरदों की तरह पैंतरे बाँधती थी···लेकिन वह तमाशा मैं देख नहीं सका, न दूसरे देख सके। क्योंकि बाहर से किवाड़ लगा दिये गये। मलिकाइन का कहना था—तमाशगीरों के सामने भूत-पिशाच की ताकत चार गुनी बढ़ जाती है, यह अकेले ही पस्त होते हैं···मुझे तो भूत-पिशाच के बल का भेद कभी समझ में नहीं आया।

भैंस चराते तीन साल जब हो गये तब दादी बीमार पड़ी। ऐसी पड़ी की फिर उठने का नाम नहीं लिया। अन्दर से पेचिस बाहर से दमा। पुराना ढाँचा उसका चूर-चूर था ही और अधिक दिन चलना असम्भव था। वहाँ गाँव में किसी को कुछ होता तो मधुबनी के सरकारी अस्पताल से दवा लाता। बाबू-भैया लोग थे कि छोटी बीमारी में भी उनके यहाँ डॉक्टर बुलाये जाते। अढ़ाई रुपया उनकी फीस थी, एक रुपैया एक्के का भाड़ा। दवा का दाम अपना ऊपर से दो। बाप रे ! गरीबों के पास पथ-पानी के लिए भी धेला-पैसा नहीं रहता, डॉक्टर की फीस और दवा के दाम का क्या ठिकाना ?

गाँव में ही एक बूढ़े थे जो वैद्य का काम करते थे। लेकिन छोटी जाति वालों के यहाँ जाकर भला बीमार की नाड़ी वह क्यों देखने लगे ? अपनी दादी के लिए दवा मैं उन्हीं से लाया था। बरसात का अन्त था। भादों की धूप कितनी कड़ी होती है। एक रोज दोपहरिया में डेढ़ पहर तक पंडित जी ने मुझसे काम लिया। काम क्या था ? यही कि भदई धान की दँवरी करवानी थी। काम खतम होने पर उन्होंने मुझे दवा की तीन पुड़ियाँ थमाईं। डर था कि मुझे भी बुखार आ घेरेगा मगर हम तो कठ जीव ठहरे। मामूली बुखार भला हमारे पास क्यों फटकेगा ? मेरी जगह किसी मालिक-बालिक का लड़का होता और उसी तरह भादों की तपती दुपहरिया में दँवरी करता तो बिना बिछावन पकड़े न रहता।

दादी को रोटी हजम नहीं होती थी, चावल जरूरी था। लाख छट-

पटा आया, बड़ी, मझली या छोटी किसी मलिकाइन ने मुट्ठी-भर चावल नहीं दिया। माँ ने जाकर मझले मालिक से कहा तो उनकी आँखें घूम गईं। बोले—"बखत पड़ता है तो घिघियाकर हमारे यहाँ दौड़ती है नहीं तो···"

गाली दी थी मालिक ने, वह मैं तुमसे नहीं कहूँगा भैया! मेरी माँ रोकर कहने लगी—"सेर-भर चावल चाहिए नहीं तो बुढ़िया की जान नहीं बचेगी। सरकार कागज पर चढ़ा लीजिए। ड्योढ़ा कि दुगुना जैसा कहेंगे पूस में दे दूँगी।"

"हें: बड़ी देने वाली हुई है! दो रुपया पहले का बाकी है सो खटाई में सीझ रहा है और चावल यह लेगी, पाँच महीने बाद जस की तस लौटा देंगीं। नहीं-नहीं, तुम लोगों पर रत्ती-भर का विश्वास मुझे नहीं रह गया है···" फिर मालिक ने छोटी मलिकाइन के घर की ओर इशारा करते हुए कहा—"जाती है न वहाँ, तुम्हारी अन्नपूर्णा वहीं तो हैं।"

छोटी मलिकाइन से हम सेर-भर चावल पहले ही ले गये थे।

रात को सोते समय मझले मालिक मुझसे मुक्कियाँ लगवाते थे। पहर-भर मुक्कियाँ लगा-लगाकर मैं थक जाता। दिन-भर की थकान। अपने को भी ऊँघ आती और मुक्कियों की रफ्तार धीमी पड़ती तो गिरहथ सोते ही सोते टोक देते—ऊँह, और इस तरह मेरी ऊँघ को तोड़कर आप वह करवट बदल लेते। चूतड़ पर हाथ मारकर इशारा करते—इधर मुक्कियाँ लगा···

इस तरह बड़ी देर तक मुक्कियाँ लगाने के बाद उन्हें नींद आती और तब मैं फुरसत पाता। उन्होंने कह रक्खा था—जिस चीज की जरूरत पड़े, दिन में कहकर ले लेना और इसी भरोसे पर मैं उनसे चावल माँगने गया था। मन में खटका तो था ही, माँ को इसीलिए साथ ले गया था। लेकिन बेकार! बहुत घिघियाने पर पाव-डेढ़पाव चावल मिला वहाँ से। उसमें से छटाँक-छटाँक करके कई दिनों तक दादी को भात खिलाया गया। कभी-कभी मैं अपनी मलिकाइन का जूठन लुका-छिपाकर घर दे आता था। चौमासे में मेहमान भी नहीं आते थे। आसाढ़, सावन, भादों और आसिन इन चारों महीनों में रास्ता कीचड़, कादों और पानी से भरा रहता था। और तुम जानते ही हो कि देहात में सब जगह सड़कें नहीं होतीं। सूखे दिनों में लोग खेत-ही-खेत होकर चलते हैं। बहुत हुआ तो घूम गये, मेड़ पकड़

ली। धान के खेतों में अक्सर पानी भरा रहता है या फिर जमीन बहुत गीली रहती है। कमर और छाती तक ऊपर उठकर लहलहाते धान के पौधे अपने बीच से चलने में बड़ी रुकावट डालते हैं। रबी के खेतों में से होकर चलना आसान है, मगर धनहर खेतों को पार करने के लिए तुमको मेड़ का ही सहारा लेना होगा। इसीलिए बरसात के चार महीने, देहातों में घूम-फिरकर पहुनाई करने वालों के लिए ठीक नहीं। लगातार इतने दिनों तक मेहमान न आने पर हम घाटे में रहते थे। जूठन का भात हमारे दैनिक जीवन का बहुत बड़ा सहारा होता था।

सावन-भादों में आकर सभी अनाज महँगे हो जाते थे। जिन घरों में कमाने लायक मजबूत काठी के आदमी थे, मैं उनकी बात नहीं कहता। उनके यहाँ तो धान रोपने की मजदूरी में थोड़ा-बहुत धान आ जाता था। पर मेरे यहाँ कौन था? ले-देकर समूचा मैं था। सो मुझे छोटी मलिकाइन और उनकी दुलरुआ लौंडी रात-दिन हुक्मों में नाथे रहतीं।

दादी के लिए दवा लाने की छुट्टी नहीं मिलती। मेरा मन अन्दर-ही अन्दर रोता कि काम छोड़कर दादी के पास बैठा रहूँ। असल में उसे माँ से बढ़कर प्यार करता था। जब से होश सँभाला तब से अपने को दादी की ही गोद में पाया। चरवाहे का काम करने के पहले तक दादी के ही बिस्तरे पर उसी की बाँह को तकिया बनाये सोया करता था। वह कहीं से कोई अच्छी चीज लाती तो मेरे लिए उसमें से थोड़ा अलग रख देती।

मरने से दो दिन पहले उसे इच्छा हुई कि पोठी मछली का भुरता खाये। मगर पोठी चढ़ती बरसात में जितनी आसानी से मिलती है उतनी आसानी से और समय नहीं। फिर भी मछली तो कहीं से लाना ही था। भादों खतम हो रहा था। अपने भजार से मैं बनसी ले आया। दोपहर के बखत बुढ़िया पोखर के दच्छिन तरफ वाले भिन्डे पर पहुँचा। उधर कुछ जंगल-सा था। बाँस, जामुन, साहड़ और गूलर के पेड़ थे। गूलर का एक बौना पेड़ पोखर के बिलकुल किनारे था। तीन जगह से टेढ़ी और मोटी डाल पोखर की कछार में दूर तक फैल आई थी। बरसात के दिनों में पोखर भरा रहता। पानी कभी-कभी भिन्डे के उपरली को छुए रहता। तब उस गूलर की झुकी डाल पानी में डूब जाती। भादों के बाद पानी

घटने लगता, वह डाल बाहर निकलती जाती। छिपकर काँटे से मछली फँसाने वाले गूलर की इसी डाल पर झुरमुट की आड़ में बैठ जाते। चाली, गूंथा आटा या सत्तू का बोरा देकर काँटे को पानी में डाल देते और निगाह को एकटक उस ओर गड़ाये रहते। पहर-दो पहर की कड़ी तपस्या के बाद कभी टेंगरा, कभी भुनचट्टी, कभी गरई, कभी सिंगी हाथ आती।

मालिकों को पता लगता तो वे मछलियाँ भी छीन लेते और काँटे वाली डोरी और बाँस या लग्गा भी, फिर जूतों से पीठ की पूजा करते।

आखिर गौसैंया का नाम लेकर मैंने काँटा डाल दिया, गूलर की डाल पर बैठकर इंतजार करने लगा। थोड़ी ही देर हुई कि काँटे की डोरी में कुछ हरकत मालूम हुई, लग्गी को छपाक से खींच लिया मैंने। देखा, टेंगरा है। काँटा मय मछली के, भीड़ के कगार से सटी गूलर की टहनी में उलझ गया। सोचा, चलो दादी के लायक मछली हो गई। काँटा, डोरी समेट-कर लग्गी को बगल दबाए मैं घर की ओर चला। नाक-मुँह के रास्ते लम्बी घास की नत्थ डालकर टेंगरे को मैंने उँगली से लटका रक्खा था। डेढ़ पहर दिन बाकी रहा होगा। दूर का चक्कर लगाकर घर पहुँचा था, सीधा रास्ता छोड़कर। माँ ने मछली को आग में डाल दिया। पकते समय उसकी गंध बहुत दूर न सही, कुछ दूर तो पहुँच ही रही थी।

कि इतने में हन-हन, पट-पट करती हुई नौकरानी आ धमकी। मुँह बनाकर और हाथ चमकाकर उसने पहले तो मेरी ओर देखा, फिर कहा—"जाओ न आज, मलिकाइन गाँड़ का गूदा निकाल लेंगी···" इसके बाद उसने नथने पिचका लिए। भौंह और मुंह को बुरी तरह सिकोड़कर उसने फिर कहा—"मछली फँसाने का शौक चर्राया है! कितना मार लाये हो? महक तो खूब आ रही है। खाओ, बाबू खाओ, गाँड़ फटेगी तो मालूम होगा···चल बदमसवा, मलिकाइन के पास···"

दादी अन्दर लेटी पड़ी थी। पलक उठाकर उसने देखा तो मुझे मालूम पड़ा कि बिल के अन्धेरे से खरगोश की आँख चमक रही है। दोनों हाथ जोड़कर सुखिया को मैंने इशारा किया···चुप रहो। अलग ले जाकर माँ को समझा दिया—यह यों ही बकती है, जाता हूँ। तू दादी को टेंगरे का भुरता और भात खिला देना। माँ क्या कहती है इसकी पर्वाह किये

बिना ही घर से मैं निकल गया। हाथ पकड़कर नौकरानी को भी खींचता आया।

रास्ते में बड़े मालिक की हवेली के पिछवाड़े सुखिया ने दोनों बाँहों में मुझे कस लिया। चूमती हुई बोली—"अगर तू मेरी बातों में 'ना' कभी न करे तो···।"

"धत् चुड़ैल की!"—छिटककर मैंने अपने को उसकी बाँहों से छुड़ा लिया। ऐसा लगता था कि उसकी भूखी आँखें मुझे निगल जायेंगी। उसने मुस्कराकर कहा—"कुत्ता से भी बदतर है तू जो चुमकारने-पुचकारने पर अगली दोनों टाँगों के सहारे खड़ा होकर अपने सिनेही के सीने से सटने को बेताब हो जाता है।"

सिर से पैर तक सुखिया को मैंने एक बार देखा और छन-भर में मेरा रोआँ-रोआँ सिहर उठा। मुँह बनाकर मैंने कहा—"कल्लर से ब्याह क्यों नहीं कर लेती है?"

"और तू?"

"मैं तो अभी छोटा हूँ।"

"मगर है तो वतिया खीरा अभी से···"

उछलकर मैंने अपनी हथेली से उसका मुँह बन्द कर दिया। दूसरी ओर होकर मैंने थूका और बोला—"बेहया कहीं की! लाज-शरम सब धो-धाकर पी गई!"

"पी न जाती तो निर्वाह कैसे होता?"

वह मुझे गन्दगी की पिटारी जैसी लगी। तय था कि काँटे से मछली निकालने की बात कहकर मलिकाइन के हाथों वह मुझे पिटवाएगी। लेकिन पिटवाना अपने को मंजूर था, उसके पाँच सेर भारी मुँह से अपने को चटाना मंजूर नहीं था।

उस दिन हुआ यही था कि मालकिन ने आम की आधी जली चैली से पीठ दाग दी थी मेरी।

मलिकान में कोई ऐसा नहीं था जो बिना गाली दिये मुझे सम्बोधित न करता हो। बात-बात में साला। बात-बात में ससुर, पाजी और नमक-हराम का तो कहना ही क्या। दोपहर, रात को सोए रहने पर कभी-कभी

ऐसा होता कि मालिक पेशाब करने बाहर आते। खड़ाऊँ की खटर-खटर, खट्ट-खट्ट से भी जब आँख न खुलती तो नजदीक आकर बेदर्दी से वह मेरा कान खींचने लगते। खींचते-खींचते कहते—"ललचनमा का बाप, उठ साला! भैंस को मच्छरों ने परेशान कर रक्खा है, जा वहीं। फिर से आग जला दे; धुँआ लगने से मच्छर भाग जायेंगे···"

रोता-रोता मैं उठता और जाकर देखता कि अलाव में अभी काफी आग है और धीरे-धीरे धुँआ भी उठ रहा है। लेकिन इससे क्या? सो जो रहा थां मैं! वह भला मालिक से कैसे देखा जा सकता?

इस तरह गालियाँ, पिटाई, तिरस्कार, अपमान, दुतकार और फटकार यही वह रास्ता था जिस पर से मेरा जीवन आगे की ओर खिसक रहा था। अब मेरी आयु सत्रह साल की थी। मेरी ही उमर का था रामखेलौना जो बड़े मालिक के छोटे लड़के के साथ पटना रहता था। छुट्टियों में अपने मालिक के साथ वह भी आता। छंटे हुए बाल, आधी बाँह की कमीज, धारीदार नेकर···रामखेलौना का यह रूप मुझे बिल्कुल अनोखा लगता। इरखा होती कि मैं भी किन्हीं मालिक बाबू के साथ कुछ दिन किसी शहर में जाकर रह आता। अपनी मौजूदा जिन्दगी से मैं ऊब चुका था। दुनिया की बातों को समझने के लिए जिस पक्की उमर की जरूरत है वह यहाँ नहीं थी। फिर भी छोटी-छोटी दो आँखें तो थीं! दो कान तो थे? घर जाने पर माँ को जब कठौती में मड़ुआ का आटा गूँथते देखता तो अपनी गरीबी हल्की नोंक बनकर कलेजे को फाड़ने लगती।

दो

मलिकाइन के भतीजा बाबू पटना में पढ़ते थे। उन्हें अपने साथ रखने के लिए किसी नौकर की जरूरत थी। काम था बर्तन-बासन माँज देना, कमरे

में झाड़ू-बहारू देना, बाहर दुकान से पान-सिगरेट लाना और सामान की रखवाली करना। इस काम के लिए किसी सयाने आदमी की जरूरत नहीं थी और वैसा आदमी दो-चार महीने से ज्यादा टिकता भी नहीं।

उमर के लिहाज से छोटा मैं जरूर था, मगर ठिगना या नाटा नहीं। मेरे बाप-दादे लम्बे-तगड़े, खासी अच्छी डील के आदमी थे, माँ मेरी साँवली जरूर रही, लेकिन कद्दावर थी।

मलिकाइन के भतीजा बाबू दुर्गा पूजा की पिछली छुट्टी में आये थे और पाँच-सात दिन रहे भी। नाटा-कद, गोल-गोल चेहरा, बड़ी-बड़ी आँखें, मझोली नाक, पतले होंठ, कपार चौड़ा था। देखने में खूबसूरत थे। स्वभाव के मधुर, बात के तनिक कड़े।

डेढ़ पहर दिन उठे जब मैं घास छीलकर लौटता तो वह हवेली के अन्दर मुझे बुलवा लेते। इधर-उधर की बातें कर लेने के बाद मेरी ओर अपना हाथ बढ़ा देते। उनकी वह मुलायम हथेली अपने कँधों पर डालकर मैं उसे चाँपने लगता। वह आँख मींचकर कुछ-कुछ बतियाते रहते और मैं अपने हाथ को उनकी कुहनी तक ले जाकर वापस ले आता। दरअसल नसें दुहवाना उन्हें बहुत पसन्द था। दो अँगुलियों के सहारे उनकी मोटी बाँहों को मानो मैं घंटों गूँथा करता। इसके अलावा चूतड़ों पर मुक्कियाँ लगवाना भी उन्हें खूब अच्छा लगता था। कहा करते—मेरे खवास का लड़का मनोरथा हैजे में मर गया, तब से क्या बताऊँ बलचनमा, इस देह की कैसी दुर्गत हो रही है·· बाबू करवट बदलकर उस ओर तकिया में मुँह को गोंत लेते और कुछ देर तक ङु ङ ङु ङ करते रहते। सारी देह थिर, मगर एड़ियाँ दोनों डोलती रहतीं। यह किसी भारी सोच में पड़ जाने का उनका लच्छन था।

एक रोज ऐसे ही लच्छन के बाद बिजली की फुर्ती से मुँह उठाकर मेरी ओर वह बकर-बकर ताकने लगे। थोड़ी देर ताकते रहे। फिर पूछा—"बलचनमा, रहेगा मेरे साथ? चलेगा पटना?"

न हाँ, न हूँ—मुझसे कुछ कहते नहीं बना। उन्होंने कई बार पूछा। आखिर मुँह मुझे खोलना ही पड़ा। निगाह नीचे की ओर, गर्दन भारी। अपनी फटी बनियाइन के लटकते पल्ले को छूते-छूते मैं बोला—"मलि-

काइन जाने देंगी ?"

"अरे, मलिकाइन की बात छोड़। तेरी माँ अगर मान जाय तो सब मामला ठीक हो जायेगा।"

इस पर मैं कुछ नहीं बोला था। जाने कैसे माँ को उन्होंने मना लिया था और मलिकाइन का क्या पूछना ! वह तो पचास बार मौका-बेमौका मुझे सुनाकर बोल चुकी थीं—एक जायेगा एगारह आयेगा। चरवाहे की क्या कमी है।

मलिकाइन अपने भतीजे को 'फूल बाबू' कहकर बुलाती थीं। बाकी लोग भी उन्हें इसी नाम से जानते थे। मैं भी उन्हें फूल बाबू-फूल बाबू कहा करता। रहे भी खूब खुश-मिजाज। मिसरी-सी बोली थी। छोटे-छोटे खुदिया दाँतों वाले। उनके मुँह से बातें निकलतीं तो लगता किसी सुन्दर फुलडाली से झर-झर हर्रसिगार के फूल गिर रहे हैं।

फूल बाबू बचपन से ही अपनी पीसी के यहाँ आते रहे। माँ उनका शील-सुभाव जानती थी। बल्कि वह कई बार उनके घर हो आई थी। उन की माँ, उनके बाप, उनका खानदान, सबका हाल मेरी माँ को मालूम था और इसीलिए इतनी आसानी से मेरा उनके साथ जाना माँ को मंजूर हुआ। दुर्गापूजा की छुट्टी बिहार-बङ्गाल में बड़ी लम्बी होती है, जानते ही हो। शुरू क्वाँर से लेकर दिवाली—छठ-भाई-दूज तक स्कूल-कालेज बन्द रहते हैं। लड़कों और मास्टरों और परफेसरों के लिए मौज है भैया ! फूल बाबू दसहरा-भर मलिकाइन के यहाँ रहे। उड़ता हुआ नीलकंठ देखकर अपने गाँव गये। इधर मलिकाइन को चिन्ता हुई नये चरवाहे की—एक जायेगा एगारह आयेगा—कहने में क्या रक्खा है ! बाकी, आदमी आदमी है ! हाथ-गोड़, आँख-नाक-कान-कपार—सब जानवर के हैं, मगर दिल और दिमाग इन्सान के ही बच्चे के पास मिलेगा। भैंस चराओ चाहे गाय, बकरी चराओ चाहे भेड़। थोड़ी बहुत अकिल तो चाहिए ही। लेकिन अकिल कहाँ मिले ? भिंडी और बैंगन के खेत में आदमी फूस का पुतला खड़ा करता है। तो क्या वह पुतला गाय-भैंस की चरवाही कर सकता है ? नहीं, भैया नहीं, इंसान का बच्चा ढला नहीं है कि जहाँ पाया उठा लिया।

बड़ी खोज के बाद मलिकाइन को एक आदमी मिला। निपट बहरा। हाथ-पैर दुरुस्त थे, मगर था बूढ़ा। हमारे रहते ही वह आ गया था। चारज (चार्ज) हम अपना उसे दे चुके थे। पर भीतर-ही-भीतर अफसोस हुआ कि भैंस को इस बूढ़े के चलते भारी मुसीबत उठानी पड़ेगी। ठीक है, गर्जू का यही हाल होता है। मलिकाइन उतावली में थीं, तभी तो कल्यान-पट्टी के इस बहरे और बूढ़े दुसाध को चरवाहा रख लिया। वह सबूरी मंडल तो था नहीं कि चरवाही में रस लेता।

दिवाली से दो रोज पहले ही मैं फूल बाबू के घर पहुँचा। अकेला नहीं, मलिकाइन ने एक खेत मजूर को साथ कर दिया। जिस दिन मैं घर छोड़ने वाला था, उस दिन माँ की आँखें जाने कितनी बार भर आईं। वह मेरे सामने तो खुल कर रो न सकी, मगर पीछे जरूर रोई होगी। माँ का दिल ठहरा न। और भैया, मैं ही कौन सयाना था। सात-आठ कोस के उस रास्ते ही में पाँच-छः दफे कलेजा फटा। काहे न फटता। बाप तो मेरे लिए कभी था ही नहीं। जब तक जिया, कभी कलकत्ता तो कभी ढाका, कभी जलपाईगुड़ी तो कभी फारबिसगंज। भारी-भरकम डील-डौल का आदमी, बड़ा कपार और बड़ी-बड़ी मूँछें!—बस यही तसवीर है जो बाप के नाम पर मेरे सामने आती है। सरम-लाज इतनी थी कि कभी गोद लिया ही नहीं मुझे उसने, चुम्बा-चाटी भी नहीं याद आती है उसकी। बात यह थी कि दादी मुझे अपना कलेजा समझती थी। बुढ़िया का लाड़-प्यार इतना था कि उसके सामने इन्द्रासन भी फीका। मेरा ही नहीं और बच्चों का भी यही हाल होता है। माँ का दूध छूटा कि दादी, नानी, फूआ, मौसी, चाची, मामी, जो पीठ थपकावे, बोलारी दे, खेलावे, वही बच्चे का सब कुछ हो जाता है। माँ चाहे बाप। और मेरी माँ कहती भी थी—"रेबनी मेरी है, बलचनमा बूढ़ी का।"

फूल बाबू के घर पर छः दिन रहा, फिर पीछे हम पटना गये। उनकी एक ही बहन थी। सीतामढ़ी के पास कहीं ब्याही थी। भाई-दूज के दिन वह अपनी बहन से न्योता लेने गये। लौटकर फिर घर आये और तब जाकर हम दोनों पटना के लिए विदा हो सके।

फूल बाबू हमारी मलिकाइन के सगा भतीजा थोड़े थे? नहीं, मलि-

काइन के बाप की तीन शादी। पहली निपूती निकली। दूसरी से फूल बाबू के बाप जनमे। तीसरी से हमारी मलिकाइन गुनमन्ती देवी का अवतार हुआ। जमीन-जजात सारी फूल बाबू के बाप की हुई। मलिकाइन को कुल पचीस बीघा बाप दे गये। अरे, जहाँ हजार बीघा की बात हो वहाँ बीस-पचीस बीघा भला क्या चीज है? लेकिन हमारे यहाँ बड़ी जात वालों में माँ-बाप के दिल लड़कों के लिए और होते हैं और लड़कियों के लिए और। घर-गिरस्ती, जमीन-जजात, माल-जाल, रुपया-पैसा, कैंचा-कौड़ी, लत्ता-कपड़ा—दौलत का चाहे अंबार लगा हो, मगर धी-बेटी के लिए उस ओर निगाह उठाना भी गुनाह समझा जाता है। पढ़ाई-लिखाई, इलिम-विद्या, सब कुछ लड़कों के भाग्य में। लड़की जब तक बिन ब्याही रही, खायेगी-पियेगी, थोड़ा-बहुत शौक-सिंगार करेगी बस। और यही बात हमारी छोटी जात वालों ने भी जस-की-तस अपने में उतार ली है।

बाप की सारी संपदा बेटे के हाथ लगी। बेटी के नाम गौरी-गणेश की तरह चार अच्छत अलग से डाल दिये गये। फिर भी मलिकाइन का अपने सौतेले से सिनेह-भाव था ही। भाई-दूज के रोज साल-साल फूल बाबू के बाप मेरे गाँव जाया करते। फूल बाबू की माँ का सुभाव बिल्कुल देवता का सुभाव था। अपनी ननद के लिए उनके हिरदय में इतना नेह-छोह था कि क्या कहूँ। परब-त्योहार, छठे-छमाहे, सौगात भेजा करतीं।

तो ऐसी माँ के बेटा थे हमारे फूल बाबू। तमोड़िया टीसन चढ़कर हम हड़ाही उतरे। सामान बहुत ज्यास्ती नहीं था। लोहे का एक बकसा, चमड़े का एक सूटकेस। टाड़ा-भर घी। ओढ़ना-बिछौना का मोटा। यह सब था ही, एक टोकरी महीन धान का चिउड़ा था, उसी पर कुछ पकवान, खजूर और टिकिया बनाकर डाल दिये गये थे। केले के पत्ते में और कागज में लपेटकर अचार पड़े थे। ऊपर एक डाली साबे की रस्सी से कसकर बाँध दी गई थी, मगर कैसा भी बाँधें, कितना भी बाँधें, खाने-पीने की चीज भला किसका ध्यान नहीं खींचेगी? सच कहता हूँ, भैया बड़ी खुशबू आ रही थी।

थे तो हम दो जने मगर फूल बाबू ने हड़ाही में गाड़ी रुकते ही कुली-कुली कहके पुकारा, एक आदमी दौड़ा आया। काला कुर्ता पहिने हुए था।

आधी बाँहों वाला। दाईं बाँह पर भूरे रंग की एक चिप्पी उस कुर्ते में सिली हुई थी, जिस पर कुछ लिखा हुआ था। वही कुली था। फाटक खोलकर इधर से लोग उतर रहे थे, उधर से बेसबूर कुली उन्हें धकिया-कर भीतर घुस आया। फुर्ती से हमारा सामान उठाने लगा।

मालिक ने मुझे कहा—"उतर, यहाँ दूसरी गाड़ी पर चढ़ेंगे।"

मैं उतरा और अलग जाकर खड़ा हुआ कि मालिक ने चिचियाकर कहा—"ले, सूटकेस सँभाल।"

सूटकेस लेकर मैंने नीचे रख दिया। इसके बाद घी का बर्तन भी उन्होंने थमाया और मैं बड़ी होशियारी से उसे ले जाकर सूटकेस के पास रख आया। कुली ने बकसा, कम्बल वाला मोटा और चिउड़ावाली टोकरी एक-एक कर तीन दफे उतारा।

सूटकेस के करीब खड़ा-खड़ा मैं चारों ओर देख रहा था, चकुआ-चकुआ कर। सत्रह साल की उमर थी। गाँव-घर छोड़कर कभी नहीं निकला था। एक ही जगह इतनी अधिक रेल लाइन, इतनी अधिक गाड़ियाँ, इतने जास्ती ऐंजन, रंग-बिरंग के, मुलुक-भर के लोग—देखकर मैं दंग रह गया। अपने आपको जाने कहाँ मैंने खो दिया। लगता था, जाने किस दुनिया में फूल बाबू मुझे ले आये हैं।

इसटीसन का आँगन ऐसा साफ इतना चिकना था कि वाह! मन ने कहा—अपने यहाँ गाँव-घर में गरीब-गुरबा क्या मालिक-मलिकाइन के भी ऐसा आँगन नहीं होता। अभी तक मैंने सरकार बहादुर और अँगरेज बहादुर का नाम-भर सुना था। मगर उस बार पहले-पहिल अपनी जिंदगी में हड़ाही जंकसन का लाटफारम देखा तो अकिल हैरान हो गई।

बहुत बड़ा लाटफारम। इधर भी लाटफारम, उधर भी लाटफारम। बीच में रेलबी लैन। उधर उस ओर भी लैन बिछी थी। दरभंगा टीसन का नाम हड़ाही करें हैं। अरे भाई, आसपास के लोग जो कहकर पुकारें, वही न नाम? अँगरेजी में या संसकिरित में लिख देने से क्या होगा। मैं बहुत दिनों तक धोखे में पड़ा रहा कि हड़ाही जंकसन एक है और दरभंगा टीसन कोई और होगा। लेकिन अभी कुछ दिन पहले यह भेद परगट हुआ। एक लड़का अपनी इसकूली पोथी में दरभंगा का भूगोल पढ़ रहा था और मैं

वहीं बैठा बीड़ी पी रहा था। पढ़ते-पढ़ते इसके मुँह से निकला—"दरभंगा स्टेशन को हड़ाही भी कहते हैं, क्योंकि नजदीक ही जो बड़ा पोखर है, वह हड़ाही पोखरा कहलाता है।" खोदते बखत शायद हाड़ निकला होगा।

खैर भैया, फूल बाबू कुली से सामान लदवाकर आगे चले। मैं चला पीछे-पीछे सूटकेस सिर पर उठाए। इस लाटफारम से उस लाटफारम पर जाने के लिए एक ठो बड़का पुल है। पक्का, मजबूत। ऊपर से टीन की छतरी भी है। सीढ़ियाँ बनी हैं। चढ़ने को भी और उतरने को भी।

मैंने यह सब देखा। उस दिन पुल पर चढ़ते-उतरते गिरा नहीं सो अचम्भे की बात है।

उस लाटफारम पर जब हम पहुँचे तो गाड़ी खड़ी थी। कुली ने सामान भीतर रख दिया। मालिक ने मुझे कहा—"बैठ बलुआ, मैं चाह पीकर आता हूँ।" वह गये चाह पीने, मैं चाह से अनजान नहीं था, क्योंकि मेरा बाप ढाका-कलकत्ता घूमा हुआ था। घर पर कभी सरदी-खोंखी होती तो चाह बनवा के पीता था। चीनी न हुआ तो गुड़ ही सही। दादी को एक बार खाँसी हुई जोर की, तो मीठा के बदले नोन डालकर उसने चाह बनवाई। उसी से उसका दुख दूर हुआ।

फूल बाबू चाह पीने गये और मैं आँख फाड़-फाड़कर लाटफारम पर चलते-फिरते लोगों को देख रहा था। रूप-रंग के साथ यहाँ लोगों की बोली भी बदली थी। यह काहे-कुहे सुनने का पहिला मौका था मेरे लिए। अपने गाँव पर पड़ोस में सैयदपुर के मियाँ लोगों को पाजामा पहने देखा था, मुदा बोली तो हमारी उनकी एक ही थी। सामने दो पजामाधारी फर-फर बतिया रहे थे, यही काहे-कुहे की बोली में। अब तो भैया, कानों को आदत पड़ गई है। मगर पहिले-पहल जब यह बोली सुनी थी, तो ऐसा लगा था, जाने कोई कानों में खूँठा ठोंकता जा रहा है। अब तो मुझे भी इसी बोली की लत पड़ गई है। अपनी बोली भूलता जा रहा हूँ। बबुनी की तो बात छोड़ो; चार बरस का मेरा परदिपवा फर-फर हिन्दी बोलता है।

ऐंजन ने सीटी दी और फूल बाबू आकर हमारे नगीच बैठ गये। उन्होंने अखबार खरीद लिया था। कैसा बड़ा फर्द था। छोटी पोथी और पंडित जी का भागवत का पोथा—अखबार के बड़े-बड़े फर्दों का मुकाबला

कर सकते हैं ? फैलाकर पढ़ोगे तो बाँह टूटने लगेगी। देखते नहीं नबरास्टर रोज आता है। कामरेड सुक्खू पढ़-पढ़कर सुनाते हैं। चार तह, आठ तह का, पहले मोड़ लेते हैं, तब फिर पढ़ना शुरू करते हैं। फूल बाबू ने थोड़ी देर फैलाकर पढ़ा, फिर दो तह और फिर चार तह करके पढ़ने लगे। मुझे तो नींद आ रही थी। हिलती-डुलती गाड़ी में ऐसा लग रहा था कि मलिकाइन के बाग में मचकी झूल रहा हूँ। नीचे, पैर के बिल्कुल नीचे रेल के पहिये हड़ाक-हड़ाक कर रहे थे। जुड़े हुए डब्वे ढब्बर-ढब्बर बोल रहे थे। ऐंजन झज्झ काली, झज्झ काली करती चली जा रही थी। खूब हचकोले लग रहे थे। झूले का मजा आ रहा था। पलकें सौ-सौ मन की भारी हो उठीं। आँखें झिपतीं तो झिपकी ही नहीं, मेरा माथा फूल बाबू के केहुने से उठंग गया। मैं सो रहा।

बड़े झटके के साथ नींद टूटी तो सामने समस्तीपुर का बड़ा इसटीसन आ गया। शाम हो रही थी। यहाँ भी गाड़ी बदलनी पड़ी। सुना कि मुजफ्फरपुर जो गाड़ी जाती है, सो सीधे कटिहार से जाती है। बड़ी भीड़ थी। कुली से मोटा सहेजवाकर, मुझे बैठाकर मालिक खाने चले, मुझसे कहते गये—"चिउड़ा और पकवान निकालकर खा ले। पानी फिर पी लेना।"

आदमी का सुभाव छन्न-भर में मालूम हो जाता है। फूल बाबू को मैं बहुत पहले से और अच्छी तरह पहचान चुका था। उनके स्वभाव में एक अजीब मस्ती थी। लापरवाही कह सकते हो। जितना ही उनके बाप कंजूस थे, उतना ही फूल बाबू की मुट्ठी ढीली थी। मलिकाइन के यहाँ कई दफे ऐसा हुआ कि छुहाड़ा-किसमिस तक उन्होंने मुझे दिये, मगर छिपाकर। अपने घर पर उन्होंने मुझे कै बार सरबत पिलाई, मगर माँ की नजर बचाकर। मेरा मन हरा हो गया—मालिक हो तो ऐसा। कामधेनु वह जिसे खड़ी-खड़ी दुह लिया जाय, साँझ-सबेरे जब चाहो। भीतर ही भीतर मैंने एक दिन अपने आपसे कहा—जिनगी-भर फूल बाबू की सेवा करूँगा।

चिउड़ा और पकवान, जिस टोकरी में था, वह सीट के पास ही रखी हुई थी। मन-माफिक मैंने उसमें से निकाल लिया। चिउड़ा भी, अचार भी और पकवान भी। समस्तीपुर में रेलों का भारी जुटान

होता है। गाड़ियाँ घंटों तक खड़ी रहती हैं। पीं-पीं करती हुई इंजनें इधर-से-उधर, उधर-से-इधर टहलान मारती रहती हैं। झिल्ली-कचरी, लाई-मूढ़ी, लावा-फुटहा, पूड़ी, मिठाई, मखान-मेवा, दाख-किसमिस, गड़ी-छुहाड़ा, बीड़ी, पान—सब मिलता है वहाँ! सीसे वाली सन्दूकचियों को सिर पर लादे बेचने वाले चक्कर लगाते रहते हैं। कहीं घबहा कुकुर, कहीं चलाक कौए, कहीं दतनिपोड़ा कल्लर—चाहोगे कि खड़े-खड़े कुछ लें और खायें, नहीं होगा।

खैर, मैं तो गाड़ी के भीतर ही अपनी सीट पर बैठे-बैठे चिउड़ा फाँक रहा था। बीच-बीच में तोड़-तोड़कर पकवान के टुकड़े मुँह में डाल लेता। करेला और परबल का अचार। क्या पूछने हैं, कैसा लग रहा था!

फूल बाबू उधर से आये तो एक बीड़ा पान मेरे लिए भी लेते आये और हँसकर कहा—"सारा का सारा आज ही भकोस लेगा!"

लाज से मेरी गरदन झुक गई। मुँह चलाना बन्द कर मैं अपने पैरों की ओर ताकता रहा। मालिक ताड़ गये। बोले—"अरे हाँ, खजूर नहीं निकाल लिया?"

और तब फिर मेरा मुंह चलने लगा और दाँत चबर-चबर बोलने लगे।

वह आकर मेरे नजदीक ही बैठे, पान थामे हुए। मैं जब फंकी लगा चुका तो बोले—"पानी पी आ। वह देख लोग पानी पी रहे हैं। कल की टोंटी को धीरे से दबाना, नहीं तो कपड़े भींग जायेंगे। जोर दबाने पर फबारा निकलता है।

जैसा बाबू ने कहा था, उसी मोताबिक मैंने कल की टोंटी को दबाया और पानी पिया। अचरज लगा कि कहाँ से पानी आता है। न इनार है, न पोखर, न डबरा, न चभच्चा, तो क्या पाताल से आता है? अब तो खैर सयाना हो गया हूँ। देश-दुनिया काफी देखी है। कल-मशीन की बात जानता हूँ, मगर घर से जब निकला तब तो मैं पर्बतिया बोको था। जाड़े के दिनों में पीठ पर बकुच्ची बाँधे ऊपर से भोटिया नेबार उतरते हैं। नेपाली भी उतरते हैं। पहाड़ से उतरकर जयनगर—नीचे के इलाकों को वे लोग मोग-लान और भधेस कहते हैं। कातिक-अगहन में आते हैं और माघ-फागुन में

लौट जाते हैं। गाय जैसे सीधे। बोली अलग, बानी अलग, भेख अलग। उन्हीं को हमारे यहाँ पर्बतिया बोको कहते हैं।

मेरे सिधाई पर फूल बाबू जब कभी हँसते तो बोकुआ ही कहते थे न!

पानी पीकर मैं आ गया और गाड़ी में जा बैठा। इंजन ने सीटी दी। फक्-फक् कर गाड़ी चलने लगी।

रात हो गई थी। बाहर के बाध-बोन दिखाई नहीं पड़ रहे थे। और भैया, कटिहार की गाड़ी बड़ी तेज चलती है। मैं ऊँघने लगा। सोने की जगह तो थी नहीं, फिर भी बैठे-ही-बैठे मुझे नींद आ गई। मालूम नहीं, कितनी देर बाद गाड़ी बड़े जोर से हड़र-हड़र, हड़ाक-हड़ाक करने लग गई और फूल बाबू ने मुझे झकझोर कर दिखाया कि देख हरिहर छेत्तर का पुल। मल-मलकर मैंने आँख साफ की और हाजीपुर के उस बड़े पुल को देखने लगा। पश्चिम की ओर बड़ी दूर, पानी के पार झिलमिल-झिलमिल रोशनी जल रही थी। बाबू ने कहा—"वही पटना है।"

बड़ी देर तक मैं मुँह बाये रहा—"वही पटना है!!"

इतने में सोनपुर आ गया। ऐसा लम्बा-चौड़ा लाटफारम सुनते हैं कि दुनिया-भर में नहीं है। तुम तो गंगा पार गये ही नहीं, जाते तो देखते। देखकर अकिल गुम हो जाती। इस छोर पर से उस छोर पर जाने में पैर दरद करने लगेगा।

सोनपुर में हमने गाड़ी बदली। कटिहार से जो गाड़ी आती है, वही सीधे छपरा-नखलो चली जाती है। घटही गाड़ी पर चढ़कर हम पहलेजा घाट आये। मगर सोनपुर में कई घंटे बैठना पड़ा। घटही गाड़ी कोढ़िया होती है। आज बीस-बीस बरिस बाद भी पहलेजा वाली गाड़ी का यही हाल है। साली इतनी-इतनी देर बैठाती है कि दिमाग कुफुत हो जाता है। सामान था हमारे पास, सो भी नहीं सकते थे। घाट पर आते-आते पौ फट गई थी।

जहाज का नाम ही सुना था आज तक। हम समझे थे कि जैसे लोहे की पटरी पर रेल चलती है उसी तरह जहाज भी पटरी पर ही चलता होगा। मगर, नहीं भैया नहीं। वह तो नाव जैसा होता है। दो महला-

तेमहला।

कुली से सामान उठवाकर जहाज की ओर चले। जेटी पर बड़ी धक्कम-धुक्की थी। सब आपा-धापी करके एक-दूसरे को रेलते-पेलते जहाज पर जा रहे थे। लोहे का भारी-भारी सूटकेस बाबू लोग हाथ ही में लिये हुए थे। बाबू लोग, भाई, आखिर बाबू ही न ठहरे! कितना भी भारी होगा तो सिर कंधे पर नहीं लेंगे, मोटा या बकसा हाथों में ही ढोने की कोशिश करेंगे। सिर-कंधे पर गठरी डालने से बाबूगिरी में बट्टा लगता है।

जहाज़ पर किसी तरह बैठे, क्योंकि इंतजाम नहीं था। जो जहाँ पावे, बैठ जाय। यही हाल था। आजकल तो भला जहाज में दो-चार बेंच भी दिखाई देती हैं, लेकिन मैं जिस जमाने की बात कह रहा हूँ, उन दिनों ऐसा नहीं था। जहाज देर से छूटा। घंटा बजा। लोहे के मोटे-मोटे सिक्कड़, जो जहाज पर चारों ओर घिरे थे उनमें हरकत आई और मानो गंगा का किनारा ही पीछे की ओर खिसकने लगा। उस बख्त महेन्द्रू और पहलेजा, दोनों आमने-सामने पड़ते थे। पार होने में घंटों नहीं लगे। इधर महेंद्रू घाट की जेटी से जहाज लगा कि नहीं, लगे पसिंजर कूद-कूदकर उतरने। जिनके हाथ खाली थे, उनको तो उतरने में और भी आसानी थी। धड़फड़-धड़फड़ करते कुली आये और बाबू लोगों का सामान उठाकर उतरने लगे। फूल बाबू को यह आपा-धापी बिल्कुल नापसन्द थी। एक कुली ने बिस्तरे पर हाथ रखा तो उन्होंने मना कर दिया—"ठहरो, भीड़ छँटने दो।"

मैं जब तक जहाज का इंजन देखता रहा। ऐसा समझो कि लम्बा-चौड़ा घर है। बीच में चौकोर गढ़ा। उसी में तमाम कल-पुरजे बैठाये हुए हैं। मोटी और पतली पेंचदार नालियाँ गरम भाप से सुसुआ रहा है। इंजन के पहिये जितने बड़े होते हैं, उतने ही बड़े-बड़े धुरी लगे चक्के नीचे-ऊपर हो रहे हैं। उधर एक ओर जमदूत जैसे काले दो जवान कोयला झोंक रहे हैं। और भैया, छरर-छरर, सरर-सरर पानी काटता हुआ जहाज गंगा मैया की छाती पर आगे बढ़ा जा रहा है। मैं तो पच्चीस बार आया हूँ, पच्चीस बार गया हूँ। अब जहाज मेरे लिए घर-आँगन हो गया है।

भीड़ कम हुई तो कुली ने सामान उठाया और हम जहाज से उतरे।

टिकट बाबू को टिकट दे दिया गया और सीढ़ियों से चढ़कर महेंद्रू घाट इसटीसन के हाते में पैर रखा। तब रिक्शा इतना नहीं चला था। टमटम का ही राज था। टमटम पर चढ़कर बाबू और मैं डेरे पर आये। डेरा फूल बाबू का असालतन था। मतलब यह है कि रहते या न रहते किराया हमेशा भरते थे। मकान किसी बनिये का था और पड़ता था मछुआ टोली में। आधे में मालिक-मकान खुद रहता। सड़क की ओर, नुक्कड़ पर चौथाई हिस्सा वाला कोना भी किराये पर उठा था। बाकी हमारे फूल बाबू भाड़ा पर लिए हुए थे। इनके हिस्से में दो कमरे और बरंडा था छोटा-सा।

पहिले ही दिन मालिक ने मुझे एक निकर खरीद दिया, आधी बाँह की कमीज भी। दूसरे दिन सुबह उठकर कहते हैं—"बलचनमा तेरे बाल हैं कि गौरैया का घोंसला? ठहर, बनवा देते हैं आज।"

लाज के मारे कनपटी लाल हो गई। क्यों भैया, बाल छँटवाने में लाज कैसी?

समझा नहीं, हमारे गाँव में पंडितों का बड़ा दबदबा था। राज ही उन्हीं का था। अब तो थोड़ा-बहुत जमाना बदल भी गया है, लेकिन कुछ पहिले अगर तुम इसी तरह सतमहला बाल छँटाये, दाढ़ी-मूँछ साफ किये मेरी बस्ती में पहुँच जाते, तो परलय मच जाता। दादी की कही हुई बात सुनाऊँ। मेरा बाप एक बार ढाका से आया बाबड़ी छटाकर, बूढ़े मालिक उन दिनों जीते थे। उन्होंने मेरे बाप को बड़ा ही फटकारा। पछवारी टोला के पंडित बबुना झा बुलाये गये और उन्होंने फतवा दिया। नदी के किनारे जाकर असतूरा से माथा मुड़ाना होगा। उसे झख मारकर माथा मुड़ाना पड़ा। एक बार मेरा मामा आया, तो हाट पर जाकर उसने दाढ़ी बनवाई। मुझे भी ले गया था। मेरे भी बाल छँटवा दिये थे। क्या पूछते हो भाई, कितना बाबेला मचा उस रोज! अगले दिन मुझे भी परास्चित करना पड़ा। अब मगर जमाना पलटा खा रहा है। पंडितों और मालिकों के अपने ही घराने में यह सब नहीं चलता। दादा पूरब की ओर देखता है, पोता बिल्कुल पश्चिम की ओर खड़ा-खड़ा मूतता है। बुढ़े-बुढ़िया मरते हैं, इसटीसन पर गाड़ी से उतरते समय पोते को अगर पता लग गया तो मूड़ मूड़ाने के डर से सीधे पश्चिम की राह लेता है। लौटती गाड़ी से पटना-

मुजफ्फरपुर चला आता है।

फूल बाबू ने नहीं माना। खुद सामने खड़े होकर हजाम से बाल मेरे बनवा दिये और बिल्कुल नजदीक आकर आँखों में आँखें डालकर मुझसे बोले—"आज तो तू आदमी बन गया है।"

आदमी तो मैं बन ही गया था। इसमें भी क्या कुछ शक था? नया देश, नया मुलुक, नये-नये चेहरे, नई बोली-बानी, नया भेख, नया वे हवा, सब कुछ नया। मेरे लिए पटना में सब कुछ नया था। लगता था ऐसा कि मैं दूसरी दुनिया में पहुँच गया हूँ। दादी के मुँह से शहरों की कहानियाँ सुनी थीं। सुना था कि शहर में पैर रखते ही आदमी का मन फिर जाता है। घर की ओर, माँ-बाप की ओर, जोरू-जनाना की ओर उसका ख्याल ही नहीं जाता। मगर मुझे तो माँ याद आती थी। रात-दिन रेबनी न जाने कितनी दफे याद आती। अपना वह छोटा घर, वह चितकबरी बकरी, बाड़ी में ठूँठे जीमड़ की टेढ़ी बाँहों पर लतरी हुई नेनुआ की वह हरी-भरी लत्ती···क्या बताऊँ भाई, घर-आँगन का पूरा नक्शा आँखों के सामने सिनेमा जैसा चलता-फिरता दिखाई देने लगता।

गाँव-घर की बातें याद आतीं लेकिन निगाहों के आगे पटना का शहर था। माथे पर फूल बाबू की छाया थी, फिर जरा-मरा कचोट होती भी तो दिल बहलाने के लिए वहाँ पच्चीसों रास्ते थे।

फूल बाबू ओकालत पढ़ते थे। साथ ही एम० ए० में भी नाम लिखाए हुए थे। हमारा काम था भोरे-भोरे उठना, चूल्हा जलाकर चाह का पानी चढ़ा देना। यह सब उन्होंने मुझे दो-ही चार दिनों में सिखला दिया। चाह पीकर सात बजे वह लॉ कालेज चले जाते। साढ़े नौ बजे खाना तैयार हो जाता। वह आते और नहा-खाकर फिर निकल जाते। शाम को तीन-चार बजे लौटते, तो एक सन्तरा छीलकर धीरे-धीरे खाते और मुझसे कहते—"जा घूम आ। देखना, सम्हलकर सड़क पर चलना नहीं तो भुर्ता-भुर्ता हो जायेगा।"

दो पैसा रोज मुझे वह अलग से देते थे। मैं उसे बचाकर रखता था। जब तीन आना या चार आना जमा हो जाता था तब मैं भी टेबुल-कुर्सी पर बैठकर होटल से चाय पी आता था इकन्नी की चाय, दुअन्नी के बिस्कुट, पैसे

का पान और पैसे की पाँच बीड़ी। पान की दुकान के सामने बड़ी देर तक खड़ा रहकर पान से रँगे अपने होंठ और जीभ बार-बार देखने में मुझे खूब मजा आता। नयाटोला से लेकर सब्जीबाग तक तमोलियों की दुकान पर जहाँ भी आइना होता, खड़ा होकर मैं अपना चेहरा जरूर देख लेता। एक-आध घण्टे में वापस आता डेरे पर, फिर चूल्हे की आरती शुरू हो जाती।

खाना पकाने में कभी-कभी मालिक भी हाथ बँटाते। और यह तब होता जबकि उनके दोस्त आ जाते। महीने में एकाध-दिन अण्डे का हलुआ जरूर बनता। उन्हें खाने और खिलाने का बड़ा शौक था। अपने भी तो भोगिंदर ही थे। खेबा-खर्चा की कमी थी नहीं, फिर क्यों न खाते, क्यों न खिलाते? ऐसा नहीं कि मुझे भागीदार न बनाते हों। कैसा भी पदारथ होता मेरे लिए संजोकर जरूर रखते। उन्हीं के परताप से पिंटू होटल का रसगुल्ला मैंने जाने कितनी बार खाया होगा, कोई ठिकाना है।

दस-पंद्रह दिन तक मैं रसोई बनाने में कच्चा रहा, मगर आगे चलकर ऐसा पक्का रसोइया हो गया कि फूल बाबू के दोस्त तक मेरे बनाये हुए पकौड़ों की तारीफ करने लगे। बाकी जो कुछ मैं नहीं बना पाता वह मालिक बड़े सिनेह से, बड़े जतन से बना देते थे। एक बात थी, तिरहुतिया बाभन बड़े खटकर्मी होते हैं। छोटी जाति वालों का छुआ नहीं खायेंगे। अब तो खैर सब चलता है, मगर इस बात का काफी ख्याल रक्खा जाता है कि गाँव-घर वालों को न मालूम हो। पोल सबकी सबको मालूम रहती है लेकिन एक-दूसरे के सामने सभी बाबू-भैया पाक-साफ बने रहते हैं। फूल बाबू ने मुझे अच्छी तरह समझा दिया था कि गांव में यह सब मत बताना।

फूल बाबू बड़े हँसोड़ थे, बड़े खुश-मिजाज। तबियत चुलबुली थी। घण्टा-आध घण्टा चुप रहना उनके लिए भारी सजा थी। खाना पकाना, डेरे की रखवाली, यह सब सिरिफ बहाना था। सच पूछो तो उन्हें आदमी की कोई जरूरत नहीं थी। जरूरत होती भी तो क्या पटने में आदमी नहीं मिलते, मगर नहीं, मुझे जो वह ले आये सो एक ही वजह थी। अकेले उनका मन नहीं लगता था। साथी-सँघाती दो-चार या कि आठ-दस घण्टे साथ रहेंगे। किसी के साथ चौबीसों घण्टे पिंजरे में कौन रहना चाहेगा? मैं

उनके लिए पिंजरे का तोता था, जिससे वह सुबह-शाम, दिन-रात, बखत-बे-बखत मन बहलाया करते।

पिता उनके किरपिन थे, माँ की मुट्ठी खुली थी। अपना माँ की सुफारिस करके कुछ और जासती खर्चा फूल बाबू निकाल लेते थे। बाप ने एतराज किया—"बुलुर, अरे क्या करोगे इसको साथ रखकर ? दोनों बेर सेर-सेर भर भात ठूँसेगा और टाँगें फैलाकर सोएगा, मत ले जाओ साले को। किसी होटल में ठीक कर लेना। इसको रखने से नाहक ही झंझट में पड़ोगे। गले का ढोल बन जायेगा। मेरी बात पर ध्यान दो बुलुर !"

इस पर फूल बाबू क्या बोले थे ? बोले यही थे कि होटल का खाना तो बबे, आपका यह गोला कुकुर भी सूँघकर छोड़ देगा। आप लोग तो दो-चार महीने में एक ही आध बार हाई कोर्ट जाते हैं। दो-चार जून ही होटल में खाने का मौका मिलता है। चार-चार, छै-छै साल तक बराबर पटना में रहने वाले पढ़न्तू नौजवान चार महीना भी अगर इन होटलों का खाना खायँ तो बबे, घर वालों को उनसे हाथ ही धोना पड़े।

फूल बाबू का उनकी माँ ने पच्छ लिया; तब जाकर मैं साथ आ पाया, नहीं तो उनके बाप भारी कसाई थे। ठीक वैसे ही जैसे कि हमारे मझले मालिक। सौ कसाई के एक कसाई, न लड़के का मोह न लड़की का; न भाई का न बहन का; न बाप का मोह न माय का ! हाय रुपैया, हाय रुपैया ! जब देखो तब रुपैया। मैं तो दो ही रोज रहा उनके यहाँ, इसी में सब समझ गया। खेती-गृहस्थी के अलावे सूद-ब्याज पर दस-बीस हजार की वसूल-तहसील थी उनके हाथों में। आस-पास के इलाकों से दुसाध, मुसहर, चमार, खतबे, पासी, धुनिया, जुलाहा लोगों की बस्तियाँ थीं। मुसीबत के मारे खेत-मजदूर, आजकल भी पेट बेचते फिरते हैं। और भैया, उन दिनों भी इनका यही हाल था। फूल बाबू के बाप इन्हीं गरीबों की जमीन-जजाद हड़प-हड़पकर औकात वाले बने थे। इन लोगों का यही पेशा था। फूल बाबू के दादा भी लगानी-भिड़ानी करते थे। परदादा थे बनैली राज में तहसीलदार। चार-चार, छै-छै, आठ-आठ, दस-दस रुपैया देकर वह ऐसी नाथ न नाथते थे लोगों को कि मरने पर भी बेचारों को छुटकारा नहीं। छोटी जात वाले जन बनिहारों के पास होता ही क्या ? बहुत हुआ तो

दो-चार धुर की डीह, दो-एक मड़ैया, एकाध बकरी-बाछी। मगर भैया इन कसाइयों के चलते बेचारों के पास यह सब भी नहीं रह पाता। नीलाम करा लेते हैं। कुर्क हो जाती है। अदालत उनकी, हाकिम उनका, थाना-दरोगा उनका, पुलिस उनकी। गरीबों के लिए सिवाय लात-जूता के और है ही क्या? अब तो थोड़ा कुछ जमाना बदला भी है, बाकी दस-पन्द्रह साल पहले देहातों में घुप अँधेरा था। जिसकी लाठी उसकी भैंस, यही चलता था। आजकल तो दरोगा-पुलिस लोगों से दबने भी लगे हैं। बड़ी जात वालों की माया तब भी अपार थी और अब भी। बात-बात में अपनी गोटी वही लाल करते हैं।

गरीबों का गला रेत-रेतकर जमीन-जथा जोड़ने वाले बाप के घर ऐसा देवता किस तरह पैदा हो गया, यह मेरी समझ में नहीं आया। फूल बाबू उन दिनों तो देवता ही थे। इसलिए नहीं कहता हूँ कि मुझे कभी एक थप्पड़ नहीं मारा, न कभी एक बात ही कही, कहता हूँ इसलिए कि उनका सुभाव बड़ी जात वालों के सुभाव से लाख गुना अच्छा लगा था। झगड़ा-झमेला, झूठ-फूस, लाइ-लेपटाई, लल्लो-चप्पो हमारे मालिक को यह सब पसन्द कहाँ था? एक दिन की बात सुनाऊँ। सुबह में रोज वह दूध पीते थे। उस रोज ऐसा हुआ कि बाहर मदारी आया था। बानर और बनरिया ताल पर नाच रहे थे। बनरिया बनी थी दुलहिन, बानर दूल्हा। शादी हो गई थी। सुहागरात बाकी थी। मैं तमाशा देखने में मगन था। उधर उफनकर सारा दूध चूल्हे पर आ पड़ा। मलाई जलने की सोंधी बास आई मैं दौड़ा, पर गिरा हुआ दूध फिर कहाँ से आये? बाबू गये थे टहलने। रोज टहलने की उनकी आदत थी। टहलकर आते तो दो बिस्कुट खाते और ऊपर से यही डेढ़-एक पाव दूध पी लेते। उस रोज दूध चूल्हा पी गया था और मैं अपना कसूर छिपाने के लिए झूठ बोल बैठा— बिल्ली पी गई मालिक!

"बिल्ली पी गई?"

मैं अनबूझ अपराधी बनकर नाखून खोटता रहा, निगाह नीचे की ओर किये। मालिक ने नथने फैलाकर हवा में कुछ महसूस की और बोले— "बलचनमा, झूठ मत बोल। झूठ बोलना और गू खाना, दोनों को मैं बराबर समझता हूँ। दूध बिल्ली ने नहीं पिया है। साफ-साफ बतला क्यों न

दिया ? तुझे फाँसी कोई थोड़े देगा !"

मुझे भारी अफसोस हुआ और कान पकड़े—फिर कभी मालिक के सामने झूठ नहीं बोलूँगा। एक ही बात थी, जिससे मुझे तरद्दुद होता था। अरे भाई, वही तूफानी जमाना था। कांग्रेसी लोग नमक बना-बनाकर जहल जा रहे थे। भले तो क्या नाम था, अभी याद नहीं आ रहा है। सबने भङ्ग आन्दोलन। फूल बाबू रोज अखबार पढ़ते थे। अखबारों को सरकार ने बन्द करा दिया था, मगर छिपेतौर पर अखबार क्या जाने कहाँ से आता था ? लेथो से छपकर निकलता था। कौन निकालते थे, इसका पता नहीं। हमारे मालिक खूब डुबकी लगा-लगाकर अखबार पढ़ते थे। अखबार काहे का भैयन, कागज का छोटका फर्द देखा है न ? वही फर्द जिसको मोड़-माड़कर आठ परत का भी बनाते हैं, वैसा ही रहता था। इतना बड़ा-बड़ा फर्द नहीं, जितना बड़ा नवराष्ट्र या स्वाधीनता का होता है। लालटेन जलाकर बड़ी रात तक पढ़ते थे। स्कूल-कालेज की किताब नहीं यही गाँधी जी का अखबार।

दस दिन कातिक बाकी रह गया था, तब हम पटना आये थे, बता ही चुका हूँ। अगहन और पूस इसी तरह कटे। आधा पूस में फूल बाबू को सनक सवार हुई, एक दिन नमक बनाने गये। सुबह कह गये—दीघा जाता हूँ, सदाकत आश्रम में हमारे दो-चार साथी-संगी हैं। उन्हीं से मिलना है। रात न आऊँ तो घबराना नहीं ! मकान-मालिक की बुढ़िया सास से कह दिया है। वह इसी कमरे में सो जायेगी। तुझे डर न लगेगा।

मुझको पता ही नहीं चला कि मालिक के मन में कौन-सी बिजली छिटक रही है। मगर इतना जरूर था कि मुझको भीतर ही भीतर उनके लच्छनों से अंदेशा हो रहा था। लग रहा था कि हमारे मालिक भी नमक बनाने जायेंगे और गिरफदार होंगे। मेरे सामने एक ही सवाल था। मालिक जहल चले जायेंगे। तो मैं क्या करूँगा ? माँ कहो, बाप कहो, पटना में वही तो मेरा सब कुछ थे और उनके खो जाने से मेरी क्या दशा होगी, यह सोचते ही मेरा रोआँ-रोआँ खड़ा हो जाता। पटना जैसा शहर। लोगों की भीड़-भाड़। सड़क का न ओर न छोर। जान-पहचान का और कोई था ही नहीं, फिर अकेला होकर मैं मर न जाता ? यही अन्देशा था।

सुकुर हुआ कि फूल बाबू रात को लौट आये। मेरा तो कलेजा केले के पत्ते की तरह काँप रहा था। अपने लिए भात-दाल और उनके लिए रोटी-तरकारी बनाकर रख दिया और कोठरी में जंजीर चढ़ा दी। बाहर आकर उसी मकान के नजदीक खड़ा हुआ।

शहर में सड़क के किनारे यों भी खड़ा हो जाओ, तो बहुत बात मालूम होगी। आने-जाने वाले तरह-तरह के चहरे। एक्का, बग्घी, टमटम, फेरी लगाकर सामान बेचते हुए ठेला वाले, खोन्चा वाले, मोड़ पर किसी दुकान के सहारे बैठे मोची। बहुत बातें देखने को मिलेंगी। बड़े घराने की औरतें होंठ-रँगकर सफेदी से गाल पोतकर शाम को घूमने निकलती हैं। सामने से गुजरेंगी तो खुशबू के मारे तुम्हारे नथने फड़क उठेंगे। उनकी साड़ी-जम्फर देखकर आँख दङ्ग रह जायेगी। ऊँची एड़ी की जूती पहनकर जब वे उचकती चलेंगी तो सच बतलाना भैया अपनी हँसी रोक सकोगे?

लो मैं फिर बहक गया। कहना था क्या और कह गया क्या? हाँ, तो सड़क के किनारे खड़े होकर बटोहियों को देख रहा था। बटोहियों को काहे, देखूंगा, मालिक की राह देख रहा था। ताकता रहा, ताकता रहा और ताकता ही रहा। जब पैर उखड़ गये, तब कहीं जाकर फूल बाबू आते दिखाई दिये।

नजदीक आये तो देखा होठों में पपड़ी पड़ गई। बाल बिखरे हुए हैं। उन पर धूल छाई हुई है। गर्दन की तरफ से कुर्त्ते की दो बटन खुली पड़ी हैं। बाँह वाला हिस्सा उसका कोहुनियों तक मोड़ा हुआ है।

देखकर बड़ा दुःख हुआ। समझने में कसर न रही कि किसी ने बाबू को पानी तक नहीं पिलाया। दिन-रात भूखे रह गये। परदेश में कौन किसकी माँ, कौन किसका बाप? काहे कोई तुमसे पूछेगा कि पानी पिओगे, दो मुट्ठी भात खाओगे? काहे पूछेगा? और भैया, बड़े घर के लड़के भारी संकोची होते हैं। प्यासे मर जायेंगे, मुदा गिलास-भर पानी नहीं माँगेंगे। भूख के मारे अँतड़ी ऐंठती रहेगी बाकी मुट्ठी-भर चना-चबेना माँगकर खा लें, सो नहीं होगा। अपने मालिक की यह दशा देखकर मेरे कलेजे में फार धँस गया। बिल्कुल पास आकर वह मुस्कराये और कहा—"बलचनमा, यहाँ क्यों खड़ा है रे?"

मालिक की मुस्कान का जवाब मुसकाकर दूँ, उस दिन ऐसा मुझसे न हो सका। कैसे होता? उनकी तो वह फीकी मुस्कान थी। थके-हारे आदमी की बेबस मुस्कान। उसका जवाब मुस्कराकर देना निम्मन नहीं था भैया। मैं सीधे डेरे में आया। पीछे-पीछे बाबू आये। इतने थके थे कि धम्म से चौकी पर बैठ गये। फीता ढीला करके उनके पैरों से मैंने जूता निकाल लिया, चप्पल रख दी पास ही। चौका के अन्दर जाकर आसन पर बैठकर खाने की सामर्थ नहीं थी उनमें। जरा दूर पर कुर्सी पड़ी थी। उसे खींचकर मैंने सामने कर दिया। खाना परोसकर थाली ले आया और कुर्सी पर रख दी। कुल्ला करने के लिए गिलास में पानी दिया तो दो घूँट पानी मुँह में लेकर वहीं दीवाल के कोने में बाबू ने कुल्ली फेंकी। किसी दिन वह ऐसा नहीं करते। हाथ-पैर धोकर कुल्ली करके चौके में आते। पीढ़ी पर बैठकर ठिकाने से खाना खाते। मगर उस दिन तो बेसुध थे बाबू।

खाना खाकर, वहीं थाली में हाथ-मुँह धोकर जो सोये, सो दूसरे रोज दुपहरिया में ही उठे। तीसरे रोज वह फिर दीघा गये और उसी तरह कह गये। उस दिन मैंने कह दिया था—"रात को बाहर नहीं रहियेगा मालिक! आप नहीं रहते हैं, तो मुझे डर लगता है।"

"डर!"—उन्होंने कहा था—"डर कैसा रे? यहाँ कैसा डर? मैं तो शाम तक लौट आऊँगा।"

सुनोगे, तीसरे रोज क्या हुआ?

तीसरे रोज दो पहर रात तक मैं उनका आसरा देखता रहा। वह नहीं आये, तो हारकर बिना खाये ही मैं सो रहा। यह भी नहीं समझ सका कि कब मकान-मालिक की बुढ़िया सास आई और मुझसे सटकर सो रही। जड़काला था न, इसीलिए सटकर सोई।

सुबह में फूल बाबू के साथी महेन बाबू आये। आते ही उन्होंने मुझसे कहा—"मालिक तेरे पकड़े गये हैं। फूल-माला पहनकर जहल चले गये हैं। तुझे अकेला डर मालूम होता होगा, तो चल हमारे घर। फूल बाबू का सारा सामान तब तक यहाँ बन्द रहेगा। तू रहना हमारे यहाँ।"

सोलह-सत्रह साल की उमर थी मेरी। देखकर दया आती थी लोगों को। महेन बाबू को भी मेरे ऊपर दया ही आई थी। मालिक उन्हें मेरे बारे

में कहाँ कुछ कह गये थे मगर जब उन्होंने सुना कि फूल बाबू सदाकत आसरम के नजदीक नमक बनाते बखत पकड़े गये हैं, तो बेचारे मेरे पास दौड़े आये। अपने साथी के दुखिया नौकर की खोज-पुछारी करने और उस रात नींद भी तो मुझे अच्छी तरह नहीं आई थी। उचट गई थी साली। डेढ़ पहर रात बाकी थी तभी जो नींद उचटी, सो एकदम बिहान हो गया। किरन फूटते-न-फूटते महेन बाबू आ धमके थे।

खटका तो मुझे था ही। मालिक की गिरफ्तारी सोचकर शाम को रसोई बनाते समय में रोया था, खूब रोया था—फूट-फूटकर, सुबुक-सुबुककर। अभी सच्ची बात मालूम करके बड़ा दुख हुआ। ऐसा लगा कि कोई कलेजे में लात मारकर चला गया है। चुप मैं तनिक देर ही रहा। फिर बोला—"सरकार दरभंगा-मधुबनी की ओर आपकी जान-पहचान का कोई जाने वाला हो, तो मुझे उसके साथ कर दीजिएगा। यहाँ तो अपने मालिक के बिना मैं रह सकूँगा, खुद भी मुझे इस बात का भरोसा नहीं। इस पर मुस्कराकर महेन बाबू ने क्या कहा था ?

कहा यही कि तेरे लिए जैसे फूल बाबू वैसे महेन बाबू। हम जंगल में थोड़े रहते हैं। आदमी हैं, आदमी के बीच रहते हैं। तो, हमारे यहाँ तेरा निरबाह नहीं होगा ? तेरे मालिक महीना-दो-महीना जेल काटकर छूट आवेंगे, फिर तू उनके साथ ही रहना।

उस बखत महेन बाबू की यह राय चिरैता-सी कड़वी लगी। मैंने सोचा, बाबू लोग बड़े मतलबी होते हैं। इसका नौकर-चाकर भाग गया होगा तभी तो मुझ पर इतना जोर डाल रहे हैं, नहीं तो मुफ्त में कौन किसको दाना-पानी देता है ? फिर भी इनके यहाँ रहकर दस दिन देखना चाहिए। ऐसे अकेले देश पहुँचूँगा तो मलिकाइन खोद-खोदकर सारी बात मालूम कर लेंगी। फिर सारा हाल फूल बाबू के माँ-बाप सुनेंगे तो उनको हौलदिल हो जायेगा। मालिक की माँ तो जरूर ही दाना-पानी छोड़कर जान देने पर उतारू हो जायेंगी। यह सारा बरम बध मेरे ही मथ्थे पड़ेगा ? बाप रे ! नहीं, ऐसा तो हो नहीं सकता।

भीतर-ही-भीतर मैंने तय किया कि जब तक फूल बाबू जेल से छूटकर नहीं आते हैं, तब तक मैं देश नहीं जाऊँगा। ठीक ही तो कहते हैं महेन बाबू,

जैसे महेन बाबू वैसे फूल बाबू । बोल-चाल, रहन-सहन, रंग-ढंग, सब बराबर, कहना मुश्किल था कि दोनों में कौन उनैस हैं, कौन बीस ।

तो समझे भैया, जल्दी-जल्दी सामान ठीक किया, जंगला-खिड़की अच्छी तरह बन्द कर दी । अपने कपड़े और बिस्तरे, सिलेट-पिनसिल निकालकर बाहर रक्खा । मकान में ठोक दिया ताला । चला आया महेन बाबू के साथ ।

बड़े खुश हुए महेन बाबू । घर के बारे में बहुत-सी बातें रास्ते में मुझसे पूछ ली थीं । बाप मर गया । दादी मर गई । माँ है, छोटी बहन है । दो-तीन साल भैंस चराई है । यह सब महेन बाबू ने मुझसे मालूम कर लिया था ।

शहर के बाहर बाँकीपुर मैदान के नजदीक एक बड़ा बँगला लाल रंग से रंगा था । वह सीधे मुझे अन्दर ले गये । हमारी मलिकाइन के उमर से तनिक बड़ी कोई माँ जी पीढ़े पर बैठी हुई तिल से कंकड़ चुन रही थीं । महेन बाबू ने मेरा कंधा पकड़कर कहा—"अम्मा, फूल बाबू का नौकर है ।"

अम्मा ने पहले सिर से लेकर पैर तक देखा, तब जाकर बोलीं—"फूल बाबू को यह क्या सनक सवार हुई । गाँधी ने भले घर के लड़कों को बिगाड़ने का ठेका ले लिया है ? क्या पढ़ाई-लिखाई छोड़कर कालेज के लड़के अब क्या नमक ही बनाया करेंगे ?"

इतना कहकर सूरज की ओर हाथ करके बोलीं—"हे दीनानाथ दिनकर, आप इन लड़कों को सुबुद्धि दें !"

भारी मकान था । बड़े-बड़े दस-बारह कमरे थे । आँगन में अमरूद, हरसिंगार और नींबू के झाड़ थे । मैं उन्हीं झाड़ों की ओर बकर-बकर ताक रहा था कि अम्मा ने पुकारकर रसोइए से कहा—"बाबा जी, फूल बाबू का नौकर आया है । इसका भी खाना दनेगा ।"

मुझे महेन बाबू लेकर अपनी कोठरी में आये । अपना कोट उतारकर उन्होंने खूंटी पर टाँग दी । कुर्सी पर बैठे और इशारे से मुझे भी बैठने को कहा ।

मैं नीचे ही पलस्तर पर बैठ गया । कोठरी अच्छी और बड़ी थी । साफ और सुथरी । एक पलँग । कुर्सी और मेज । किताबों से भरी रैक ।

कपड़े टाँगने की खूँटियाँ। पलँग पर चनवे की तरह ऊपर तनी हुई मच्छरदानी। पैर पोछने का पापोश। बड़ा अच्छा लगा।

महेन बाबू बंगाली थे। हमारे मालिक के साथ पढ़ते थे। दोनों में गाढ़ी दोस्ती थी। मालिक जो घर से चिउड़ा, घी, अचार लाये थे, उसमें से आधा महेन बाबू के घर भेजवा दिया। महेन बाबू के बाप और माँ सब पहचानते थे मालिक को। अपने लकड़े की भाँति वे फूल बाबू को मानते थे।

बंगाली लोगों का परिवार बड़ा ही भरा-पूरा रहता है। उनकी गृहस्थी, उनका घर, उनका खान-पान, उनकी ओढ़न-पहिरन देश वाली लोगों से अलग किस्म का होता है। महेन बाबू आठ भाई-बहन थे। बाप थे, माँ थी। विधवा मौसी थी। दो नौकर थे। एक रसोइया था, जिसे बाबा जी कहकर पुकारा जाता। पूरा स्टेट था भैया! महेन बाबू के बाप सिकटेरियट में अफसर थे। आठ सौ रुपैया महीना पाते थे। बारह साल की पुरानी नौकरी थी। बँगले के पिछवाड़े दो बीघा के करीब खाली जमीन मिली थी। सामने हरी घास का कटा-छटा छोटा-सा मैदान—नीम के दो झूमते-झामते जवान पेड़। लकड़ी का छोटा-सा फाटक। साहब का नाम पट्टी पर लिखा हुआ था। हाते में घुसने से पहले ही उस पट्टी पर तुम्हारी नजर पड़ जाती।

उनके यहाँ चार दिन रहकर मेरे मन को बड़ा संतोख हुआ। महेन बाबू मुझे अपना चाकर बना के रखे हुए थे। किसी ने एतराज नहीं किया। नौकर को उन्होंने मना कर दिया था—आज से मेरी कोठरी में बलचनमा झाड़ू लगायेगा। मेरी चाय अब से बलचनमा ही इस मेज पर रख जाया करेगा। मेरी धोती को बलचनमा ही चुनियायेगा…कहने का मतलब यह है कि सिनेह में महेन बाबू ने मुझे सराबोर कर दिया। लेकिन भाई मेरे, इतनी आसानी से भला मैं अपने फूल बाबू को कैसे भूल जाता?

बड़े याद आते फूल बाबू। अकेले में कई बार कलेजा फटा, कै बार आँखें डबडबाईं? कह नहीं सकता। उन दिनों गाँधी जी का बड़ा जोर था। पकड़-धकड़ जारी थी। सरकार बहादुर की ओर से कानून है कि नमक सब नहीं बना सकते। गाँधी महात्मा सरकार को झुकाना चाहते थे। चाहते थे कि

दो-चार बातें उनकी मान ले सरकार। गोरी सरकार अपनी जिद पर अड़ी थी। कलकत्ता, बम्बई के सेठ-साहूकार भी भीतर-ही-भीतर गाँधी जी का पच्छ ले रहे थे। उनको साफ-साफ लौकता था कि स्वराज होने से सबसे जास्ती भलाई उन्हीं की होगी। वे देख रहे थे: सरकार झुकती है, तो सुराज मिलता है। स्वराज मिलता है, तो अधिक-से-अधिक कल-कारखाने वे खड़ा कर सकते हैं। अभी जो देश को दुहकर सारी धन-सम्पदा अंग्रेज ले जाते हैं, स्वराज होने पर वह सब सीधे उनके खजाने में आने लगेगी··· सन् तीस-बत्तीस का जमाना था। गाँधी जी के हुकुम से बाबू लोग गिरफ्तार हो रहे थे। हमारे फूल बाबू को गाँधी महात्मा की हवा लगी थी। मगर मेरी समझ में नहीं आता था कि क्यों लोग नाहक अपने को पकड़वाते हैं। न मार-पीट, न गाली-गलौज; न झगड़ा, न झंझट। फिर क्यों किसी को पुलिस पकड़कर ले जाती है! सरकार पागल तो नहीं हो गई है? मैंने एक दिन महेन बाबू से पूछा भी और उन्होंने जवाब में बहुत सारी बातें बताईं। मगर भैया, मेरी समझ में कुछ नहीं आया। बार-बार मैं यही सोचता हूँ कि बाबू को जब जहल ही जाना था, तो मुझे भी साथ ले जाते। यह जो दस-दस, पाँच-पाँच आदमी कुर्ता, धोती, टोपी पहनकर गले में माला डाले चढ़उआ बकरे की तरह नमक बनाने जाते थे, सो मुझे बाबू लोगों का एक खिलवाड़ ही लगता था। ऐसे भी कहीं किसी को स्वराज मिला है?

ज्यादा देर तक गुम-सुम रहने का मौका महेन बाबू के यहाँ मुझे कभी नहीं मिला। हमारी उमर के बच्चों से उनका घर भरा था। अपने भाई-बहनों में महेन बाबू ही बड़े थे। तीसरा भाई और चौथी बहन उमर में मेरे करीब थे। चार छोटे-छोटे। उन्होंने कभी मुझे उदास नहीं रहने दिया। बड़े बाबू और अम्मा जी की भी मुझ पर अच्छी निगाह थी। पन्द्रह-पन्द्रह रोज पर हजाम आता और बच्चों के बाल बना जाता। सनीचर-सनीचर को धुले कपड़ों का गट्ठर लादे धोबी आता। खाने में दो-एक टुकड़ी मछली रोज मिल जाती। मैं नहीं चाहता था कि चाय पीने की लत पड़े, लेकिन महेन बाबू जबरदस्ती मुझे पिलाते थे।

और मेरा काम क्या था। वही थोड़ी-बहुत महेन बाबू की सेवा-टहल और शाम को छोटे खोखा बाबू को रबड़ की पहियों वाली गाड़ी पर घुमा

लाना। बड़ी मौज थी। भर पेट खाओ और तानकर सोओ। हमारी उस छोटी मलिकाइन के और इस अम्मा जी के बीच आकाश-पाताल का फरक था। यहाँ कभी किसी ने मुझे गाली नहीं दी। किसी ने कुत्ता, सुअर नहीं कहा। किसी ने कान नहीं उमेठे। उलटे यहाँ महेन बाबू की छोटी बहनें तग्गर और कनेर के झुमकों से मेरे कानों को सजाती-सिंगारती। एक बात बताऊँ, कहोगे तो नहीं किसी को। न, नहीं कहोगे, तो कहूँगा। अच्छा तो सुनो—मुझसे साल-छः महीने की छोटी थी। अनीता नाम था। महेन बाबू की छोटी बहन। एक बहन और दो भाई उससे बड़े थे। साँवली-सलोनी। गोल चेहरा। बड़ी-बड़ी आँखें। बड़ा कपार। पतले होंठ। नाटे कद की थी। नाच-गान सिखाने के लिए उनके यहाँ मास्टर आते थे। पढ़ाने के लिए तो अलग मास्टर था ही।

बंगाली लोग बड़े मौजी जीव होते हैं। खाली खाना-पीना, पढ़ना-लिखना और रुपैया-पैसा नहीं, गाना-बजाना, राग-रंग भी उनको चाहिए। ठीक न है! कोई अगर ठिकाने से जिनगी को बितावे तो क्या बुरा है? तो भैया, वह अनीता अच्छा नाचती थी। गला भी उसका सुरीला था और मुझे बेहद मानती थी। कुछ दिन तक तो मैं उससे कन्नी काटता रहा। बड़े आदमी के बच्चे ठहरे। उनका मिजाज बड़ा ही तुनुक होता है। इसी से पहले कुछ दिन तक कन्नी काटता रहा। मगर बाद में देखा कि बेचारी छिपा-छिपाकर मेरे लिए बिस्कुट और चाकलेट लाती है। एक छोटी-सी कंघी और छोटा-सा एक ऐना कहीं से लाकर उसने मुझे दिया और उलहना देकर कहा—"दादा के पास रहते हो। वहाँ इतना बड़ा शीशा रक्खा है। कभी-कभी उसमें अपना चेहरा तो देख लिया करो।"

"क्यों, क्या है मेर चेहरे में?"

मैंने यह पूछा, तो अनीता ने दायें गाल में एक हलकी चपत लगाई और कहा—"रहेगा क्या? तुम्हारे बाल बड़े अच्छे हैं। सुनहले बाल सबके नहीं होते। इन बालों में कंघी जरूर फिरनी चाहिए···।"

थोड़ी देर बाद फिर बोली—"मैं राधा बनूंगी, तू कृष्ण बनकर मेरे साथ नाचेगा?"

"लोग देखेंगे तो क्या कहेंगे?"—उसकी ओर देखकर मैं बोला।

मेरे कान में फुस-फुसाकर उसने कहा—"दुपहर में कहाँ कोई रहता है। और नाचते समय घुँघरू नहीं पहनेंगे। न झुनुर-झुनुर की आवाज उठेगी, न किसी को पता चलेगा…।"

उसके बाद अपने दोनों हाथ मेरे कंधों पर डालकर मीठी निगाहों से अनीता ने मुझसे हाँ करा लिया और उसी दिन तो नहीं मगर तीन दिन बाद मौका मिला, हम खूब नाचे। नाचना-वाचना तो मुझे आता नहीं, तब अनीता का हठ था, सो भैया, मैंने उसकी बात रख ली।

फूल बाबू फागुन में छूट आये। महेन बाबू फुलवाड़ी शरीफ के केम्प जेल में जाकर उनसे मिल आये थे, मेरा कुशल-क्षेम उन्हें बता आये थे। छूटते ही वह सीधे महेन बाबू के मकान पर पहुँचे।

अपने मालिक को देखते ही मेरा मन भीगा-भीगा-सा हो उठा। उन्होंने ठुड्डी उठाकर मेरी आँखों में देखा और कहा—"कैसे रहा, बलचनमा?"

आँखें मेरी डबडबा आईं। कह नहीं सकता कि वे मेरी खुशी के आँसू थे कि पहले के बिछोह के।

फिर वह अम्मा जी के पास चले गये। महेन बाबू थे नहीं, मुँगेर गये थे। ननिहाल। उसी रोज शाम को मालिक अपने डेरे में चले आये।

मैंने देखा, मालिक बहुत बदल गये थे। सुबह-शाम गाँधी जी का भजन गाते थे। जेल ही से गीता की एक छोटी पोथी ले आये थे। इधर अगले ही दिन एक चरखा खरीद लाये। अरे भैया, वही चरखा जो छोटे बक्से में बन्द रहता। खाना-पीना भी उनका बदल गया था। मसाला-मिरचाई कुछ नहीं। तरकारी उबालकर खाते थे। एक दिन देखा, गेहूँ भीगने दिये कटोरे में। मैं तो समझ ही नहीं सका कि इनका क्या होगा। अगले दिन छाँककर गेहूँ को उन्होंने भीगे अँगोछे पर फैला दिया। अगली सुबह गेहूँ के दानों में जब अंकुर निकल-निकल आये तब फूल बाबू ने एक-एक कर उन्हें खाया। कभी उबाले हुए आलू, प्याज और गुड़ पर ही रह जाते। मुझे तो भैया अन्देशा हो गया कि बाबू का मिजाज सनक गया है।

कालेज से नाम कट गया था। गाँव-घर जाने का तो नहीं, मगर दरभंगा जाकर कांग्रेस का काम करने का विचार वह करने लगे। महेन बाबू बीच-बीच में आते और दोनों में देर-देर तक गप-शप होती। मैं उजबुक-

सा उनकी बातें सुना करता। अपने मालिक और महेन बाबू की मेहरबानी से अच्छरों में मात्रा लगाना अब मैं सीख गया था। क-ट-च-ट करके बच्चों की पहली पोथी मैं बाँचने लग गया था।

फूल बाबू का मन पढ़ाई से उखड़ चुका था। माँ-बाप की परवाह उन्हें नहीं रह गई थी। उन्होंने महेन बाबू से एक दिन साफ-साफ कहा—"भाई, मुझसे यह सब नहीं होगा। घर वाले मुझे वकील बनाना चाहते हैं। वकालत में पग-पग पर झूठ बोलना पड़ता है। अब कोई दूसरी-तीसरी नौकरी भी मुझसे नहीं होगी। जमीन इतनी है कि मेरे माँ-बाप भूखों नहीं मरेंगे। अपने देश की सेवा करने दो। तुम बालिस्टर बनोगे, विलायत जाओगे। तुम्हारा रास्ता और है, हमारा रास्ता और।"

पहले दो महीनों में मेरी माँ के नाम पाँच-पाँच रुपये का मनिआडर भेजा था। जेल से आये, तो पाँच रुपये फिर भेज दिये।

एक दिन सुबह उठकर मुझसे उन्होंने कहा—"बलचनमा, महेन के यहाँ नौकरी करेगा? भाई, मैं तो पढ़ाई अब छोड़ चुका हूँ। दरभंगा, समस्तीपुर, मधुबनी, मुजफ्फरपुर, पटना, जहाँ भी कांग्रेस भेज देगी, वहीं रहकर काम करूँगा। अब मुझे नौकरी नहीं चाहिए। गांधी जी का हुकुम है कि अपना पाखाना तक अपने ही साफ करो। अपने कपड़े आप धोओ। अपना खाना आप पकाओ।"

मैं पहले ही से समझ रहा था। थोड़ी देर बाद कहा—"चार-पाँच महीने हो गये। माँ याद आती है। घर जाना चाहता हूँ। माँ की राय होगी, तो फिर पटना आऊँगा।"

इस पर वह बोले—"तो चल दरभंगा तक तो साथ चलें।"

उसी दिन रात के जहाज से हम देश की ओर विदा हुए।

तीन

मेरी छोटी बहन रेबनी चौदहवाँ पार कर पन्द्रहवें में पैर रख चुकी थी, चेहरा-मुहरा खुल आया था। जवान हो रही थी। गौने की यही तो उमर है, भैया! हमारी बिरादरी में शादी पर उतना ध्यान नहीं दिया जाता है जितना कि गौने पर।

मेरा मन था कि गौना हो जाय रेबनी का। मगर माँ मेरी ऐसा नहीं चाहती थी। उसका विचार था कि अभी बच्ची है। दो-तीन साल और नइहर में खाये-खेले फिर तो जिनगी-भर गिरहस्थी का पहाड़ सिर पर ढोना है ही।

माँ जो ऐसा सोचती थी, उसकी एक दूसरी वजह भी थी। बात यह थी कि हमारे उस छोटे से परिवार में कुल मिलाकर तीन ही प्राणी तो थे। बुढ़िया मर ही चुकी थी। ले देकर मैं रह गया था, रेबनी थी और माँ थी। मैं सात महीना परदेश में बिता आया था। रेबनी ही थी जिसे छाती से सटाकर माँ सोया करती थी। रेबनी का गौना हो जाने के बाद माँ बेचारी अकेली पड़ जाती। मेरा रहना और न रहना बराबर था क्योंकि माँ की देख-रेख, हिफाजत और खबरगिरी और परवरिश तो मैं कर सकता था लेकिन रेबनी की भाँति उसकी सहेली की कमी को दूर करना मेरे बूते की बात नहीं थी।

मुझे यही फिक्र थी कि जमींदारों का गाँव है। लुच्चे होते हैं ये लोग। असूल तहसील का काम गुमस्ता-बराहिल के हवाले, घर-गिरस्थी की देख-रेख छुटभाइयों के हवाले, सेवा-टहल का काम बहिया खवास के हवाले, बाकी बचे बेटा-नाती, भाई-भतीजा, सार-सरबेटा। सो बैठे-बैठे तास पीटेंगे, शतरंज खेलेंगे, शहर जाकर सिनेमा देख आयेंगे, बेकार मन शैतान का घर। खान-पान और आराम की कमी नहीं, काम करेंगे नहीं। किसी की लड़की सयानी हुई नहीं कि निशाना साधने लग जाते हैं। यह नहीं कि बहन-बेटी सबकी बराबर होती है। अपनी इज्जत-आबरू सम्हालोगे तो दूसरे का भी भला होगा। मगर भैया, जिनके पास दौलत होती है वह

निपट अंधे होते हैं, अपना-पराया कुछ नहीं सूझता ।

और हम तो गरीब ठहरे। हमारे पास और क्या चीज होती है। कमाने-खटने को ये दो हाथ, माँ-बहन, बेटी की इज्जत-आबरू, यही न हम लोगों की दौलत है ? तुम्हीं बताओ, हम उनकी भी हिफाजत अगर न कर पावें तो यह जिनगानी किस काम की।

हमारा गाँव जमींदारों का था। बड़े घरों के क्या जवान, क्या बूढ़े, बहुतेरों की निगाह पाप में डूबी रहती थी। गौना होकर कोई नई-नबेली किसी के घर आती तो इन लुच्चों की आँख उसकी घूँघट के इर्द-गिर्द मँडराया करती। जब तक आधी-पौनी निगाह से ये उसे देख न लेते तब तक नींद न आती बदमाशों को। कई बार ऐसा होता कि जिसे देखने को बाप बेताब हो उठता उसी पर बेटा भी फिदा ! उन दिनों मालिक लोगों का ही राज था। उनके खिलाफ तुम अपनी कानी उँगली तक न हिला सकते थे। किसी की इज्जत-आबरू को बेदाग रहने देना उन्हें बर्दाश्त नहीं था।

मैं नहीं चाहता था कि मेरी बहन के तन पर उन कुत्तों की चंगुल पड़े, मैं नहीं चाहता था कि मेरी माँ अपनी लड़की को आमदनी का जरिया बनाये। गरीबी नरक है भैया, नरक। चावल के चार दाने छींटकर बहेलिया जैसे चिड़ियों को फँसाता है उसी तरह ये दौलत वाले गरजमंद औरतों को फँसा मारते हैं ! उनके पास धन भी होता है और अकल भी होती है। अपरंपार है उनकी लीला। बड़े खानदान का अवारा से अवारा आदमी पंडितों और पुरोहितों से भलमनसाहत का फतवा पा जाता है।

सो भैया, मैं चाहता था कि रेबनी अब अपने मर्द के पास रहे। बाबू लोगों की इस बस्ती में अपनी बहन का रहना मुझे नापसन्द था। छोटे मालिक, चाहे मझले मालिक, चाहे दूसरी पट्टियों के बाबू-बबुआन, किसी के इमान पर मुझे भरोसा नहीं था और तब तो मैं पटना देख आया था। महेन बाबू क्या राजा नहीं थे ? उनके यहाँ क्या खूबसूरत औरत-मर्दों की कमी थी ? वैसी जगहों में रेबनी का चार-छः महीना रह जाना मुझे नहीं अखरता। महेन बाबू के घर के लोग ठण्डी और अच्छी निगाहों वाले थे। लेकिन, यहाँ महेन बाबू का परिवार मेरे किस काम आता ? यहाँ तो छोटे-

मझले मालिक थे, मलिकाइन की वही पट्टियाँ थीं। हीरा बाबू, बुच्चन बाबू, मानिक जी, बचोल बाबू, लाल साहेब—मालिकों के खचिया-भर साहबजादे थे। एक-से-एक शैतान ! एक-से-एक मजनूँ ! यह हो नहीं सकता कि मेरी बहन पर उनकी निगाह न हो ?

मां इन बातों को नहीं समझती थी, उसको मालिक लोगों पर बड़ा ही भरोसा था। समझाने-बुझाने पर भी वह यही कहती कि पानी में रह कर मगर से वैर ? जिन लोगों का जूठन खाकर तू बड़ा हुआ है उन्हीं के बारे में ऐसी-ऐसी बातें सोचता है ? अधरम होगा रे बलचनमा, अधरम ! भगवान नाराज हो जायेंगे। शहर जाकर यही इलम सीख आया है ? बूढ़े-पुराने भी तो तेरे इन्हीं लोगों का जूठन खाकर, फेरन-फारन पहन-ओढ़कर अपनी जिनगी गुदस्त कर गये। उतना उड़ाकू मत बन बेटा !

ऐसा ही सोचती थी मेरी माँ। छोटी जाति की दूसरी औरतों का भी मालिक लोगों के बारे में ऐसा ही कुछ ख्याल था। गिरती हालत के होने पर भी थे तो आखिर वे मालिक ही न ? मालिक राजा होते हैं और राजा ठहरे भगवान के अवतार ! कौन उनके खिलाफ कुछ भी सोच सकता था।

लेकिन बराबर मेरे समझाने का नतीजा यह हुआ कि माँ कुछ सोचने को मजबूर हुई। वह राजी हुई कि रेबनी का गौना कर दिया जाय।

बैशाख का महीना था। उस बार आम नहीं फरे थे। अब मुझे पूरी मजूरी मिलने लगी। कच्ची तौल से पूरे चार सेर धान मेरी मजूरी में जिस रोज माँ को मिले उस रोज वह फूली न समाई। एक बुढ़िया भिख-मँगनी को उसी खुशी में उसने आधा सेर धान दे दिया। उस रात जब मैं खाने को बैठा था तो बड़े सनेह से माँ पंखा झल रही थी। उसकी निगाह में भैया, अब मैं पूरा आदमी था। था न ?

हमारे यहाँ छोटी जाति वालों में मड़ुआ के लिए बड़ा आदर है। कभी-कभी मजूरी में धान के बदले मड़ुआ को ही पसन्द करते हैं। इसी-लिए गरीबों के पास जो थोड़ी-बहुत भीठा जमीन होती है उसमें मड़ुआ रोपना जरूरी हो जाता है। बैसाख में पानी से खेत भिगो-भिगोकर मड़ुआ के बीज उगाये जाते हैं। रोज पानी चाहिए उसके लिए। बित्ता-डेढ़ बित्ता का हो जाने पर मड़ुआ के पौधे उखाड़ लिए जाते हैं। फिर उन्हें जोती

और भुरभुरी मिट्टी वाले तर खेतों में रोपते हैं। मड़ुआ के साँवले-सलोने पौधों से लहलहाते खेत तुमने कभी देखे हैं? न देखें हों तो देख आना भैया, तबीयत हरी हो जायेगी! धान के हरे पौधों की अपनी अलग शोभा है तो साँवलिया बिहारी मड़ुआलाल की अलग।

घर के पिछवाड़े में थोड़ी जमीन पड़ती थी। इस बार मैंने खुद मलिकान के पोखरे से भर-भरकर घड़े ढोये। मेरा बाप भी इसी तरह पानी ढो-ढोकर मड़ुआ पटाता था। बहँगी और छिक्कों के सहारे पानी ढोने का मौका इससे पहले कभी मेरी जिनगी में नहीं आया था, फिर भी जिस जोश और उमंग से उस बार मड़ुआ की खेती मैंने की उसे देखकर लोग दंग रह गये। इधर क्या, थकावट मालूम पड़ी तो जरा बीड़ी टान ली। बीड़ी पीने का यह चस्का पटने में लगा था। थकान पर बीड़ी की एकाध कस खूब ठीक बैठती है भैया! और फिर मेरा तो यह हाल है कि दो कस खींची और पट से बुता दी और फिर भैया उस अधजली बीड़ी को कान पर खोंस लिया। तीन बार में खतम करता था बीड़ी को मैं।

वह मेरी उपजाई हुई पहली फसल थी। डेढ़ कट्ठा खेत में छः पसेरी मड़ुआ हुए थे। कितना मीठा होता है अपनी मेहनत का फल, खुद के उपजाये हुए मड़ुओं की लाल रोटी खाकर पेट चाहे भर जाय, हियाव नहीं भरेगा तुम्हारा; हाँ!

मड़ुआ के बाद धान रोपने के दिन आए। मालिकों के खेतों में दिनभर मैं धान रोपता रहता, घर का सारा काम माँ और रेबनी सँभालती। थका-माँदा, मेहनत से चूर-चूर साँझ को जब मैं लौटता तो घर में खाना तैयार पाता। दुपहर का खाना मालिकों की ओर से खेत में ही पहुँच जाता था—दाल-भात, अँचार। धनरोपनी के दिनों में ये लोग खेत के मजदूरों को हमारे तरफ खाना भी खिला देते हैं। उसमें दया-माया की कोई बात नहीं, उनका अपना स्वारथ काम करता है। अपने-अपने खेत पहले आबाद करा लेने की फिकिर पड़ी रहती है। दूर-दूर से मजूर बुलवाये जाते हैं। बाबा, दादा, काका कहा जाता है। सूगा, राजा, मुन्ना की बोली दी जाती है। पूरी मजूरी और एक जून का भर पेट खाना देकर सब अपनी-अपनी खेती करते हैं। उस बार पहली दफे मैंने पूरी मजूरी पर धान रोपने

का काम किया था। छोटी मलिकाइन कुछ दिनों के लिए मयके गई थीं। नौकरी छोड़कर मालिक घर बैठे थे। खेती का काम मलिकाइन का भाई देख रहा था। मालिक बाबू दिन-भर किताब और हारमुनियम में डूबे रहते।

माँ उनके यहाँ घरेलू काम पहले की ही भाँति अब भी किये जा रही थी—बरतन माँजना, पानी भरना, झाड़ू-बुहारी देना, लीपना-पोतना, चूल्हा जलाकर रसोई चढ़ा देना। यही कुल काम थे। काम जास्ती नहीं था, मगर लपटौनी बहुत बड़ी थी। लपटौनी का मतलब समझे भैया? नहीं समझा होगा तुमने, अरे भाई एक होता है काम लेना—चट से कहा पट से काम हो गया। दूसरी होती है घिचिर-पिचिर। घिचिर-पिचिर का मतलब होता है खुद भी उलझन में पड़े रहना और दूसरों को भी उलझाये रखना। न अपने बखत की कदर न दूसरे के। देहात में जो बड़े लोग कहलाते हैं उनके यहाँ न काम की कीमत, न कमकर मजदूरों की। हमारे बाप-दादे दो-दो पहर बैठकर मालिकों की उँगलियाँ चटकाया करते थे। मलिकान के जरा-सी उमर के बच्चे के पैर धोने में उन्हें घण्टों लग जाता था। बूढ़े मालिक के घर तमाकू चुनाते तो आधा पहर उसी में बीत जाता। सुना है, मेरा दादा बड़ी अच्छी खबासी करता था। अपने मालिक की धोती को वह इस तरह चुनियाता—ऐसी बारीकी और इतनी नफासत के साथ—कि कोई फूँक दे धोती को तो सर से उड़ जाय और आकर खाली फिर जैसी की तैसी बैठ जाय। मालिस वह इस तरह करता था कि पागल-से-पागल आदमी की आँखों पर नींद सवार हो जाती। छड़ी बनाने में दस कोस तक उसकी सोहरत थी। लेकिन भैया, उसकी हथेलियों का समूचा रस चाट-चाटकर मालिक के तलवे भले ही गुलाम बने रहे अपना बाल-बच्चा तो शायद ही कभी पूरी देह कपड़ा पहन सका या पूरा पेट खा पाया। तीन पुरखों का हाल तो मैं भी बता सकता हूँ। मालिकों की जूठन का गुन गाते, उनकी विकट गालियों को परेम-भाव से सुनते दादी को देखा। रात-दिन सेवा करते रहने पर भी पाव-आध पात्र खुद्दी के लिए माँ किस तरह रिड़ियाती फिरती थी, यह क्या भूलने की बात है? और अपने बचपन का थोड़ा-बहुत हाल मैं बता ही चुका। अब तुम्हीं बताओ

कि हमारे तीन पुरखे भला किस काम आये? मालिकों के लिए जिये, मालिकों के लिए मरे। शहर में देखा है, कैसी फुरती से लोग काम करते हैं, कैसे एक-दूसरे की मेहनत और बखत का उन्हें ध्यान रहता है। ओह! तीन पुस्त पहले जो आदमी कुली-मजूर बनकर कलकत्ता-टाटानगर पहुँचा और वहीं बस गया। उसके बाल-बच्चे पढ़-लिख गये हैं भैया, अच्छा पहनते-खाते हैं। कारीगर, मिस्त्री, फिटर या फोरमैन बन गये हैं। और सात पुस्त तक इस गाँव में हमें रहते हो गये, फटीचरी में कोई फर्क न पड़ा। दादी के मुँह से सुना है, हमारे पुरखा पहले पनिचोभ में बहियागिरी करते थे। मेरे परदादा के परदादा को वहीं के एक जमींदार ने दहेज में दामाद के साथ कर दिया था। तब से लेकर यह सातवाँ पुरखा चल रहा है। दुनिया बदली है, जहान बदला है। मालिकों की हालत बदली है। हमारी गुलामी पर काफी असर पड़ा है लेकिन अब भी मालिकों की रहन-सहन इस ढंग की रही कि रात-दिन हम उनके आगे-पीछे दुम हिलाते फिरते थे। काम उतना नहीं जितनी कि खुशामद। हमारे मुँह से दिन में पचास-पचास बार मालिक-मालिक, सरकार-सरकार, हुजूर-हुजूर सुनने में जाने बाबू लोगों को क्या रस आता! और माँ का तो कुछ पूछो ही नहीं, वह तो बात-बात में रट लगाये रहती—मलिकाइन-मलिकाइन, सरकार-सरकार। कलकतिया मालदह, किसुनभोग और बम्बई आम की एक फाँक के लिए वह घण्टों मलिकाइन के पैर दबाती रहती।

छोटे मालिक रँगीले तबियत के आदमी थे। चालिस को पार कर चुके थे। मोछ-दाढ़ी साफ। लाल-गुलाबी और गोल-मटोल चेहरा ऐसा खूबसूरत लगता था कि क्या कहूँ। सिर के बाल कारी-भुजंग थे, घुँघराले। चुटिया अलग से नहीं थी। शहर की हवा खाये हुए थे न? बी० ए० तक पढ़कर छोड़ दिया था। पहले कुछ साल सुपौल में मास्टरी करते रहे। बाद में राँची, हजारीबाग की तरफ किसी राजा के यहाँ मैनेजरी हाथ लगी। जब तक वहाँ रहे, पौबारह कटी। इधर दो-तीन महीने से घर बैठे थे। मलिकाइन थी नहीं, मन उदास था।

एक रोज माँ के साथ रेबनी भी गई काम पर। आटा पीसना था। माँ ने कहा—चल, दो हाथ लगा देगी तो जल्दी पीस लूँगी। मालिक

मधुबनी जायेंगे, दिन को आम, दूध, और फुलका खाकर।

गई रेबनी साथ। दोनों माँ-बेटी आटा पीस चुकीं तो मालिक ने आवाज दी—"बलचनमा की माँ, अरे लड़की तो तेरी बढ़कर ताड़ हुई जा रही है।"

यह कहकर उन्होंने सिर से पैर तक रेबनी केस मूचे बदन पर उड़ती निगाह मारी और नचाकर आँखें मींच लीं। सामने दूसरे घर के ओसारे पर पलँग पड़ी थी। गद्दा था, चादर थी। तकिया थी जिसके दूध जैसे दप-दप उजले खोल पर लाल-हरे धागों से कसीदा था—चोंच में चोंच भिड़ाये दो तोते। उसी पर केहुनी टिकाये मालिक बैठे थे।

आँख फाड़-फाड़कर उन्होंने रेबनी को देखा था। आटा पीस चुकने पर माँ से जब उन्होंने रेबनी की बात उठाई तो उसने कहा—"बच्ची है बाबू अभी, क्या खा-पीकर ताड़ होगी?"

इतना कहकर वह फिर किसी काम में लग गई। बड़ी जात वालों के सामने हमारे घर की माँ-बहनें बहुत कम बोला करती हैं। और उसमें भी रिस्ता अगर मालिक और नौकरानी का रहा तो लिहाज और भी बढ़ जाता है। मगर भैया, बड़े आदमियों की चुलबुली तबियत को इतने में संतोष कहाँ। वे नाहक ही हमारे घरों की औरतों से बे-बात की बात करने का बहाना ढूँढ़ते हैं।

माँ के उस जवाब से छोटे मालिक की तबियत नहीं भरी। थोड़ी देर के बाद वह बोले—"तू जाकर आग जला बलचनमा की माँ, रेबनी इधर आये और जरा पंखा झल दे।" इतना कहकर मालिक ने ऐसी फुफकार छोड़ी मानो आग में पड़ी बैंगन हों। बतला ही चुका हूँ कि मेरी माँ को मालिकों की नीयत पर बड़ा भरोसा था। वह उन्हें देवताओं का अवतार समझती थी।

तो उसने आँख से रेबनी को इशारा किया—जाओ, झल दो पंखा।

पंखा नहीं था पंखी थी जो रेबनी के हाथ में थमा दी गई और वह निगाहें नीचे किये बिजनी चलाने लगी। पंखी में मूठ की जगह पतले बाँस की फोंफी होती है। गोल और चिकनी फोंफी के अन्दर पंखी की डंठल पड़ी रहती है। मूठ में लेकर जरा-सा हिलाओ कि पंखी मानो अपने आप चलने लगेगी—किर्र-किर्र खिर्र-खिर्र, किरिर-किरिर···बड़ी मीठी आवाज होती

है भैया। पास बैठकर कोई पंखी चलाये और तुम लेटे-लेटे हवा खाते रहो तो तुम्हारी कसम भैया, पलकें न झिप जाएँ तो जो कहो।

रेबनी जब पंखी झल रही थी तो आहिस्ते से मालिक ने सिरहाने के अन्दर हाथ डाला और अठन्नी निकाली। पलँग के पावे का मत्था चिपटा था। उसी पर उन्होंने अठन्नी रख दी। रेबनी की आँख में लालच की लकीर नहीं खिची, उसने अठन्नी की ओर देखा तक नहीं। पहले की तरह अडिग रहकर मालिक को हवा करती रही। मन में सोचा कि दुकान से कोई चीज-वस्तु मँगवाना चाहते हैं। इसी से चुपचाप रेबनी बिजनी झलती रही।

और इधर मालिक के मन में तो भैया, सैतान झिंगुर की तरह झझकार रहा था। वह सोच रहे होंगे, लड़की है कि खंभा है। न हिलती है न डुलती है। कैसी पत्थर है।

उन लोगों का ऐसा सोचना फाजिल नहीं था। क्योंकि जब वे नौजवान थे तो इसी गाँव में दुअन्नी के बदले जवान लड़की मिलती थी।

खैर, रेबनी अडिग होकर मालिक को हवा कर रही थी।

फिर मालिक ने अठन्नी की तरफ इशारा करते हुए कहा—"उठाती क्यों नहीं?"

रेबनी ने एक नजर अठन्नी की ओर डाली और फिर पंखी झलने लगी। जरा रुककर मालिक से उसने कहा—"कुछ मँगवाना है सरकार? दुकान जाऊँ?"

कहते समय रेबनी की निगाहें नीचे की ओर थीं। आँखों में विकार नहीं था। एक तो इस उमर में लड़कियाँ यों ही संकोची हुआ करती हैं भैया, और हमारी बहन का तो हाल ही न पूछो। लड़कपन से ही वह शील-संकोच वाली थी। आँखें मिलाकर किसी से बातचीत करते कभी उसे देखा ही नहीं। यह सोचकर कि बनती है, मालिक मुस्कराये। सिर हिलाकर, भौंहें तानकर आँखों को नचाया। वह हवा करती जा रही थी, सैतानी-खुरापात से बिल्कुल अनजान।

अपनी पहली उमर में खेले-कूदे हुए थे मालिक। ऐसे मौकों पर गुम-सुम खड़ी या ना-ना कहती बीसियों की उन्होंने कलाई पकड़ी थी। वह

उनके लिए महज मामूली बात थी—खाँसने-छीकने की तरह भैया बिल्कुल मामूली बात।

रसोईघर के अन्दर उधर माँ हँसिया से लौकी चीर रही थी। जानते ही हो, बड़े आदमियों का आँगन कितना बड़ा होता है। चारों तरफ घर हुआ करते हैं, बीचोंबीच खुली जगह होती है और इस खाली जगह को ही आँगन कहते हैं। तालाब की तरह चौकोना घर-आँगन तुमने देखा होगा। आमने-सामने घरों के बीच कितनी दूर का फासला होता है। उस ओसारे पर कोई बात करेगा तो इधर वाले को कुछ भी सुनाई नहीं देगा।

इस ओसारे पर छः महीने का बच्चा गला फाड़-फाड़कर मर जायेगा तो उस ओसारे पर बैठी माँ को पता न चलेगा। काज-परोजन के दिनों में पड़ोस के हजारों बाभन पाँती में बैठकर जीमते हैं। सूखने के लिए पचास-पचास मन धान फैला दिये जाते हैं। इतने-इतने बड़े आँगन होते हैं जमींदारों के।

तो भैया मालिक ने यही मौका देखा और चट से रेबनी की कलाई पकड़ ली। हाथ झटककर फुरती से रेबनी दो कदम पीछे हो गई मानो किसी ने सिर पर सूप-भर आग डाल दी है। पंखी हाथ से छूट गई थी। चीख के बदले हल्की हाय सुनकर मालिक ने इसे नाटक समझा और पलँग से उठकर आगे बढ़े।

"मैयाँ रे मैयाँ"—चिल्लाती हुई रेबनी भागी तो मालिक ने उलटे चिल्लाकर कहा—"कहाँ गई री बलचनमा की माँ, तेरी लड़की को तो भूत लग गया है।" एक हाथ में हँसिया और दूसरे में छिली हुई लौकी की फाँक लिए माँ दच्छिन वाले घर से बाहर निकली तो रेबनी बेतहासा दौड़ी और उससे चिपट गई—"गे माँ गे माँ!" वह सैतान भी आँगन में कुछ दूर बढ़ आया था और सूखे गले से बुरी तरह खिलखिला रहा था।

मेरी माँ इस तरह हक्का-बक्का हो गई कि आँखें फाड़कर रेबनी की तरफ ताक-भर रही थी। इधर मालिक ने पैंतरा बदला। अपना दाहिना हाथ हिला-हिलाकर जोरों से चीखने लगे—"होय्-होय्! बाप रे बाप! बर्रे ने काट खाया।"

रेबनी को छोड़कर माँ दौड़ आई। इसी बीच मालिक ने बाँह पर अपने आप चिकोटी काट ली कि निशान निखर आवे। इसके बाद उन्होंने माँ से कहा—"दो बूंद मिट्टी का तेल तो ले आओ।"

हमारे यहाँ बर्रे काटने पर मिट्टी का तेल लगाते हैं ! घर में मिट्टी का तेल था नहीं। यह बात मालिक को मालूम थी। इसलिए माँ से उन्होंने कहा—"दौड़ो, कहीं से बूंद-भर मिट्टी का तेल तो लाओ।"

उधर दछिनबरिया ओसारे पर बैठकर रेबनी सिसक रही थी। आँगन फिर सूना पड़ गया क्योंकि माँ मिट्टी का तेल लाने चली गई थी। नजदीक आकर—मालिक ने रेबनी से कहा—"पगली कहीं की ! आखिर हुआ है क्या तुझे ? मैंने तो यों ही जरा छू दिया था और तू करनपिसाची खेलने लगी ! तेरी जितनी उमर में ही तेरी माँ का गौना हुआ था। और इसी तरह पचीसों बार मैंने उसका हाथ पकड़ा होगा···"

झूठ—गुस्से से तुनककर रेबनी ने जवाब दिया—"झूठ बोलते हैं आप !" इतना कहकर उठ खड़ी हुई। दोनों हाथ फैलाकर आगे से मालिक ने उसे घेरना चाहा। रेबनी की भवें इस बार तन गईं, चेहरे पर घिन छा गया। हिम्मत बाँधकर उसने कहा—"यह क्या हो गया है आज आपको मालिक ?···"

"सरकार···सरकार···!" मालिक ऐसी हँसी हँसे कि रेबनी का होश गुम हो गया। गुस्सा, नाराजी और बरजोरी की यह खिलखिलाहट पन्द्रह साल की उस अबोध लड़की के लिए बिलकुल नई चीज थी भैया, एकदम नई चीज।

डर के मारे उसका कलेजा काँपने लगा, काँपने लगा जैसे कि केले का नया चिकना पत्ता बयार की हलकी से हलकी सिहकी पाकर काँप उठता है। थोड़ी देर के लिए बिचारी का होश गुम हो गया। अचेत-जैसी हो गई। मगर रही खड़ी ही।

एकाएक रेबनी के अन्दर बिजली-जैसी गुस्से की लहर दौड़ गई। उसका अंग-अंग मानो झनझना उठा। आँखों में लाली चढ़ आई। सीना धड़कने लगा। होंठ फड़कने लगे।

मालिक अपनी धुन में मस्त थे। उस राच्छस ने तय कर लिया था कि

आज इस छोकड़ी को अछूती न छोड़ूंगा। बहुत दिनों से उसकी आँखें मेरी ब्रहन पर लगी हुई थीं। वह मौका खोज रहा था। और दैव की इच्छा, आज सैतान को वह मौका हाथ लगा था। एक साधु के मुँह से मैंने एक बड़ा ही अच्छा पद सुना था भैया। लेकिन अब याद नहीं है। उस पद का मतलब यही था कि कामिनी और कंचन के पीछे किसी का मन जब खिंचता है तो उस पर सौ बोतल दारू का नशा चढ़ जाता है। सो हमारे छोटे मालिक पर भैया उस दिन सौ बोलत दारू का नशा चढ़ गया था। अपना होस-हवास वह खो बैठे थे।

आखिर उन्होंने रेबनी को जबरन जमीन पर गिरा दिया और खुद उसके बदन पर काबू पाने की कोशिश करने लगे। पन्द्रह साल की वह असहाय लड़की अपनी समूची ताकत बटोरकर उस पस्त हालत में भी मुकाबिला करने लगी। कुत्ते और बिल्ली की लड़ाई कभी तुमने देखी है भैया? वही हाल था। मेरी बहन ने हार नहीं मानी। उसने मालिक की कलाई पर इतने जोर से दाँत गड़ा दिये कि ससुर अचेत हो गये और रेबनी बिजली की फुर्ती से उठकर भाग आई।

इसके बाद जो बवंडर उठा उसने मेरी जिनगी के बहाव को ही मोड़ दिया।

बात यों हुई कि छोटे मालिक बिल्कुल आग-बबूला हो गये। मिट्टी का तेल लेकर माँ जब उनके पास पहुँची तो उस बेचारी की पीठ पर उन्होंने कसकर चार लात जमायीं। मेरी माँ रोई नहीं। ऐंचकर रह गयी। रेबनी को जब उसने वहाँ न देखा तो किसी भारी अन्देशा से उसका सिर चकराने लगा। छोटे मालिक के इस राच्छसी स्वभाव को वह न जानती हो, ऐसी बात नहीं थी। वह सब जानती थी। बेचारी का चेहरा सफेद पड़ गया। आतंक के मारे आँखों के आँसू सूख गये। आँगन को सूना पाकर मालिक ने पीछे उसे पानी भरने की रस्सी से हाथ-पीठ कस के पलंग से बाँध दिया। अब वह फूट-फूटकर रोने लगी तो मालिक ने गुर्राकर कहा—"बोल साली, अपनी बेटी को यहाँ ले आयेगी कि नहीं? बोल।"

वह बेचारी क्या जवाब देती? अपनी जान के डर से लोग क्या नहीं बक जाते हैं। मगर मेरी माँ बड़ी दिलेर थी। हमारी दादी की तरह बात-

बात में दाँत निपोड़ना उसने नहीं सीखा था। तबीयत की झगड़ालू न होने पर भी अपनी आन-बान की वह बहुत पक्की थी।

उस रोज वैसी हालत में भी मालिक हमारी माँ से किसी तरह का वचन न ले सके। बड़ी पिटाई पड़ी थी उस पर, आह-ऊह करके, हाय राम-हाय राम, करके हमारी माँ ने सारा दरद, सारी पीर निकाली। घड़ों आँसू बहाये, फिर भी उस बहादुर औरत ने इस शर्त पर मालिक की कैद से छूटना न चाहा कि रेबनी को ले आयेगी। ना, पीछे उसने आँसू-भरी आँखों से रो-रोकर बताया था—"बबुआ-बालचन ! मर जाना लाख गुना अच्छा है मगर इज्जत का सौदा करना अच्छा नहीं।"

अपनी माँ के मुँह से ऐसी भारी बात सुनकर मेरी छाती बाँसों उछलने लगी। बहुत बड़े भागमंत को ही ऐसी माँ मिलती है भैया। मैंने भी यह ठान लिया कि चाहे उजड़ जाना परे, चाहे जहल-दामुल हो, चाहे फाँसी चढ़ूँ मगर कभी जालिम के सामने सिर नहीं झुकाऊँगा।

मैं उस रोज घर पर नहीं था, बाहर गया हुआ था। दूर नहीं, दो-अढ़ाई कोस पर। बात यह थी कि महपूरा के खान बहादुर सदुल्ला खाँ कुस्ती के बड़े शौकीन थे। नवाबी खानदान के थे। बहुत बड़ी जमींदारी थी। इलाके-भर में यही दो खानदान थे जो सैकड़ों साल से राज करते चले आ रहे थे। एक खानदान यही हमारे मालिकों का था, और दूसरा खान बहादुर का। हमारे मालिकों की जमींदारियाँ बहुत सारी बिक चुकी थीं। दस ही पाँच हजार सालाना आमदनी के मौजे बच रहे थे। यह मामूली जमींदारी भी कई पट्टियों में बँटकर छोटी से छोटी हो गई थी। सोलह आने की सरकार छोटी-बड़ी पट्टियों में बटते-बटते इकन्नी, अधन्नी, पैसा, पाँच कौड़ी, दो कौड़ी और आधी कौड़ी तक की हो गई थी। हमारे मलिकान की ऐसी एक पट्टी के बाबू का नाम पचकौड़ी बाबू था। एक दूसरी पट्टी के किन्हीं बाबू का नाम तिनकौड़ी बाबू था। मगर नवाबी खानदान की जमींदारी अभी तक बरकरार थी। पुरानी रोबदाब महपूरा वालों का भी अब नहीं रह गया था। फिर भी पचास-साठ हजार रुपयों की वसूल-तहसील वाली जमींदारी का रोब जैसा होना चाहिए सो तो था ही।

खान बहादुर को कुश्ती लड़ाने का बड़ा शौक था। दो पहलवान तो उन्होंने खुद ही पाल रखे थे। उनका कहना था कि हाथियों के बदले पहलवान पालना चाहिए, सवारी का काम तो बग्घी-टमटम से भी चला लिया जा सकता है मगर अखाड़े में जब दो पैंतरेबाज पट्ठे आपस में गुथते हैं फिर जो मजा देखने वालों को मिलता है, वह भला हाथी पालने से क्या खाक मिलेगा।

तो मैं उस रोज महपूरा गया था दंगल देखने। लौटा तो शाम हो चुकी थी। गाँव के बाहर ही चुन्नी मिला। यह मेरा हमजोली था। उसी ने हमको पहले टोका—"कौन ? बालचन ?"

पानी का नाला था। उसमें लाठी घोंपकर उसके सिरे के सहारे छलाँग मारकर मैं बाहर टप आया और जवाब दिया—"हाँ चुन्नी, देर हो गई। महपूरा से आ रहा हूँ।"

"खूब कुश्ती देखी होगी ! कै जोड़े थे।"

मैंने आगे बढ़कर कहा—"मीता, तू तो गया ही नहीं। तुझे तो न अपनी भैंस से फुरसत मिलती है न मेहरिया से। भैंस खोलता है तो मेहरिया बँधी रहती है। मेहरिया को चराता है तो भैंस बँधी रहती है।"

मुझे हँसी आ गई। जोर से भभाकर मैं हँसा, लेकिन जवाब में चुन्नी चुप रहा। मैंने सोचा—अंधेरा है; चुन्नी मुसका रहा है। फिर पूछा—"बोलते नहीं ?" भाभी ने दुलत्ती झाड़ी है ? चोट लगी हो तो चलो मैं मालिश कर दूँगा। पटने से सीख आया हूँ।

अब हम एक-दूसरे के करीब पहुँच गये थे। झाँककर मैंने देखा। चुन्नी का चेहरा बड़ा उदास था। खुले होठों से सफेद दाँत भी उदासी का ही सबूत दे रहे थे। लाठी को बगल में दबाकर दोनों हाथों से मैंने चुन्नी के कंधे झकझोरे और कहा—"क्या बात है ? इतनी देर से तुम चुप क्यों हो। कोई नई बात तो नहीं हुई है ?"

अब भी चुन्नी कुछ नहीं बोला। धीरे से मेरे हाथों को अपने कंधों से छुड़ाते हुए वह बोला—"कुछ नहीं।"

इतना कहकर चार कदम आगे बढ़कर चुन्नी फिर ठिठक गया। खटका तो मेरे मन में पहले ही हो गया था, अब सन्देह पक्का हो गया कि

हो न हो टोल-पड़ोस में कोई खराब बात जरूर हुई है। अब मेरी भी चुहल-बाजी खतम हो गई और किसी खतरे का अन्देशा काँटा बनकर मन को बेधने लगा। चार कदम मैं भी आगे बढ़कर चुन्नी के आगे खड़ा हो गया और बोला—"मेरी कसम !" बोलो क्या हुआ है, भैंस तो तुम्हारी किसी के खेत में नहीं चली गयी थी? मलिकान के किसी छोकरे ने तो कोई बात नहीं कह दी ?

अब भी चुन्नी चुप ही रहा। सिर्फ मेरा हाथ पकड़कर वहीं पगडंडी के किनारे पोखर के भिड़े पर धम्म से बैठ गया। मैं भी बैठा। मन मेरा भी भारी हो चुका था।

थोड़ी देर हम दोनों चुप रहे, फिर चुन्नी बोला, फुसफुसाकर—तुम घर न जाओ।"

"क्यों ?"—आँखें फाड़कर और दम साधकर मैं उसकी ओर देखने लगा। वह संक्षेप में दिन वाली सारी बात मुझे बतला गया और फिर कंधा पकड़कर कहने लगा—"बालचन्द, आज दिन-भर छोटे मालिक के हरवाह-चरवाह तुम्हें खोजते फिरे हैं, पचीसों आदमियों से उन्होंने तुम्हारे बारे में पूछा है कहाँ गया बलचनमा। भाई, थोड़ी देर यहाँ तू बैठ, मैं झाड़ा फिर कर आता हूँ फिर तुझे अपने यहाँ ले चलूँगा।"

मेरे पैरों के नीचे से मिट्टी खिसकने लगी। आँखों के आगे अँधेरा छा गया। मैं गूँगा बन गया। मुझे उसी हालत में छोड़कर चुन्नी दीसा फिरने लगा। घुटनों पर कपार रखकर मैं गुमसुम उसी तरह बैठा रह गया। मेरे मन में किसिम-किसिम के भाव उठ रहे थे। एक मन तो यह होता था कि पघरिया हाँसू लेकर दोपहर रात में जाऊँ और छोटे मालिक का गला काट आऊँ। दूसरा मन यह होता था कि मालिक के कागजातों के उन बण्डलों को उड़ा लाऊँ जिनमें हजारों की लेन-देन का तमस्सुक और सैकड़ों दस्ता-वेज रक्खे हुए हैं। तीसरी बात जो मन में उठ रही थी वह यही कि माँ-बहन को लेकर रातोरात पटना भाग जाऊँ। चौथी बात यह भी मन में बड़े जोर से उठी कि उलटे वहीं से दरभङ्गा चला जाऊँ। अकेले वहाँ जाकर फूल बाबू से छोटे मालिक की करतूत बतला दूँ। इस तरह किसिम-किसिम की बातें मेरे मन में उठ रही थीं। ऐसे तूफान में मैं कभी नहीं पड़ा था।

भैया, छोटे मालिक के बारे में ऊँचा विचार तो मेरा कभी नहीं रहा, लेकिन आदमी ऐसा राकस होगा, यह तो मैंने सपने में भी नहीं सोचा था।

चुन्नी इतने में दीसा फिरकर पोखर में पानी छूने आया। आवाज आयी—छपर-छपर-छप्प—छपर-छपर-छप्प।

इस आवाज से मुझे कुछ होश हुआ और मैं सँभला, आखिर चुन्नी से भी पूछ लूं। अकेले दिमाग कुछ काम नहीं कर रहा था। मन बवंडर का तिनका बन रहा थ।।

हाथ-पैर धोकर, कुल्ला करके चुन्नी ऊपर आया पोखर के भिडे पर, जहाँ मैं बैठा हुआ था। मेरा कंधा हिलाकर उसने कहा—"पगलई से तो कुछ होगा नहीं, ठण्डा मन से सोच-विचार कर और दोस्त-मीत से सलाह-राय लेकर तब तय करना चाहिए कि इस राच्छस को हम किस तरह से सजा दें?"

चुन्नी की यह बात मुझे वजनदार मालूम हुई। दोस्त-मीत-हीत बन्धु तुम्हें सब जगह मिलेंगे भैया? जहाँ अपनी अकिल काम न करे वहाँ हीत-मीत से राय लेनी ही चाहिए। एक आदमी की अकिल से दस आदमियों की मिली-जुली अकिल लाख गुना अच्छी है। मुझे उस बखत कुछ नहीं सूझ रहा था। चारों ओर घुप अँधेरा नजर आ रहा था। कोढ़-करेज थर-थर काँप रहा था, ऐसी हालत में चुन्नी हमारा सहारा हुआ और मैं उठकर खड़ा हुआ।

वह बोला—"जा, तू भी घाट पर! हाथ-मुँह धो आ। हाथ-मुँह-गोड़ धोने से थकान भी मिटेगी और मन भी हलका होगा।"

लाठी उसे थमाकर मैं पोखर के घाट की ओर बढ़ा। नीचे घुटना-भर पानी में उतकर हाथ-मुँह धोए। खखारकर गला साफ किया। रगड़-रगड़कर घुटने और पैर धोये। आँख-नाक, कपार, कान, कनपट्टी, गरदन, बगल पर भीगे हाथ फेरे और बाहर निकल आया। चुन्नी तब तक खड़ा ही था। फिर हम दोनों आगे बढ़े गाँव की ओर। वह आगे-आगे और मैं पीछे-पीछे।

चुन्नी मुझे सीधे नहीं ले आया। मलिकान की पट्टियों से फरक-फरक गोसाईं जी के भीठे खेतों की मेड़ पर से तीरी अमात के घर के पिछवाड़े होते हुए वह मुझे अपने यहाँ ले आया। भैया, तुम भी तो देहात के ही

रहने वाले हो । जानते ही हो कि गाँव के लोग साँझ-सकारे खा-पीकर सो जाते हैं। बूढ़-पुरनियाँ तो रात में बड़ी देर तक खाँसते-खोंसते रहते हैं या फिर अँधेरे में ही अपने बीते दिनों की याद में विभोर होकर बतियाते-बड़बड़ाते रहते हैं। दिन की कड़ी मेहनत से चूर-चूर जवान और अधेड़ लोग बहुत पहले ही सो जाते हैं। खेती का मौसम न रहा तो बेकारी में सोते-ऊँघते दिन बीतता है और तब भी रात को जल्दी नहीं सोते। लोरिक, बिरहा, सल्हेस या कबीर के भजन गुनगुनाते रहते हैं या फिर किसी चौपाई पर, पुवाल के बीड़ों पर बैठे हुए उन्हें तुम खैनी मलते और चिलम फूंकते पाओगे। औरतें देर तक जगी रहती हैं और तड़के उठ जाती हैं।

चुन्नी का बाप मनियार मंडल मामूली ढंग का खेतिहर था। अपनी पहली उमर में सात साल तक ढाका के किसी चटकल में मजूरी करके काफी रुपैया चुन्नी की माँ को उसने भेजा था। चुन्नी की माँ जिसे हम छोटी उमर से ही धन्नी चाची कहने के आदी हो गये थे, बड़ी लछमिनियाँ थी। अपने घर वाले की कमाई से धीरे-धीरे उसने तीन बीघा खेत ले लिये थे। अब ये लोग छोटी जात वालों में हैसियत वाले माने जाते थे। माने ही नहीं जाते थे, हैसियत भी थी। दो भैंसें थीं, एक जोड़ा बैलों का था, आँगन में चारों ओर घर थे। कमाने-खटने वाले तीन समर्थ जवान थे। मजबूत काठी की दो कमासुत जनाना थी। बेर-बखत पर सलाह लेने के लिए बूढ़ा था। लछमिनियाँ बूढ़ी थी। हमारे यहाँ ऐसे परिवार को भरा-पूरा परिवार कहते हैं।

उस रात कहीं बिरादरी का भोज था। चुन्नी के दोनों भाई और बुढ़ऊ खुद बाल-बच्चों को साथ लेकर पत्तल गरमाने गए थे। रसोई का झंझट न रहने से जनी-जात भी पड़ोस के आँगन में गप्पें लड़ाने गयी थीं। दरवाजे पर भैंसें और बैल बँधे थे। बैठक खाली थी। घर सूना था।

ऐसे समय में पैर मारकर हम दोनों उस आँगन में घुसे। चुन्नी ने अपने पुबरिया घर का केवाड़ा खोलकर कहा—"आराम कर, मैं खाने का इन्तजाम करता हूँ और तुम्हारी माँ की खबर भी लिए आता हूँ।"

चुन्नी चला गया। मैंने अपनी लाठी कोने में भीत के सहारे खड़ी कर दी। बनियाइन निकालकर अरगनी में टाँग दी। धोती का फेंटा जरा ढीला

कर लिया और बिछी हुई सितलपाटी पर अँधेरे में लेट गया।

बड़ी भूख लगी थी भैया, मगर जो कुछ हुआ था उसके आगे भूख साली सूखकर अँतड़ी के किसी कोने में समा गई थी। दादी ने एक बार कहा था—"बहुत जास्ती खुशी हो तब भी भूख मिट जाती है, जास्ती रोग-विरोग हो तब भी भूख मिट जाती है।" सो उस दिन मेरी भूख उड़ गई थी। मैं बार-बार अकेले उस अँधेरे में यही सोचता था कि छोटे मालिक से डटकर मोर्चा लिए बिना निस्तार नहीं : साफ-साफ बात थी। या तो तुम अपनी बहन को उस जालिम के हवाले कर दो या फिर मुसीबतों का पहाड़ खुशी-खुशी सिर पर उठा लो। दो ही बात थी, तीसरा रास्ता नहीं था। मैंने मन-ही-मन अपनी ओर से पक्का कर लिया कि कैद काटूँगा, फाँसी चढ़ूँगा, गाँव से उजड़ जाऊँगा मगर इस शैतान के आगे सपने में भी सिर नहीं झुकाऊँगा। जोश में आकर भैया, मैं उठकर बैठ गया। कमर सीधी कर ली। उस घुप्प-अँधेरे में भी अपने दुश्मन की परछाहीं मैं साफ-साफ देखने लगा। उस राक्षस को ललकारते हुए मैं बोल उठा—"बेशक! मैं गरीब हूँ। तेरे पास आपार सम्पदा है, कुल है, खानदान है, बाप-दादे का नाम है, अड़ोस-पड़ोस की पहचान है, जिला-जवार में मान है और मेरे पास कुछ नहीं है। मगर आखिरी दम तक मैं तेरे खिलाफ डटा रहूँगा। अपनी सारी ताकत को तेरे विरोध में लगा दूँगा। माँ और बहन को जहर दे दूँगा लेकिन उन्हें तू अपनी रखेली बनाने का सपना कभी पूरा न कर सकेगा..."

मैं बैठा नहीं रह सका। अन्दर से निकलकर आँगन में घूम-फेर करने लगा। तुमने कलकत्ते का चिड़ियाघर देखा है, भैया? वहाँ जिस पिंजड़े में शेर रहता है वह देखा होगा। शेर जब नाराज रहता है, गुस्से से उसकी आँखें लाल रहती हैं और वह पिंजड़ा में बन्द रहता है तो क्या करता है? यही कि अपने पिंजड़े में पाँच कदम इधर-पाँच कदम उधर, पाँच कदम इधर-पाँच कदम उधर, किसी भाँति अपनी नाराजी की आँच को चहल-कदमी करके पचाता है। सो भैया, मैं भी अपने गुस्से की आँच को चुन्नी के उस छोटे से आँगन में फेरा लगाकर पचाने लगा।

"अरे, तुम चक्कर लगा रहे हो"—चुन्नी की आवाज आयी तो मेरा

ध्यान टूटा। उसके एक हाथ में एक रोटी थी, दूसरे में कटोरा। मेरे कुछ पूछने से पहले ही वह बोला—"रेबनी सो गई है और चाची (मेरी माँ) लेटी पड़ी हैं। मैंने उन्हें समझा-बुझा दिया है। तुम्हारें बारे में निश्चिन्त कर दिया है। लो पीढ़ा पर बैठ जाओ, खा लो। मैं डोल लेकर ताजा पानी भर लाता हूँ।"

मैं नहीं बैठा तो चुन्नी ने हाथ पकड़कर बैठा दिया। रोटी का बड़ा-सा टुकड़ा तोड़कर तरकारी वाले कटोरे में उसे डुबाकर चुन्नी ने मेरे मुँह में कोंच दिया। मिरचा मैं बचपन से ही थोड़ा कम खाता हूँ मगर भिंडी की उस तरकारी में बनाने वाली ने न जाने कितना मिरचा झोंक दिया था! मिर्च के तीखे-तीते स्वाद ने मेरा नशा तोड़ दिया। नशा ही कह लो भैया, क्योंकि मन की बेचैनी, दिमाग की परेशानी, अन्दर की बेकली भी आदमी को उसी तरह बेहोश कर देती है जिस तरह दारू और ताड़ी।

तो तरकारी के कड़ुएपन से मेरा ध्यान टूटा, मैंने पूछा—"अरे, तुम क्या खाओगे?"

मैं तो खाकर गया था पोखर की ओर। छोटी भैंस की तबियत खराब है। सरदी हो गई है। इसलिए बिरादरी के भोज में न जा सका। खाना दिन का ही रक्खा हुआ था। तुम्हारे लिए रामचरन चाचा के यहाँ से रोटियाँ ले आया हूँ। उनके यहाँ बुढ़िया के पथ-पानी के लिए बराबर आग जलती ही रहती है।

चुन्नी ताजा पानी ले आया था। रोटी जौ की थी। भिंडी की तरकारी और जौ की रोटी बड़ी अच्छी लगती है, लेकिन उस रोज मेरी जीभ ही पथरा गई थी। जैसे-तैसे निगलकर भर छाँक पानी पिया और बाहर जाकर पेशाब कर आया। मैं चाहता था चुन्नी से बातें करना, लेकिन उसे किसी जरूरी काम से बभनटोली जाना था। उसने कहा—"अभी आराम करो। तड़के हम उठेंगे और तब बातचीत होगी।"

मैं देर तक गुन-धुन में पड़ा रहा। किसिम-किसिम की बातें सोचता रहा और उसी सोच-फिकिर में पता नहीं कब नींद आ गयी।

चार

चुन्नी ने अगले रोज तड़के ही मुझे उठाया और बताया कि फूल बाबू से काम सधेगा, छोटे मालिक उन्हीं से दबेंगे ।

चुन्नी की यह सलाह अच्छी जंची । चुपचाप मैं लहेरिया सराय पहुँचा, ट्रेन मौके पर मिल गई थी । लोगों से पूछ-पाछकर बरहमपुरा आया, आसरम गांव के बाहर ही था । पहुँचने में तनिक भी दिक्कत नहीं हुई ।

दोपहर का वक्त था । आसरम की अँगनाई में आम के एक बड़े पेड़ के नीचे कंबल की आसनी डालकर फूल बाबू पलैथी मारे हुए थे । मगन होकर चरखा कात रहे थे ।

फूल बाबू का पैर पकड़ कर मैं रोने लगा ।

एकाएक अपने पैर पकड़कर मुझे जो उन्होंने रोते पाया तो बायें हाथ की पूनी का तार बीच में ही टूट गया और दाहिना हाथ चरखे की मूठ से यों ही अलग हो गया । चरखे का तूमा रफतार बन्द होने से धीरे-धीरे रुक गया । सामने कते हुए सूतों के तीन-चार लच्छे, आठ-दस पूनियाँ एक चंगेरी में रक्खी हुई थीं ।

फूल बाबू के दाढ़ी-मूछ बढ़ी हुई थी । बाल भी बढ़े हुए थे । बदन पर कमीज या बनियाइन कुछ नहीं था । खद्दर के पचहत्थी टुकड़े से धोती का काम तो भला क्या चलेगा, हाँ, घुटनों तक लपेटकर किसी तरह लाज-सरम का परदा उससे जरूर हो जायेगा । बाबू भैया लोगों को कहीं मैंने आज तक इस तरह फकीरी भेख में नहीं देखा था । फूल बाबू ने कमर में खादी का टुकड़ा लपेट रक्खा था और देह पर सूत के नाम पर सिरिफ सफेद जनेऊ-भर देखा । इस रूप में मुझे फूल बाबू महतमा जैसे लगे । अब तो खैर बैरागी-बरहमचारी लोगों को बिना पिछुआ के धोती लपेटे काफी देख चुका हूँ । अपने जनकपुर को ही ले लो । चोरौत है, मटिहानी है, महंतों के और भी बड़े-बड़े अखाड़े अपने मुलुक में मौजूद हैं । वहाँ तुम, भैया, बैरागियों की पलटन पाओगे । बारीक महीन मलमल की धोती को बैरागी लोग जिस तरह गले से लपेटकर कमर में डालते हैं उनकी बोली में उसे क्या कहते

हैं, जानते हो ? नहीं न जानते हो ! अरे भैया, अपने इस पहनावे को बैरागी लोग बरहमगाँती कहते हैं ।

तो आसरम में पहुँच कर फूल बाबू को मैंने उस भेख में जो देखा तो भीतर की सारी सरधा उमड़ आई । ऐसे तो पहले-ही-पहल जब उन्हें उस बार मलिकाइन के यहाँ देखा था तभी मेरा मन उनमें गड़ गया था । बाद में चार-छै महीने उन्होंने मुझे अपने साथ पटना में रक्खा । बड़े परेम से रखते थे, जैसे बाप बेटे को रखता है और अब इस भेख में उनको देखकर मेरे मन को ऐसा लगा कि यही फूल बाबू मेरा उद्धार करें तो करें नहीं तो छोटे मालिक के परकोप से छुटकारा पाने का और कोई रास्ता नहीं है ।

सो, मैं लुद्द से उनके पैर दोनों छानकर धरती पर पड़ गया और सुसुक-सुसुककर रोने लगा ।

फूल बाबू ने मुझे उठा लिया । बार-बार पूछने लगे कि क्या हुआ है बालू ? कौन-सा संकट तुझ पर है ! माँ तो नहीं बीमार है बालचन, तेरी बहन को तो नहीं कुछ हो गया बालो ?

मेरा हिचकना बन्द ही नहीं हो रहा था । बड़ी देर तक वह मेरे देह पर हाथ फेरते रहे । अँगुलियों से कई बार आँखों के आँसू पोंछे ।

मेरा यह हाल देखकर फूल बाबू का चेहरा एकाएक सपेता मालदह जैसा हो गया । उसी दिन मुझे पहले-पहल यह बात मालूम हुई कि दिल भरा हो, भारी ठेस लगी हो तो खूब रोओ । इससे मन हलका होता है । बहुत आँसू बहाने पर मेरा भी मन जब हलका हुआ तब जाकर हिचकी बन्द हुई ।

फूल बाबू वहाँ से उठे, खादी की लच्छियों और पूनियों वाली टोकरी खुद उठा लिया । आसनी और चरखा मैंने ले लिया । वह आगे-आगे, मैं पीछे-पीछे । दोनों जने उस कुटिया में आये जहाँ फूल बाबू रहते थे ।

फूल बाबू ने मन-ही-मन सोचा होगा—चलो, खायेगा-पियेगा, इधर-उधर को बातें करेगा, घूम-घामकर आश्रम की चीज-बस्त देखेगा । मन हलका होगा । तब अपने सब बात बता देगा ।

बता ही चुका हूँ कि फूल बाबू का सुभाव बड़ा मीठा था, उनकी बातों से मधु टपकती थी । उनकी आँखों से मानो दूध की ठण्डी धार फुहारा बन-

कर निकलती थी। देखने में भी खासा खूबसूरत थे।

अपनी कुटिया में जब वह पहुँचे तो दिन का एगारह बज चुका था। वह काठ के बकस में सूतों की लच्छियाँ सँभालने लगे। मैं चारों ओर देख रहा था। यह कुटिया एक बहुत बड़े और लम्बे फूसघर का छोटा-सा कमरा था। बाँस के झाझनों की पतली दीवारें एक कमरे को दूसरे कमरे से अलग किए हुए थीं। खंभे सीसम के थे। बरेंड़ी में लम्बा, पतले साखू का इस्तेमाल किया गया था। ऊपर छप्पर घने चौकोर फूसों से छवाए गये थे। काटकर झाझन की दीवार में चौकोर खिड़कियाँ बनाई हुई थीं। बरंडे की बाँस की बातियों से बनी बढ़ियाँ जाफरी से बीच-बीच में घेर दिया गया था। बाँस की ऐसी कारीगरी इससे पहले मैंने कभी नहीं देखी थी। फूल बाबू के कमरे में समान मामूली था। बस एक तखतपोस। लकड़ी का एक बकसा। सामने दो-दो ईंटें डालकर लकड़ी का तखत रखा था, उस पर दस-बारह मोटी-मझोल पोथियाँ रक्खी हुई थीं। एक कोने में मिट्टी का घड़ा पानी से भरा रक्खा हुआ था। छोटा-सा कलगइयाँ लोटा भी। छोरों पर डोरी बाँधकर अरगनी के नाम पर बाँस का लट्ठा लटक रहा था। उस पर पचहत्थी खद्दर और छोटा-सा अँगोछा सूख रहा था। शीशा में मढ़े हुए तीन फोटो और लटक रहे थे। उनकी ओर आँख गड़ाये मुझे पाया तो फूल बाबू अपनी गरदन सहलाते हुए बोले—महातमा गाँधी हैं।

महातमा जी का नाम सुना तो मैंने जरूर था और सुना भी था ऐसे कि सरकार बहादुर से अगर कोई लोहा ले सकता है तो गाँधी महतमा ही ले सकते हैं। अँग्रेज बहादुर की उन्होंने नाक में कौड़ी बाँध दी है। सरकार हैरान-हैरान है। गाँधी को पकड़ना और पानी में आग लगाना दोनों मुश्किल हैं। महतमा जी को अकसर लोग जहलखाना में डाल देते हैं लेकिन, भैया, अगले ही रोज उनको दूसरी जगह खड़ाऊँ पहनकर टहलते हुए देखकर सरकार बहादुर के पेट का पानी हिलने लगता है। बम्बई में पकड़ कर बन्द किया तो महतमा जी कलकत्ते में दिखाई पड़े। अहमदाबाद में पकड़ा तो मद्रास में मीटिंग करते नजर आये। मनियार चाचा के मुँह से सुना था कि गाँधी महतमा को पूना के जेलर ने नाराज होकर कोल्हू में जोत दिया, दो मन सरसों पेरने को कहा। जेलर ने सोचा होगा कि दुबला-पतला

कमजोर आदमी है, कोल्हू में क्या बहेगा, माफीनामा लिखकर बैठ जायेगा ! मगर भैया, मनियार चाचा ने बतलाया कि गाँधी महतमा के हाथ लगते ही आपे आप दोनों मन सरसों करुआ तेल में बदल गया। मनियार चाचा बतलाते थे—"काला पहाड़ जैसे दो बड़े-बड़े बैताल गाँधी महतमा के दासोदास बनकर साथ चलते हैं, उन्हीं बैतालों का यह खेल था···" इस तरह की अजीब बातों के साथ गाँधी महतमा का नाम जब हमारे जिला-जवार में फैला तब मेरे कान में इनका नाम पड़ा। मैं सोचता था कि कैसे होंगे गाँधी महतमा। मगर समझ में कुछ आता नहीं था। सोच-सोचकर रह जाता था। सो, आज फोटो में देखा तो मन को तसल्ली हुई। सिर के बाल उठे हुए। कान छोटे-छोटे और उठे हुए। कपार बड़ा। चेहरा नीचे की ओर होता गया है। अरे, यही महतमा गाँधी हैं ! यह तो बिलकुल हमारे चुम्मन बाबा की तरह लगते हैं।

दूसरा फोटो रोब-दाब का था। बढ़िया अंगा पहिने, सिर पर पगड़ी डाले। बड़ी-बड़ी मूँछें। तेज-तर्रार आँखें।—"यह कौन हैं ?" मैंने फूल बाबू से पूछा।

जवाब मिला, "लोकमान तिलक।"

"तो यह भी काँगरेस के भारी अपसर हैं ?"

"नहीं, हैं नहीं, इनका सुरगवास हो चुका है लेकिन बहुत बड़े लीडर थे।"

तीसरे फोटो की ओर हाथ दिखलाकर फूल बाबू ने कहा—"और यह तो अपने यहाँ के राजिन्दर बाबू हैं।"

"अपने यहाँ के, दरभंगा के ?"

फूल बाबू ने हँसकर कहा—"दुत-पागल कहीं का ! अपने यहाँ का मतलब सिरिफ अपना ही गाँव और जिला नहीं होता है। इसका मतलब होता है अपना परान्त, अपनी कमिशनरी, अपना जिला, अपना इलाका, अपना देश। इस भारत मुलुक के छोटे-बड़े नौ सूबे हैं। हम लोग जहाँ रहते हैं वह सूबा बिहार कहलाता है। इसके अन्दर उड़ीसा भी सामिल है। छोटा नागपुर भी सामिल है। भोजपुरी इलाका सामिल है। अपना तिरहुत है। मगह का इलाका है। राजिन्दर बाबू छपरा के रहने वाले हैं और गाँधी

महतमा के बहुत बड़े चेला हैं। आला दरजे के वकील थे। बड़ी अच्छी प्रैकटीस थी। सैकड़ों मोकिल थे। खानदानी रोबदाब था। जमींदारी ठाट-बाट था। सब छोड़-छाड़कर गाँधी महतमा के पीछे फकीर हो गये हैं।"

फूल बाबू ऐसे तो कम बोलते थे मगर कभी-कभी जैसे बोतल का काग खुल जाता है उसी तरह उनके मुँह का भी काग खुल जाता और तब भैया उनसे दुनिया-भर की अल्लम-गल्लम सुन लो। ऐसे मौके पर कुछ और पूछना आग में घी डालना होता था। इसीलिए मैं चुप रहा।

वह बोलते ही रहे कि इतने में घण्टी बजी। मैं चौंक गया। फूल बाबू ने कहा—खाने का बुलावा है। 'बिझओ' समझो। हमारे मलिकान में भोज-भात होता ही रहता था। टोल-पड़ोस और कभी-कभी समूचे गाँव के बाभन देवता नोता खाने आते थे। बूढ़े, बच्चे, जवान सब आ चुके होते तो कोई घरबैया आकर जोरों से यह आवाज लगाता कि 'बिझओ हो, बिझओ हो।' सो बिझओ का मतलब मुझे मालूम था लेकिन खाने के बुलावा के लिए घण्टी बजाकर यह बिझओ करना मेरे लिए बिलकुल नई बात थी।

मालिक ने कहा— "चल साथ खायेंगे। यहाँ ऊँच-नीच का झंझट नहीं है। गाँधी महतमा को अपना गुरु मानने वाले आश्रम के लोग न तो छूत-छात मानते हैं न ऊँच-नीच।"

सच बतलाता हूँ भैया, फूल बाबू की यह बात सुनकर मुझे बड़ा अचंभा हुआ, भीतर-भीतर हँसी आयी। ऊँच-नीच का भेद सदा से चला आया है, सदा रहेगा। चार आदमियों के मानने से क्या आता-जाता है।

फूल बाबू ने कहा कि लोटा ले ले और जल्दी चल।

आसरम का रसोईघर दूसरे छोर पर पिछवारे की ओर था। दो छप्परों वाला छोटा-सा घर। झाझन का टाट। सीसम के दो खम्भे। बड़ेरी पर टिके हुए छप्पर, पीछे की ओर धुआँ निकालने के लिए जाफरीदार जँगला था। खाने के लिए एक छप्पर वाली लम्बी एक चारी थी। ताड़ के पत्तों की छोटी-छोटी आसनियाँ वहाँ बिछी हुई थीं एक ही कतार में मालिक जाकर बैठ गये। और भी दस-बारह बाबू लोग थे। अपने जैसा मैं अकेला था। कई लोगों ने हमारे बाबू से पूछा—"बुलाने आया है? फूल बाबू, उस बेचारी को आप नाहक सता रहे हैं!"

मैं समझ गया यह इशारा बाबू लोगों का किसके तरफ था। सो समझे भैया ? यह इशारा था फूल बाबू की जनाना की तरफ। उन्हें फूल बाबू ने मायके में छोड़ रक्खा था। खुद आसरम में बैरागी जीवन बिता रहे थे।

फूल बाबू ने कहा उन लोगों से—"आप लोग यों ही अललटप्पू मारते हैं। यह मेरे घर से नहीं फूफी के यहाँ से आया है। उन्हीं का बहिया है।"

एक दूसरे बाबू ने हँसते हुए कहा—"तो आपके लिए कोई दूसरी लड़की ठीक की जा रही है ?"

इस पर सभी बाबू-भैया खिल-खिलाकर हँस पड़े।

सामने पुरैन का पत्ता परोसा जा चुका था। पानी भर-भर के गिलासें रक्खी जा चुकी थीं। बाबा जी महाराज अब भात परोस रहे थे। मैंने देखा, उजले धुले खद्दर के कपड़े पहने हुए चिक्कन-चुनमुन चेहरा-मोहरा वाले उन बाबू लोगों के सामने रसोइया कराकुल जैसा लग रहा था। पतली-पतली टाँग। लम्बी देह। धँसी आँखें ! सूखा चेहरा। कमर में उनने मैली धोती लपेट रक्खी थी। जनेऊ भी मैला था। छाती के हाड़ दिखाई दे रहे थे।

मैंने सोचा मुलुक से अंग्रेज बहादुर चला जायेगा, फिर यही बाबू-भैया लोग अपसर बनेंगे और तब इस बाबा जी महाराज का भी उद्धार हो जायेगा। इसके हाड़ों पर मांस चढ़ेगा। चेहरे पर चिकनाई आवेगी। बूढ़ा-सूगा हो जाने पर पढ़-गुन तो यह क्या सकेगा मगर बाकी आराम-सुभिस्ता इस रसोइया को भी मिलेगा। सोराज होने पर क्या होगा ? यह बात मैंने एक बार पटना में महेन बाबू से पूछा था। उन्होंने क्या जवाब दिया था भैया, क्या बताऊँ ? महेन बाबू ने यही कहा था कि सोराज होने पर सब के दिन लौटेंगे सबका भाग चमकेगा। हमारा भी, तुम्हारा भी।

पत्तल में भात परोसा गया। पीतल की कटोरी में अरहर की दाल। बिना मिरचाई की तरकारी थी आलू की। एक-एक फाँक प्याज मिला था।

बाबू लोग खाते समय बोलते-बतियाते रहे। मेरा तो मिजाज ही ठीक नहीं था, किसी तरह दस कौर मार लिए और हाथ रोककर बैठ

रहा। देखा, किसी ने पत्तल में जूठा नहीं छोड़ा है। उठते समय पत्तल को लपेटकर सब बाहर निकले और उसे एक बड़ी टोकरी में डाल दिया। हाथ-मुँह धोने के लिए कोई खास जगह नहीं थी, खुला मैदान था।

खाकर फूल बाबू और मैं उसी कमरे में आये। फूल बाबू बिना बिस्तर के तख्तपोश पर लेट गये और मुझे बैठने को कहा।

फूल बाबू को सुपारी का कतरा और छोटी इलाइची खाने का शौक था लेकिन इस आश्रम में आकर तो उन्होंने यह भी छोड़ दिया था। इधर-उधर आँख मारकर कुटिया में मैंने देखा जूते भी नहीं पाये, हाँ, खड़ाऊँ जरूर थे। तब मुझे फूल बाबू की पटना वाली पहली जिनगी याद आई। किसिम-किसिम की बनियाइन, किसिम-किसिम का कमीज-कुरता, पाँच-पाँच छै-छै कोट, तीन-तीन जोड़ा जूता, चार जोड़ी धोती, दो तौलिया, दो छोटे अँगोछे, दूध-सी धुली हुई शानदार मसहरी, बिस्तरे में गयावाला सफेद कंबल, खूबसूरत सतरंजी, तोसक, उलेंच, तीन गो तकिया। हमारे फूल बाबू राजा की तरह रहते थे, अब फकीर हो गये हैं। मन में भारी कचोट हुआ मगर साथ-साथ सर्धा भी बढ़ने लगी थी।

थोड़ी देर बाद फूल बाबू ने मुझसे पूछा कि क्यों आया है।

फिर तो मैंने एक-एक करके सारी बात उन्हें बता दी। अन्त में पूछा—"छोटे मालिक ने थाना में रिपोर्ट करवायी है, मुझ पर चोरी का इलजाम लगाया है। दरोगा तो नहीं मानेगा। या तो घूस लेगा या फिर बात को आगे बढ़ा देगा। इससे मेरा निस्तार कैसे होगा?"

इतनी सारी बात सुन लेने पर भी फूल बाबू के मुँह से एक आखर नहीं फूटा। हमारी सारी बात को वह पी गये।

मैंने सोचा कि छोटे मालिक इनके फूफा लगते हैं, यह अगर सिफारिस कर देंगे तो छोटे मालिक का मन शायद नरम हो जायेगा। शायद थाना में जो बात मालिक ने रिपोर्ट करवाई है वह खतम हो जाये। फूल बाबू पुर्जी लिखकर मुझे दे देंगे या किसी दूसरे आदमी को मालिक के पास भेजेंगे? कैसा भी हो, काम तो मेरा हो ही जायेगा।

मगर फूल बाबू तो अगम कुआँ बन गये, जिसमें झाँकने से भी डर लगता है। मैंने सोचा—आज बाबू सोच-साचकर कोई बात करेंगे, सुबह जब मैं

जाने लगूँगा तो पुरजी जरूर देंगे। मैंने बहुत-सी बातें सोच रखी थी। अगर फुल बाबू चाहेंगे तो मैं सात पुश्त का अपना डीह छोड़कर उनकी गुलामी करूँगा। फूल बाबू का मन होगा तो रेवनी का गौना चटपट कराकर अपनी माँ के साथ मैं पटना चला जाऊँगा, वहाँ रिक्शा खींचकर या दीघाघाट पर जहाज का माल ढोकर—माँ की और अपनी जिन्दगी गुदस्त करूँगा। नहीं, अगर फुल बाबू की यही राय होगी कि कटिहार या सिलीगुड़ी, जलपाईगुड़ी जाकर चटकल में मजूरी करूँ तो वैसा भी करूँगा ही; इस तरह बहुत-सी बातें सोचकर मैं आसरम पहुँचा था। मुझे यह भी भरोसा था कि फूल बाबू जब गाँधी महतमा के चेला बन गये हैं तो हमारे मालिक को इस जोर-जुलम के लिए दो बात वह जरूर कहेंगे। गाँधी महतमा न बड़े लाट से डरते हैं न छोटे लाट से, न सरकार से न अमला से। गरीबों का पच्छ लेते हैं। फूल बाबू उन्हीं गाँधी महतमा के चेला होकर मेरे लिए क्या इतना भी नहीं करेंगे कि अपने फूफा-फूफी को जरा समझा दें?

उस रोज फिर फूल बाबू ने मेरे सामने मुँह नहीं खोला। मैं बड़ा देर तक सोता रहा। जेठ का महीना था। आसरम एक बड़े कलमबाग के बीचों-बीच होने से ठंडा था। कुटिया के बाहर बरंडे में चटाई पड़ी थी, टूटी-फूटी-सी। उस पर मैं चित्त होकर लेटा सो तभी नींद टूटी जब गोसैयाँ लुक-झुक कर रहा था, शाम होने वाली थी।

आँख मलते-मलते उठा और फूल बाबू की कुटिया के नजदीक पहुँचा। साँकल चढ़ी थी, दोनों पट बन्द थे। फिर मैं कमरा खोलकर अन्दर नहीं गया। इधर-उधर टहलता रहा।

इतने में फिर घंटी बजी।

यह क्या है?

देखा कि एक चौमुहाँ दालान में बाबू-भैया लोग इकट्ठे हो रहे हैं। मैं भी उधर ही आया।

दालान बड़ा नहीं था। बल्कि उसे दालान न कहकर मंडप कहो तो अच्छा। चौकोना मंडप, कमर-भर ऊँचा। ऊपर चढ़ने के लिए चार ईंटें रखकर सादी सीढ़ियाँ बनी हुई थीं। खजूर के पत्तों की बनी बड़ी-सी चटाई बिछी हुई थी, हँसली की शकल में लोग बैठ गये। बाबू-भैया थे। हमारी

छोटी मलिकाइन-जैसा चेहरा-मोहरा वाली एक जनानी भी थी। पश्चिम की ओर कम्बल की एक चितकबरी आसनी रक्खी थी। उस पर अधेड़ उम्र वाले धोती-धारी एक बाबू बैठ गये। इसके बाद सब एक आवाज में शिलोक पढ़ने लगे। मेरी हिम्मत नहीं हुई कि मंडप में जाकर बैठूं। नीचे ही अलग खड़ा रहा। थोड़ी देर बाद जो जनानी थी उसने भजन गाना शुरू किया। बाकी बाबू-भैया उसके गाये पदों को दुहराने लगे।

जास्ती कुछ न समझने पर भी इतना तो मैं समझ ही गया कि गाँधी महतमा के पूजा-पाट का यही ढङ्ग है। हमारे फूल बाबू भी मगन होकर भजन गा रहे थे।

उमेद थी कि रात को, खाने के बाद फूल बाबू कुछ बोलेंगे लेकिन नहीं बोले, तो कछमछाकर मगर तनिक नरमी से मैंने पूछा—"सरकार, हमारा निस्तार कैसे होगा ?"

इस पर थोड़ी देर गुम रहकर बाबू बोले—"मुझे तो अब गाँव-घर से भी कोई तालुक नहीं रहा। माँ और बाबू जी भी अब मुझसे हार मान बैठे हैं। पहले चिट्ठी लिखकर बात-बिचार पूछते थे। जब मेरी ओर से लगातार उन्होंने उदासी देखी तो अब उस तरह की बात चिट्ठी में नही लिखते हैं। पीसी के यहाँ दो साल से मैं नहीं गया हूँ। पीसा से भेंट-मुलाकात किये तीन बरस हो गये हैं। बालचन, अब तू ही बता कि ऐसी हालत में मेरी किसी बात का तुम्हारे मालिक पर कितना असर पड़ेगा ?"

अन्हेरी रात थी। दूसरी कुटियों से खाँसने-खखारने की आवाज उठती थी तो पहली रात का हलका सन्नाटा फट जाता था। आस-पास की बस्तियों से कुत्तों के भूकने की आवाज साफ-साफ आ रही थी। रात अधिक नहीं, डेढ़ पहर बीती होगी। मगर आसरम में रहने वालों के लिए दिन को सोना मना था। नींद की झोंक से गर्मी के दिनों में आसरम के बाबू-भैया कैसे मोरचा लेते थे ? जानते हो भैया !

होता ऐसा था कि कोई-कोई सोराजी बाबू चरखा चलाकर दुपहरिया खेपते थे। कोई बाबू लम्बे बरंडे पर टहल-घूमकर अपनी नींद को पचाते थे। कोई-कोई बाबू दो-तीन जने मिलकर गीता या रामाएन ले बैठते थे। एक गो बाबू साहब ऐसे थे कि छोटी-छोटी सीसी में से दवाई का

सरिसबा दाना निकालते और गिन-गिनकर उसी सीसी में फिर उन दानों को रखते जाते। यह भी आलस-ऊँघ को पचाने का एक तरीका था।

मतलब यह है कि दिन-भर पलकों पर आसरम में कड़ा पहरा रहता था। इसी से साँझ सकाल ही खा-पी चुकने के बाद भैया लोग अपने-अपने बिस्तर पर ढेर हो जाते थे। बिहान को, बिलकुल तड़के घंटी बजती थी। उठना लाजमी होता था।

मैंने सोचा—अभी मालिक को सोने देना चाहिए, भोर होने पर बाकी बात हो जायेगी। मगर फूल बाबू ने यह कहकर तभी बात खतम कर दी कि तुम्हारा तो आपस का झगड़ा है, बहिया-महतो का। इसका निबटारा भी तुम्हीं दोनों कर लोगे। इसमें मेरी कोई जरूरत नहीं। जा, जाकर अपने मालिक के ही पैर पकड़। वह तुझे माफ कर देंगे।

फूल बाबू से मुझे इस बात की उमेद नहीं थी। भरोसा था कि वह मेरे बचाव का कोई-न-कोई रास्ता जरूर निकालेंगे।

कैसे धोखे में मैं पड़ा हुआ था! मेरा सारा मोह क्षण-भर में फट गया। साफ-साफ दीखने लगा कि बाबू-भैया लोग वहीं तक हमारा पछ लेंगे जहाँ तक उनका अपना मतलब रहेगा। देखो न, फूल बाबू एक छोटी-सी पुरजी अपने फूफा के नाम मुझे दे देते तो इसमें उनके महतमापन का क्या बिगड़ता। अँधेरा था, सूझ नहीं रहा था। लेकिन मुझे साफ-साफ दिखाई पड़ा कि फूल बाबू का माथा भारी हो उठा है और तकिए पर एक ओर लुढ़क गया है। अरे भैया, फूफा और सर बेटा का रिस्ता बाप-बेटा का रिस्ता समझो। इस रिस्ते में उस छोटी-सी पुरजी से खरोच न पड़ जाती! सोराजी हो गये थे तो क्या, थे तो आखिर बाबू-भैया ही न! गरीब-गुरबा का दुःख ये लोग क्या जानें!

सच जानो भैया, उस बखत मेरे मन यह बात बैठ गयी कि जैसे अँग्रेज बहादुर से सोराज लेने के लिए बाबू-भैया लोग एक हो रहे हैं, हल्ला-गुल्ला और झगड़ा-झंझट मचा रहे हैं उसी तरह जन-बनिहार, कुली-मजदूर और बहिया-खवास लोगों को अपने हक के लिए बाबू-भैया से लड़ना पड़ेगा।

फूल बाबू से रत्ती-भर भरोसा नहीं रहा। थोड़ी देर अँधेरे में मैं बैठा

रहा, फिर बाहर जाकर बरंडे पर उसी टूटी चटाई की ओर बढ़ा। अँधेरा था, निपट अँधेरा। पैर से टटोलकर चटाई मिली और उस पर लेट गया उसके बाद कब नींद आ गई और कैसे भोर हो गया पता नहीं।

आँख मलकर उठा और फूल बाबू के कमरे की ओर बढ़ा, तो देखा जंजीर चढ़ी हुई है, किवाड़ बन्द था। बाबू नहाने गये होंगे। मैं भी पोखर की ओर बढ़ा।

यहाँ जरा आसरम के बारे में तुम्हें बता दूँ।

यह आसरम दस बीघा जमीन के हाते में फैला हुआ था। साकीन बरहमपूरा, थाना लहेरिया सराय, जिला दरभंगा। यहाँ के बहुत बड़े जमींदार बाबू शुभंकर ठाकुर भुँइहार खानदान के थे। अच्छे जमींदारों में इनकी गिनती थी। अस्सी-नब्बे हजार की मालगुजारी असूल होती थी। डेढ़ हजार बीघा धनहर खेत अपने जोत में था। बीजू और कलमी आमों के बाग पचीसों बीघा तक फैले हुए थे। करजान था, खढ़ोर थी। गाय-बैल, घोड़ा, भैंस के चरने लायक पचासों बीघा जंगल था। आठ-दस छोटे-बड़े पोखर थे। गुमाश्ता, बराहिल-अमला-फैला, नौकर-चाकर, देवान जी-मुनशी जी सब थे।

बूढ़ा मालिक इलाका-भर में राजा बाबू कहलाते थे। दो बेटे थे। एक हीरा जी, दूसरे मानिक जी। हीरा जी का दूसरा नाम था किशुन वल्लभ नारायण ठाकुर। मानिक बाबू का नाम था राधा वल्लभ नारायण ठाकुर।

मानिक जी पढ़ने में बड़े तेज थे। कलकत्ते में रहकर बी० ए० तक पढ़े थे। उसके बाद गाँधी जी की लहर में हमारे फूल बाबू की तरह मानिक जी भी बह गये। जज-बालिस्टर न बनकर अपने जिला के लीडर बन गये। अपना दरबारी नाम छोड़कर वह सीधे राधा बाबू कहलाते थे। बड़े पक्के कांग्रेसी थे। ऐसे पक्के कि बाप और बड़े भाई से झगड़ा कर आसरम के लिए इतना बड़ा अहाना राधा बाबू ने दफान लिया था। वही इस आसरम के सर्वेसर्वा थे। उनके पीछे सोराजी बाबुओं की छोटी-सी पलटन थी। शुरू-शुरू में साहखरची नें इस जिले में गाँधी महतमा के कामों को आगे बढ़ाने में काफी मदद पहुँचाई। उसके बाद बाप और बड़े भाई ने इस्टेट से एक पैसा भी देना इनकार कर दिया। इससे नाराज

होकर राधा बाबू ने घर वालों से असहयोग कर लिया।

असहयोग क्या होता है भैया ?

गाँधी महतमा ने यह तरीका निकाला था कि दुश्मन अगर ताकतवर हो तो तुम लाठी से उसका मुकाबला नहीं कर सकते। हाँ, उससे बोल-चाल बन्द कर दो, उसके किसी काम में मदद न पहुँचाओ। दुश्मन दच्छिन की ओर मुँह करके खड़ा रहे तो तुम पीठ फेरकर अपना मुँह उत्तर तरफ कर लो। सहयोग माने साथ देना, साथ जुड़ जाना।

सो, भैया राधा बाबू ने अपने घरवालों से असहयोग कर लिया था। यहाँ तक कि बाल-बच्चे ननिहाल में रहते थे। जनानीं उनकी नैहर में रहने लगी। भगवान के परताप से ससुर भी उनके बहुत बड़े जमींदार थे। और भैया, राजा अपने बाल-बच्चों की शादी करता है तो राजा के ही खानदान में करता है न ? राधा बाबू को नगद पचास हजार तिलक चढ़ा था। हाथी, घोड़ा, पालकी, खवास, जमीन-जजात दहेज में मिला था। राधा बाबू जब सोराजी बने तो उनके बीवी-बच्चे को संभालने में ससुराल की दौलत ने बड़ी मदद पहुँचाई। जिले में दो-तीन बाबू-भैया ने अपनी-अपनी जनानी को परदे से बाहर निकाला था। उन्हीं में से एक थे राधा बाबू। बूढ़े मालिक ने अपनी पतोहु की बेपर्दगी के बारे में जब सुना तो उनका दिमाग पथरा गया, आँख चुन्हिया गयी। उन्होंने राधा बाबू को कहलवा दिया कि ड्योढ़ी के अन्दर पैर न रखे। बाप ही ने असहयोग की शुरुआत की थी, बेटे ने असहयोग की हद कर दी। राधा बाबू की माँ मरी तब भी उन्होंने घर वालों का साथ नहीं दिया। लोग कहते थे कि राधा बाबू अकरी हो गये हैं। नास्तिक हो गये हैं। माँ के मरने पर न बाल कटाये न अशौच माना। आसरम का सारा काम-काज पहले की तरह करते रहे। जब उनकी माँ मरी थी उन दिनों थाना मधेपुर-फुलपरास की ओर जोरों की बाढ़ आयी हुई थी। लोग-बाग, माल-मवेशी—सबका बुरा हाल था। राधा बाबू चार ठो डेंगी लेकर उस इलाके में अपने साथियों के साथ रिलीफ का काम कर रहे थे।

शाम को, मंडप में अलग आसनी पर बैठकर जो बाबू पूजा-पाठ कर रहे थे और पीछे मगन हो-होकर भजन गा रहे थे वही थे राधा बाबू।

पोखर की ओर जाते बखत उन्हीं राधा बाबू से मेरी भेंट हो गयी। रुककर उन्होंने पूछा—"धानुक है कि ग्वाला ?"

"ग्वाला हूँ सरकार ?" मैं बोला।

वह चार कदम आगे चले गये। मैं गर्दन टेढ़ी करके उनकी ओर देखता रहा। एकाएक रुककर राधा बाबू ने पीछे से मेरी ओर देखा और कहा—"आसरम में रहेगा ? तुझे अपने साथ रखूँगा, कुछ पढ़-लिख भी जायेगा। दस-पाँच रुपये ऊपर से दे दूँगा, घर भेज दिया करना।"

मैंने कुछ कहा नहीं, गुमसुम रहा। उँगलियाँ से उँगलियाँ फोड़ने की कोशिश कर रहा था।

राधा बाबू बिल्कुल नजदीक आ गये। मेरे कँधे पर अपना हाथ रक्खा तो बड़ा अच्छा लगा। नहाकर आये थे, हथेली हेमाल हो रही थी! मैं सोकर उठा था। रात-भर की गर्मी बदन पर तैर रही थी। कंधे पर उनका ठंडा हाथ मुझे बड़ा अच्छा लग रहा था! एक नजर उनकी ओर देखकर अपनी पपनी फिर मैंने नीचे गिरा ली।

"क्या बात है ?"—बाबू बोले।

मैं फिर चुप रहा।

अब की और करीब आकर उन्होंने मेरी ठुड्ढी उठायी। शरम और झिझकभरी मेरी आँखों में अपनी आँखें डालकर वह बोले—"नहीं रहेगा आसरम में ?"

सिर हिलाकर मैंने मंजूरी बता दी तो उन्होंने छोड़ दिया। फिर कहा—"जा नहा आ; मैं फूल बाबू से बातें कर लूंगा।"

मैं पोखर के भिंडे पर पहुँचा। दो पुश्त पुराना पोखर था। हरियर कचोर पानी। चारों ओर सीमिट का पक्का घाट। भिंडे पर तीन तरफ कलमी आमों के पेड़, एक ओर सीसम की सुन्दर कतारें देखकर कुछ देर तक वहाँ मन गड़ा रहा।

भिंडे के नीचे उतरकर खेत में दीसा फिरा, पोखर के एक कोने में जहाँ पैरों के निशान बने हुए थे आकर छोंच किया।

पक्के घाट पर आकर हाथ मटिआये। आम का पल्ली तोड़कर दतवन की, उसे चीर कर जिभिया बनायी और जीभ को साफ किया।

कपड़े मेरे पास मामूली थे। आठ हाथ की मैली पुरानी धोती थी। बदन पर बनियाइन, दो हाथ का गमछा। धोती फेरकर पहनने के लिए रख ली। डराँडोर के सहारे गमछा को कमर से लपेट कर पोखर में नहाने उतरा। कहावत है 'आन गामक पोखरि अपना गामक गाछी' याने अपने गाँव का बाग और दूसरे गाँव का पोखर डरावना होता है। मुझे भी पानी में जाते हुए कुछ डर लगा। मगर मैं तैरना तो जानता ही था, डर काहे का ? हाँ, उन बड़े-बड़े पोखरों या झीलों से जरूर डरना चाहिए, जिनमें गोह, बोंच, घड़ियाल, सौंस या बड़े-बड़े रेहु-भून्ना और भाकुर माछ हुआ करते हैं। यह गाँव नदी के किनारे न होने से पोखर में गोह या घड़ियाल हो ही नहीं सकता था, सो बेफिकर होकर बड़ी देर तक पानी में बोहियाता रहा। तैरना और बोहियाना दो अलग बातें हैं भैया! हाथ-पैर मारते जाओ तो तैरना हुआ। ऐसा अक्सर अथाह पानी में किया जाता है। गर्मी के दिनों में तरावट का मजा लेने के लिए लोग देर तक थाह पानी में अपने को डाले रहते हैं; समूचा धड़ पानी के अन्दर होता है, सिर ऊपर रहता है। इसी को बोहियाना कहते हैं; समझा भैया!

मन जब तिरपित हो गया, देह जब हेमाल हो गया, तब बाहर निकला। जल्दी-जल्दी धोती पहनकर गमछा फींचा और ऊपर आया।

मुझे तो हो रहा था कि आसरम में रह जाऊँ मगर माँ और बहन को उस हालत में छोड़ देना बुरा लग रहा था। दूसरी बात यह भी थी कि छोटे मालिक ने थाने में चोरी की रिपोर्ट कर दिया था। मुझे लगता था कि चार-छः महीने जेल में सजा काटनी पड़ेगी।

नहाने से देह तो ठंडा हुआ। लेकिन मन को फिकिर फिर गरमाने लगी। भारी पैरों से मैं आसरम लौटा और फूल बाबू के कमरे के अन्दर आया। वह पिनसिल से कुछ लिख रहे थे। मुझे हूँकारी भरकर इशारा किया कि पास आकर बैठ जा।

मैं बैठ गया। लिखाई खतम करके बोले—"राधा बाबू मुझे तेरे बारे में बतला रहे थे। वह तुझे अपने पास रखना चाहते हैं। क्यों नहीं रह जाता है?"

मेरी गर्दन तो फँसी हुई है—मैंने कहा—"जेहल होगा कि जुर्माना

पता नहीं।"

बाबू बोले—"कुछ नहीं होगा, तू राधा बाबू के पास रह जा। सारी बात ठीक कर ली जायेगी।"

मुझे बड़ा अचरज हुआ, कैसे सारी बात ठीक कर ली जायेगी। कैसे कोई छोटे मालिक पर अंकुस देगा।

फिर मन-ही-मन मैंने यह तय किया कि हो न हो राधा बाबू ने फूल बाबू से सारी बात न सही थोड़ी बात तो जरूरी मालूम कर ली है और वही कोई व्योंत लगायेंगे। नहीं तो फूल बाबू से क्या होगा? यह तो अपने ही भारी दब्बू हैं।

बात भी यही थी भैया! राधा बाबू नामी सोराजी थे। हमारे यहाँ के बड़ मालिक से राधा बाबू का कोई रिस्ता भी लगता था। उन्होंने एक खत तो बड़े मालिक के लड़के के नाम से भेजा और दूसरा खत दरोगा जी के नाम। दरोगा जी एक बार एस० पी० की कड़ी निगाह से राधा बाबू की मेहरबानी से बचे थे और तब से दरोगा जी के दिल में राधा बाबू के लिए बड़ी इज्जत पैदा हुई। कहने का मतलब यह है कि मेरा मामला खतम हो गया। सजा-वजा नहीं हुई, न जरिमाना हुआ। बात जहाँ की तहाँ दब गयी। छोटे मालिक इसके बाद गाँव से चले गये।

छोटे मालिक की यह करतूत छिपी न रह सकी। हमारी बहन पर जो उन्होंने हमला किया था यह बात धीरे-धीरे समूचे गाँव में फैल गयी। बाबू-भैया लोग अन्दर-अन्दर एक-दूसरे पर शह चलाते रहते हैं। बिरादरी की दुश्मनी बड़ी खतरनाक होती है। हमारे मालिकों में भी आपस का दाँव-पेंच चलता था। एक-दूसरे की कमजोरी का फायदा उठाने की कोशिश में बाबू-भैया अपनी सारी अकिल लगा देते थे। कहते हैं कि सतरंज खेलने वाले को आगे की दस-दस चाल सोचकर रख देनी पड़ती है। बाबू-भैया आपस में एक-दूसरे को मात करने के लिए सतरंज की ही भाँति शह पर शह सोचते रहते हैं।

सो छोटे मालिक पर जब मलिकान के छोटे-बड़े बाबू लोग नाक-भौं सिकोड़ने लगे तो तत्काल गाँव से टल जाने में ही अपनी भलाई मालूम हुई। रेबनी पर, मेरी माँ पर और मुझ पर जो खीज थी उसे उन्होंने

जुगताकर मन की किसी गाँठ में बाँध लिया और कलकत्ते की ओर चले गये।

मैं राधा बाबू के पास रहने लगा। सबसे पहला काम उन्होंने जो किया सो यही कि मेरे लिए नीले रंग का नेकर सिलवा दिया, खाकी रंग की हाफ कमीज और सफेद टोपी, सब खद्दर का। पहनकर जब मैं तैयार हुआ तो कहा—"कोई पूछे तो यह मत कहना कि आसरम का नौकर हूँ।"

"तो क्या कहूँगा ?"

"कहना कि कांग्रेस का भोलंटियर हूँ।" समझा।

मैंने सिर हिला दिया।

अब फूल बाबू से मेरा कोई लाग-भाग नहीं रहा। राधा बाबू ही मेरे मालिक थे।

मेरी उमर सत्रह पार कर रही थी। मशें भीग रही थीं। देखने में खूबसूरत नहीं था तो बदसूरत भी नहीं था। बता ही चुका हूँ मेरे बाप-दादे अच्छी काठी के मजबूत आदमी थे। चौड़ी छाती, बड़ा कपार, भारी चेहरा, तगड़ी डील। सोटे हुए हाथ-पैर वाले। मेरी माँ भी ठिगनी या नाटे कद की औरत नहीं थीं। कुछ साँवली जरूर रही मुदा चेहरा-मोहरा, साँचा-ढाँचा बड़ा अच्छा था। थोड़ी ही उमर का था मैं, तभी बाबू मर गया। घर पर मुसीबत का पहाड़ गिर पड़ने से हमारी गिरस्ती चौपट हो गयी थी। दादी और माँ ने न जाने कितनी कठिनाई से हम दोनों भाई-बहनों को पाल-पोसकर चेतन बनाया था। न जाने कै घड़ा आँसू से हमारा बचपन सींचा गया था।

राधा बाबू आसरम के महंथ थे। बहुत पढ़े-लिखे थे। भागलपुर और कलकत्ता में रहकर अपनी पढ़ाई उन्होंने पूरी की थी। पूरी क्या की थी, पार पहुँचते-पहुँचते किनारा छोड़ दिया था। थोड़ा-सा और पढ़ते तो—परफेसर हो जाते। धन-दौलत की तो कोई कमी थी नहीं, विलेंत भी जा सकते थे और बलिस्टर भी हो सकते थे। लेकिन बीच में ही दिमाग बदल गया। कहते हैं, बूढ़ा मालिक राधा बाबू से बड़ी आस रखते थे। उनका खयाल था कि मानिक जी चाहे कलट्टर बनें, चाहें एस० डी०

ओ० इससे छोटा हाकिम भला क्या होंगे। फिर बूढ़ा मालिक सपनाते रहे होंगे कि मानिक जब कलट्टर बनकर अपने जिला में आवेंगे तो इस खानदान का रोबदाब कितना बढ़ जायेगा। जिला-भर के बड़े-बड़े आदमी मानिक जी के सामने हाथ जोड़े खड़े होंगे। बड़े-बड़े बाबू-बबुआन मानिक जी से हाथ मिलाने में अपना अहोभाग्य समझेंगे। खरोड़े खानदान के भारी-भारी राजा-राजकुमार आदर और जतन से मानिक जी को भेंट-सौगात भेजेंगे। महाराज खुद भी मानिक जी का आदर-सम्मान करेंगे।

यह सब सोचते-सोचते राधा बाबू के बाप बूढ़ा मालिक चौधरी शुभंकर ठाकुर इतना मगन हो जाते कि कलट्टरी भूलकर उनके लिए बपौती-विरासत-जैसी दिखाई देने लगती थी।

तनिक सोचो भैया कि राधा बाबू ने एकाएक पढ़ाई छोड़कर अपने बूढ़े बाप के आस-भरोस पर कितना भारी बज्जर गिराया?

राधा बाबू के ससुर भी बहुत बड़े जमींदार थे। अपने दामाद के बारे में उन्होंने भी बड़ी-बड़ी उमेद लगा रखी होगी सो वह बेचारे भी चितंग होकर गिरे होंगे।

राधा बाबू डेढ़ साल की सजा काट आये थे। पटना कैम्प जेल में उनको रखा गया था। जब महतमा गाँधी का लाट बहादुर इरविन से बुझारत हो गई तो मुलुक-भर में सभी जेलों से सोराजी कैदी छोड़ दिये गये। फूल बाबू तभी जेल से छूटकर आये थे। राधा बाबू भी तभी छूटे थे।

आसरम में बाबू-भैया और नौकर-चाकर मिलाकर बीस जने थे।

महतमा जी का हुकुम नहीं था कि सोराजी लोग आसरम में किसी को नौकर-चाकर के तौर पर रक्खें। फिर भी आसरम में हम चार जने थे जो नौकर ही थे। कहने को भोलंटियर कह लो, सेवक कह लो, लेकिन थे तो हम नौकर ही। एक का नाम था रूप लाल, दूसरे का नाम था छट्ठू, तीसरा था मंगल, चौथा मैं था। रूपललवा, छठुआ, मंगला, बलचनमा। हम चारों अलग-अलग बिरादरी के थे। रूपललवा धानुक था। छठुआ था मलाह। मंगला पासी था। मैं ग्वाला। इसके अलावा परगना बछौर के एक मिसिर जी थे, वह खाना बनाने का काम करते थे।

मिसिर जी को खाना-पीना देकर ऊपर से बारह रुपैया तलब मिलता

था। मेरा तलब ठीक नहीं था। कभी सात, कभी आठ, कभी दस। राधा बाबू मौजी जीव थे। मुझ पर सिनेह भी उनका भारी था। खाना-पीना, कपड़ा-लत्ता, अच्छी तरह मिलता था। अपना खास भोलंटियर बनाकर वह मुझे रखे हुए थे। टूर में जहाँ जाते थे, मैं भी जाता था। राधा बाबू को मेरा बड़ा ध्यान रहता था। लोग उन्हें देवता की तरह मानते। चढ़ावा उनको जो मिलता था, सो थोड़ा-बहुत मैं भी पाता था।

रूपललवा बुतात छोड़कर आठ रुपया दरमाहा पाता था। छठुआ आठ। मंगला का तलब छः रुपया था।

रूपललवा के जिम्मे आसरम की खेती-बाड़ी का काम था। छठुआ आस-पास के गाँवों से अनाज बटोरकर लाता था। मंगला आसरम का चपरासी था। झाड़ू देना, घड़ों में पानी भर के रखना, डाक लाना-ले जाना, बीमार हो जाने पर बाबू-भैया का पथ-पानी करना—यही सब मंगला का काम था।

ऐसे तो राधा बाबू ने मुझे और आसरम-भर के लोगों से यही कह रखा था कि छः रुपया महीना मिलेगा। मगर देते बखत बाबू हमेशा कुछ जास्ती ही देते थे। ऐसा क्यों होता था?

बात यह थी भैया कि राधा बाबू राजा खानदान के थे। पढ़ाई करते समय इस्टेट का पैसा फूँकते रहे और अब पबलिक का। चन्दा आसरम में काफी आता था। कोई उनसे हिसाब लेने वाला नहीं था। जैसी मरजी आई वैसे खरच किया। मुझे भी उसी झोंक में कभी सात, कभी आठ, कभी दस और एक-आध दफे तो बारह रुपैया मेरे हाथों में उन्होंने थमा दिया था। अलावा इसके मेला-ठेला, हाट-बाजार, पबनी-तिहार के मौकों पर इकन्नी, दुअन्नी, चौअन्नी, देते ही रहते थे।

नये मालिक से मेरी अच्छी पटती थी। फूल बाबू के तरफ से जो उदासी मन को घेरे हुई थी वह अब धीरे-धीरे फटने लगी। आसरम का हवा-पानी, बोल-चाल, रंग-ढंग मुझे अच्छा लगता था। यहाँ दो-चार बाबू-भैया ऐसे भी थे जो भीतर से गरीबों का दुःख-दर्द समझते थे। बातचीत से उनके मुँह से मलिकाना बू-बास नहीं आता था। राधा बाबू तक काफी नरमी से बोलते-बतियाते थे। हाँ, कभी-कभी नाक-भौं चढ़ाकर वह अपना

रोब जरूर परगट करते थे। मगर उनका गुस्सा, उनकी नराजी आसरम के लोगों के लिए वैसे ही थी जैसे किसी अच्छे खानदान के ईमानदार मुखिया की होती है।

पाँच

हमारी बिरादरी में शादी कच्ची उमर में हो जाती है। शादी न कहकर उसे सगाई कहना ही ठीक होगा। छः वर्ष की उमर ही में शादी हो गई थी और तो कुछ याद न रहा। लेकिन बरात में सिंगा बजाने वालों का नजारा कभी नहीं भूलेगा। बड़े मालिक के यहाँ से पालकी मँगनी की गयी थी। कनेर के फूल से थोड़ा-बहुत सजाकर मुझे उस पर बैठाया गया। बरात में दस-बारह जने गये थे। पीले रंग की धोती, धारीदार हरा-सा कुरता। माथे पर जरी-गोटे वाली टोपी। पैर खाली। मुझे सब कुछ याद नहीं है लेकिन केला और लाई खाना अच्छी तरह याद है। अपने मन से पके हुए केले देखने में पीले और खाने में खूब मीठे लगे थे। फरही के लड्डू को हमारे यहाँ लाई कहते हैं। बच्चे उन्हें खूब पसन्द करते हैं। शादी के सिलसिले में मुझे तीन रोज माँ से और दादी से अलग रहना पड़ा, क्योंकि जहाँ शादी तय हुई थी, वह गाँव हमारे गाँव से बारह कोस दच्छिन पड़ता था। बरात में हमारे तरफ लोग औरतों को नहीं ले जाते हैं। सुना है, पश्चिम में ऐसा रिवाज है। उतनी छोटी उमर में इससे पहले मैं अपने घर से बाहर नहीं निकला था। हमारी दुलहिन की उमर रही होगी यही कोई तीन-चार साल की। हम दोनों ही इतने छोटे और नादान थे कि सिवाय धूमधाम के, सिवाय भोज-भात के, सिवाय बाजा-गाजा के और कुछ याद नहीं है। हाँ, यह भी याद है कि हम दोनों पालकी में बैठे उस गाँव के बड़े-बड़े बाबू लोगों के यहाँ बिलौकी माँगने गये थे। आज तक मैंने तुम्हें अपनी

शादी के बारे में नहीं बताया था। मगर आज तो बताना ही पड़ा। सतरह साल की उमर हो चुकी थी। माँ पिछले साल से ही जोर डालती आ रही थी कि गौना करा लाऊँ। और सच पूछो तो इसीलिए मेरी मैया अपनी लड़की के गौने की ओर से उदास थी। वह सोचती थी कि घर में पहले बहू आ ले, लड़की का गौना पीछे होगा।

यह तो बीच में मालिक से खट-पट हो गई, इसी से गौना रुका रहा। नहीं तो अब तक हो गया होता।

शादी और गौने के बीच के ये एगारह साल हमारे लिए खाने-खेलने के दिन थे। इस बीच में कभी ससुराल नहीं गया। गौना से पहले ससुराल जाना हमारी बिरादरी का कायदा नहीं है। और भी कई बातों में हम लोगों का शादी-ब्याह बड़ी जात वालों के शादी-ब्याह से अलग किसिम का होता है। एक तो बिना जनेऊ हुए उनकी शादी नहीं होती, दूसरी बात यह थी कि शादी और गौना के बीच-बीच में भी वे लोग ससुराल जा-जाकर रह आते हैं।

मतलब यह कि माँ के जोर डालने से मुझे खुद भी गौना के लिए तैयार होना पड़ा। छोटी मलिकाइन ने अम्मा को बोल-भरोस देकर मना लिया था। मालिक मलिकाइन से डरते थे और हमारी बहिन के इस मामले से तो मालिक बाबू अपनी जनाना को मुँह दिखाने के काबिल नहीं रह गये थे। बहुत दिनों तक चिट्ठी-पत्री बन्द थी। बहुत दिनों तक मालिक घर नहीं आये।

मालिक बाबू के घर नहीं आने से हमारी छोटी मलिकाइन का कुछ नहीं बिगड़ता। वह खुद ही सात मरदों की एक मरद थीं। जरूरत पड़ने पर उनके भाई भी घोड़ा पर चढ़कर पहुँच जाते थे। हरवाहा था, चरवाहा था। खेतों में खटने के लिए रात-दिन तैयार बनिहारों की भी कमी नहीं थी। खानदानी रोब-दाब था। सोना के टुकड़े-जैसे सैकड़ों बीघा धनहर खेत थे। बाग-बगैचा, गाछी-बिरछी, झार-झंखार, पोखर-पनिघट, सब संपदा थीं। चार जोड़े बैल थे। गुजराती नसल की दो भैसें थीं। नौकर-चाकर, बहिया-खवास, सब थे। छोटी मलिकाइन घर-गिरस्थी का बड़ा अच्छा इन्तजाम करती थीं। यह गुण उनका नैहर का था। फूल बाबू के

बाप भी खूब चतुर गृहस्थ थे। बड़े घर की जनानी बड़ी अकल वाली होती हैं। हवेली और ड्योढ़ी से बाहर पैर नहीं रखती हैं। ससुर-भैंसुर, गुमस्ता-बराहिल, भंडारी-पुजारी, मुनसी जी-देवान जी। सीधे वह किसी से बात नहीं करतीं। या तो लौंडी से कहलवाती हैं या फिर चिक या परदा के आड़ से खम्भा या कि देवाल को सम्बोधित करके अपना काम चलाती हैं। कोई काम छोटी मलिकाइन का रुका नहीं रहता था। मालिक घर में रहें या न रहें, मलिकाइन खुद ही गिरिस्ती का सारा काम सँभालती थीं।

यह जनानी बड़ी चालाक थी। दबकर, झुककर, तनकर या ऐंठकर जैसे भी हो अपना मतलब पूरा करने में ओस्ताद थी। सच समझो भैया, अगर वह मरद होती तो डेनबी साहब के कान काटती।

सो, उसने भैया मेरी अम्मा को न जाने कौन-सी जड़ी सुँघा दी थी कि अपनी बेइज्जती भूलकर मेरी माँ गाय-सी सीधी हो गई। आसरम में दो महीना रहने के बाद ही जब मैं माँ से मिलने गया था तो उसके मुँह से मलिकाइन का गुनगान सुनकर रोआँ-रोआँ लहरने लगा। अम्मा ने कहा—"तो इसमें मलकिन का क्या कसूर था? वह तो यहाँ थीं भी नहीं।"

मैंने कहा—"गिरहथनी ही कौन देवता है! जिसके यहाँ मेरा निरबाह नहीं हुआ, उसके यहाँ अगर तू रहती है तो अपनी थूक चाटकर ही रहती है।"

मुझे तैस में पाकर अम्मा चुप रह गयी थी। कुछ देर बाद गौने की बात उठी। "खर्चा कहाँ से आवेगा?"

माँ बोली—"भगवान कोई न कोई ब्योंत जरूर लगायेंगे।"

मैं देखता था, जब कोई ऐसी बात आ पड़ती थी जिसका जवाब हमें नहीं सूझता तो चट से भगवान का नाम वह ले लेती थी। यह उसकी पुरानी आदत रही। मगर मैंने कहा—"भगवान कहाँ से ब्योंत करेंगे? चोरी हम करेंगे नहीं, डाका हम डालेंगे नहीं, घर में भूँजी भाँग नहीं। आगे-पीछे कोई खोज-खबर लेने वाला नहीं है, तो फिर भगवान् बाकी कौन उपाय करेंगे।"

इस पर माँ कुछ नहीं बोली। मैंने सोचा—इस बार यह मानेगी नहीं, बिना पतोहू का मुँह देखे इसे चैन कहाँ? और आज न कल, परसों न तरसों, कभी न कभी गौना कराकर लाना ही पड़ेगा। ऐसा नहीं कि गरीबी है तो कल कहीं पैसों से भरा घड़ा मिल जायेगा? ऐसा नहीं कि आज खाने का उपाय नहीं है तो कल करनपिचासी काबू में आ जायेगी। गरीब-गुरबा का बिआह-गौना शाहखर्ची में नहीं, सादगी में ही होता आया है।

सोचते-सोचते मन को थाह मिली। राधा बाबू मुझे बहुत मानने लगे थे। थे तो वह फकीर मगर दलिद्दर फकीर नहीं। शाही फकीर थे। बड़े-बड़े महन्थ, महात्मा, भारी-भारी जमात वाले साधु-सन्त, दूध-जैसी धुली हुई मलमल से सभूचे देह को ढँके हुए बैरागी महाराज, यह सभी शाही फकीर होते हैं। कमर में अँगोछे की तरह चार हाथ का कपड़ा लपेटने वाले यह जो एक-आध त्यागी नेता दिखाई पड़ते हैं वह भी शाही फकीर हैं। शाही फकीरों की लीला अपरमपार होती है। यह औढर तुम पर अगर ढर जायँ तो कसम तुम्हारी, तुम्हारे एकैस पुरखा का उद्धार कर देंगे।

हमारे राधा बाबू खानदानी मिलकियत छोड़कर सोराजी बन गये थे सही लेकिन अब भी उनकी मुट्ठी खुली हुई थी। मुझे गिनकर रुपया-पैसा नहीं दिया। जब दिया तब आँख मूँदकर जेब में हाथ डालने पर जितना कुछ निकल आता उतना निकालकर। बतला ही चुका हूँ, यह गाँधी महतमा का जमाना था। सोराजी बाबू-भैया देवता की छाँह बने डोलते-फिरते थे। जहाँ पर चरन पड़ जाये वहीं चबूतरा तैयार! जिधर इनकी निगाह मुड़े उधर से ही जय-जयकार सुनाई पड़े।

ऐसे ही लीडर के साथ मेरा भाग जुड़ गया था।

और भैया, जब ऐसी बात थी तब फिकिर काहे की? सोच-संकोच कैसा? भीतर-ही-भीतर मुझ में एक तरह की उमंग भर गई। मैंने गिरह बाँध लिया कि गौना करा ही लाऊँगा।

दूसरे दिन माँ से पूछा—"साइत-मुहूरत पुछवाया है?"

सिलौट पर वह हल्दी पीस रही थी। लोढ़ी चलने की घिसिर-घिसिर आवाज में पहिली खेप उसे मेरी बात नहीं सुनाई पड़ी। दूसरी बार मैं

तनिक जोर से बोला तो बीच ही में लोढ़ी रोककर माँ ने कहा—"तेरा मन हो तो साइत-मुहूरत की क्या !"

"किससे पूछेगी ?"

"डीह टोल जाकर वैदिक जी से पूछ आऊँगी। तू तो यों ही मेरे साथ खिलवाड़ कर रहा है। कब तक मेरे मन की टोह लेता रहेगा ?"

माँ की यह बात सुनकर मुझे साफ-साफ झलक गया कि दूसरे के घर की गभरू जवान बेटी को अपनी बहू बना लेने और साथ रखने के लिए यह बेचैन है, अपनी रूखी-सूखी जिनगी में हेर-फेर कौन नहीं चाहता ? बारहो महीना जाड़ा ही पड़ता रहे तो कैसा लगेगा। कभी रात न हो, सुबह-शाम न हो, हर हमेशा दुपहरिया ही तपती रहे तो कैसा लगेगा ?

कहने का मतलब यह है कि क्या जिनगी, क्या जहान, क्या जुग, क्या जमाना—सभी में फेर-फार चलती रहती है ? हेर-फेर का यह चक्कर घूमता ही रहता है ?

मुझे तैयार होना पड़ा ? मेरे मुँह से गौने की बात सुनकर बड़ी खुश हुई।

यह आसिन का महीना था। उस साल भदई खूब हुई थी। आठ मन मड़ुआ अपनी बटाई के खेतों में मुझे भी हुआ था। दो-अढ़ाई मन धान की भी उमेद थी। अगहन में गौना का दिन होगा, यह हम जानते थे।

माँ की राय थी कि धनकटनी के दिनों में आसरम से महीने-भर की छुट्टी ले लूँ। माँ, रेबनी और मैं—तीनों जने मिलकर मलिकान के खेतों में धान काटेंगे। मजूरी में जो धान मिलेगा उससे दो-ढाई महीना का गिरस्ती का खर्चा जरूर निकल आवेगा।

अलावा इसके, मेरा अपना भी मन था कि धान काटने के दिनों में इस बार परदेश में नहीं रहना चाहिए। खेत में काम करने के लिए सच पूछो तो मेरा मन तरसता रहता था। कमर में अँगोछा लपेटकर या फिर लँगोट ही कसकर जब मैं खेत में धान रोपने उतरता हूँ तो दो बोतल दारू का नशा सिर पर सवार हो जाता है। लगता है ऐसा कि संसार में कुछ नहीं है। मैं हूँ और खेत है। मेरे हाथ हैं और धान के छोटे-छोटे, हरे-हरे, भले-भले मनमोहक पौधे हैं। कई बार जोतकर तैयार हुए खेत में मेरे

ऐसे और भी कितने धान के पौधे जमाते हैं। मगर मुझे दूसरों का ख्याल नहीं रहता है। पनियाये हुए चास में धान के पौधे रोपते समय छुप-छुप, सुप-सुप आवाज उठती रहती है। यह आवाज इन कानों के लिए सुरैया के तान से भी मीठी है। हमारे जिला-जबार में नामी-नामी गवैया हैं। उनका सुर हवा के पंखों पर जब थिरकने लगता है तब सुनने वाला मगन होकर आंख मूंद लेता है। बाबू घराने की औरतें महीन गले से जब मलार और बटगबनी या समदाउन का तान अलापती हैं तो गाय-बैल भी चरना छोड़कर इधर-उधर ताकते रह जाते हैं। धान रोपते समय छुप-छुप, सुप-सुप की जो आवाज आती रहती है उससे बढ़कर कोई दूसरी तान मेरे लिए मीठी नहीं होती। इसी तरह धान काटते बखत हँसिया से जो खप-खप की आवाज आती है, अपने कानों को उसके आगे बाकी सारा तान-तमूड़ा बेकार लगता है। अगर ये खेत, ये चास अपनी ही मिलकियत के होते तो फिर छुप-छुप, खप-खप की आवाज सौ गुनी मीठी लगती।

सो, भैया भीतर ही भीतर मैंने ही पक्का कर लिया कि अगहन-पूस गाँव में ही बितावेंगे। गौना भी होगा। धनकटनी भी होगी, आना चोठी घर-गिरस्थी का रस भी मिलेगा।

मड़ुआ की रोटी देखने में भी अच्छी लगती है, खाने में भी अच्छी लगती है। रंग बैंगनी होता है। मगर स्वाद सोंधी और मीठी होती है। मजूर-बनिहार लोगों का खास खाना हमारे यहाँ यही मड़ुआ की रोटी ठहरा। जिसके पास भैंस या गाय हुई वह दूध के साथ भी मड़ुआ की रोटी खाता है। मामूली मजदूर नमक, करुआ तेल और हरी मिरचाई के सहारे रोटी खाते हैं। बरसात के दिनों में तिरहुत का मुलुक किसिम-किसिम की तरकारी का बगीचा बन जाता है। गरीब से गरीब, लाचार से लाचार आदमी अपने मड़ैया के पिछवाड़े या अगल-बगल झिंगनी, रामझिमनी, ठरिया, गेनहारी, पोरो, घेरा, करैल, ओल, अरकोंछ, तेकुना, खम्हाउर, हल्दी, अदरख, मिरचाई, बैगन, कदीमा, कुम्हर, सजमन लगा लेता है। बाबू-भैया के पोखरों से छिप-छिपकर मछरी भी मार लाते हैं। मछरी का हमारे तरफ बड़ा महातम है। बरसात के दिनों में ऐसा कौन अभागल होगा, जो जल-सीम का भोग नहीं लगाता है।

जलसीम, समझा भैया ? नहीं न ?

बैरागियों को भरमाने के लिए चतुर-चालाक बाबू-भैया लोगों में से कभी किसी ने मछरी को सीधे मछरी न कहकर जलसीम यानी पानी के अन्दर पैदा होने वाला सेम कह दिया होगा। तब से जलसीम चालू हो गया।

नदी-नाला, डबरा-पोखर कहाँ नहीं मिलेगा ? हमारे तिरहुत में पानी का अकाल नहीं बराबर समझो। गाँव-गाँव में पोखर, गली-गली में डबरा, जबार-जबार में धार; कहीं-कहीं समुन्दर जैसे बड़े-बड़े पोखर देखने को मिलेंगे। ऐसे पोखरे को दैत का खोदा पोखर कहते हैं। दैत का खोदा इसलिए कि बूढ़-पुरनिया लोगों को भी उसके खोदने वालों का पता नहीं। मुदा मैंने राधा बाबू के मुँह से सुना है कि पुराने जमाने में किसी-किसी राजा का मिजाज जब सनकता था तो जर-जबार के लोगों को बेगारी में लगाकर बड़ा-बड़ा पोखरा खुदवाता था। ऐसे पोखर का नाम 'शिव-सागर', 'गंगासागर' जैसा हुआ करता था। सुना है कि राजा सगर के साठ हजार बेटों ने खोद-खोदकर समुन्दर को तैयार किया था। सो, भैया जहाँ कहीं भी तुम बड़ा-बड़ा पोखरा देखते हो, सब धरती मैया के हजारों बेटों के हाथ से खुदा हुआ है। दूसरों की मेहनत से खोदे हुए पोखर का नाम रखते बखत अब भी मालिक लोग उसमें अपने माई-बाप का नाम जोड़ देते हैं। इसी तरह सेठ लोग चावल, चीनी मिल का नाम अपने बाप-भाई के नाम पर रखते हैं।

जलसीम से तरकारी का काम चलता है। भुइयाँ-मुसहर भी आसानी से सेर-आध सेर छोटी मछलियाँ डबरे से छाँक लाते हैं। आग में भूनकर बिना नमक भी मछरी खाओ तो बुरी नहीं लगेगी। गरीब-गुरबा लोग महँगी-अकाल के जमाने में महीनों मछरी पर गुजार देते हैं। महंथ बैरागी किसके-किसके गले में कंठी बाँधते फिरेंगे। कोठी-बखारी में धान-चाउर भरा हो, बाग-बगीचे में तरकारी, फल-फूल लगा हो तभी कंठी की इज्जत बची रहती है। गरीबों के गले में चार दिन भी कंठी सही-सलामत बँधी नहीं रह सकती।

मतलब यह कि बाहर मजूरी करने वाला भी साल-छः महीने घर पर

बिता सकता है। तन्दुरुस्ती दुरुस्त रहे तो सब ठीक है। मैंने सोचा—औरतिया भी तो कुछ-न-कुछ करती ही रहेगी। खेत में गोबर डाल आवेगी, घर का काम-काज करेगी। झाड़ू-बुहारी, चक्की-चूल्हा, उखल-ढेंकी, रस-रसोई—सब कुछ करेगी। माँ को तभी आराम मिलेगा। दम मारने की तनिक फुरसत मिलेगी। रेबनी की जुदाई अम्मा को नहीं अखरेगी, क्योंकि पतोहू नगीच में रहेगी। मैं छः महीना घर रहूँगा, छः महीना बाहर रहूँगा।

आसिन, कातिक, अगहन, पूस और माघ। अभी पाँच महीना बाकी था। छः पंचे तीस। तीस रुपैया हुआ। कुछ ऊपर से मालिक भी देंगे ही। कुछ पहले का जमा है। मिला-जुलकर काम चल जायेगा।

बात बिल्कुल पक्की हो गई। गौना होगा ही। मगर अगहन में नहीं माघ में होगा और जब होना ही है तो जैसे अगहन वैसे माघ। चार महीना कसकर घर रहूँगा। चैत में ओरहा खाकर गाँव छोड़ूँगा। नहीं तो यह भी हो सकता है कि बैसाख में मड़ुआ की पटौनी करके छोड़ूँगा।

इस तरह सोचता हुआ मैं आसरम लौट आया।

राधा बाबू जेल से छूट आये थे। गाँधी महतमा के हुकुम से खद्दर और चरखा का प्रचार करते फिरते थे। मधुबनी में बाबू-भैया का जुटान था। आसपास के इलाकों में हजारों चरखा चलाने लगे, सैकड़ों जवान जगह-जगह कते हुए सूतों की लच्छियों का हिसाब लेते थे। बदले में कातने वाली औरतें पैसा भी पाती थीं और कपड़ों का भी अच्छा इन्तजाम था। राधा बाबू इलाके-इलाके में घूम-घूमकर काम देखते थे।

जहाँ-जहाँ जाते, मुझे भी साथ लिए फिरते। मेरा काम था बाबू के कपड़े साफ करना, कागज-पत्तर सरियाकर रखना, किसी के पास भेजें तो वहाँ से हो आना। कभी पैदल चले हों तो पैर-डाँड चाँप देना और सामान की खबरगीरी रखना। डूटी कभी-कभी कड़ी हो जाती थी। यह तब होता जबकि बाहर से कोई लीडर आये रहते। लीडर के आने पर उन्हें लेकर इलाकों में घूमना पड़ता। कभी टमटम से कभी बैलगाड़ी। पर एकाध बार राधा बाबू मोटर गाड़ी का भी जोगार कर लेते थे।

मेरी डूटी इसलिए बढ़ जाती थी कि बहुत से सोराजी बाबू इकट्ठे हो जाते थे। राधा बाबू का टहलुआ होने की वजह से सभी सोराजी बाबू मुझे

अपना-अपना टहलुआ समझते थे। पचीस फरमाइस पूरा करते-करते मैं परेशान हो जाता। लीडरों में से जो जितने बड़े खानदान के होते उनकी आवाज से उतनी ही मलिकाना गन्ध आती। सभी राधा बाबू के तरह संत-महतमा तो थे नहीं। उनकी अपनी-अपनी आदत थी, अपना-अपना स्वभाव था, अपनी-अपनी रुझान थी। किसी को चुनियायी हुई धोती चाहिए तो किसी के बदन में घंटा-भर मालिश होनी चाहिए। सोते बखत पैर चँपवाना किन्हीं बाबू के लिए जरूरी था तो किन्हीं को साहड़ का दतवन चाहिए। कोई पान के पीछे पागल थे तो किन्हीं को बढ़िया सिगरेट चाहिए। किन्हीं को उँगली मसलवाने का सौख था, तो किन्हीं के माथे पर जवाकुसुम का तेल सोते बखत मलना ही पड़ेगा। दो बाबू ऐसे भी थे जो अपना चरखा साथ लिए रहते। वही सूट-केशी चरखा जिसको यरवदा चक्र कहते हैं। यह चरखा हमारे राधा बाबू के पास भी था। मगर बाबू जब टूर में निकलते तब चरखा साथ नहीं लेते। आसरम में रहते बखत ही राधा बाबू चरखा चलाते थे। कभी-कभी ऐसा होता कि बाबू लोग खुद बड़े लीडर के साथ मोटर गाड़ी में लटककर चले जाते और उनका चरखा मुझे ढोना पड़ता। एक बार ऐसा हुआ कि समस्तीपुर के किसी बाबू का चरखा इसी आपा-धापी में पीछे छूट गया। सुबह-शाम प्रार्थना के बाद वह 15 मिनट चरखा चलाते थे। मगर उस रोज संयोग से उनका चरखा पीछे रह गया था। बाबू मुँह फुलाकर बैठ गये—न पानी पीयेंगे न खायेंगे। मुझको तो भैया बड़ा रस आ रहा था बाबू के इस नाटक में। आखिर बड़े मुश्किल से बाबू को मनाया गया और संतरा, बेदाना खाने को राजी हुए। राधा बाबू मुझको डाँटने लगे। क्यों श्रीपति बाबू का चरखा छोड़ आया ?

इस तरह लीडरों के जुटान में डर के मारे मैं सिक-सिक करता रहता कि कुछ भूल-चूक न हो जाय, बाबू नराज न हो जायँ। मगर जानते हो भैया, राधा बाबू अपने नुकसान के लिए मुझे थोड़े डाँटते ? नहीं। राधा बाबू का स्वभाव तेज जरूर था लेकिन मेरे लिए नहीं। मुझे तो वह बहुत मानते थे। अकेले में कभी-कभी नरमी से मेरे कान-नाक मलते थे, कभी ठुड्ढी छू लेते थे; कभी पीठ थपथपाते थे। लेटते बखत जो मैं उनके नजदीक बैठा रहता तो अपनी टाँग मेरी गोद में या जंघे पर डाल देते और

घर-गिरस्ती की बात पूछते। एक-एक करके मेरे घर की सारी बातें मालूम कर ली थीं। मेरे दुख-सुख का खयाल रखते थे। वह नहीं चाहते थे कि मैं मैला या ओछा कपड़ा पहनूँ। एक बार आसिन में घर से लौटकर जब आसरम पहुँचा तो उन्होंने मुझे धोती खरीद दी, कमीज बनवा दिया, चप्पल ले दिये। एक दिन राधा बाबू ने मुझसे कहा—"खवास की तरह नहीं आदमी की तरह रहना होगा; टहलुआ बनाकर नहीं, साथी बनाकर तुझे मैं रखना चाहता हूँ।"

पहले मैं उन्हें बात-बात में 'जी सरकार, जी सरकार' कहा करता था मुदा बाबू ने एक रोज जोर से डाँटा। तब से खाली जी-जी कहने लगा। यह तो हुई राधा बाबू की बात। लेकिन दूसरे सोराजी बाबुओं में से सैकड़ों में नब्बे ऐसे ही मिले हैं, जिनको 'जी सरकार' कहलाने में बड़ा निम्मन बुझाता है। न कहो तो गुर्रा-गुर्राकर ताकते रहेंगे। जिनगी-भर जिनके कान 'मालिक-मालिक', 'सरकार-सरकार', 'हजूर-हजूर', सुनते आये हैं उनके लिए इन शब्दों का बड़ा महातम है। बिना छौंकी दाल की तरह बिना जी-हुजूरी की बात उनको पसन्द नहीं पड़ती। पच्छिम के मुलुक हैं गुजरात, राजपूताना, पंजाब। एकाध दफे पच्छिम के सोराजी बाबू से मेरी मुलाकात हुई है। उनको दो-चार बार मैंने सरकार-सरकार, हजूर-हजूर कहा तो बड़े भड़के भैया। कहने लगे—"कैसा बदजबान छोकरा है। बात-बात में हजूर-हजूर, सरकार-सरकार करता है। बेटे, हजूरों और सरकारों के खिलाफ तो हमारी जद्दोजहद चल रही है, फिर मुझे गालियाँ देता है।" मैंने बड़ी मुश्किल से उन्हें समझाया कि हमारे यहाँ बाबू-भैया लोग 'हजूर सरकार' के बगैर बात ही नहीं सुनते—यह जानकर पच्छिम के सोराजी बाबू की आँख दुगुनी हो गयी और जीभ झट से निकल आई, ऐसी बात है। धत् तेरी की! मैंने कहा—"जी हजूर, जी हजूर, हमारे यहाँ यही रिवाज है।"

लीडरों की जुटान डेढ़-दो महीने पर होती थी। तब मेरा काम बढ़ जाता था, बता ही चुका हूँ। बाकी मौज थी। राधा बाबू कुरता, कमीज, गंजी-बनियाइन नहीं पहनते थे। सिला हुआ कोई कपड़ा नहीं। कभी तीन गज की, कभी चार गज की धोती पहनते थे। बदन पर छोटी-सी चादर

रहती थी। जाड़े के दिनों में काश्मीरी लोई ओढ़ते थे। एकाध पल्ला अंडी का भी रहता था। मतलब यह कि धुलने वाले कपड़ों की गिनती चार से ज्यादा कभी नहीं हुई। देशी कपड़ा और देशी साबुन तिस पर से देशी हाथ। जहाँ चार चोट मारते थे कि कपड़ा साफ हो जाता था। सफेद खद्दर, साला मैला भी जल्दी होता है और साफ भी जल्दी। चार-चार रोज पर राधा बाबू के कपड़े मैं साफ करता था। सुना कि पहले अपना कपड़ा वह आप साफ करते थे। मगर बाद में काम बहुत बढ़ जाने से यह जिद उनको छोड़नी पड़ी। खाना वह उसी तरह का खाते थे जैसे आसरम के बाकी लोग। महतमा जी के यहाँ से टमाटर और पियाज खाना सीख आये थे, सो आसरम के बाग में खूब टमाटर लगा हुआ था। पियाज भी वहाँ उपजता था। मौसम में चार ठो पियाज और आठ ठो टमाटर खाते थे हमरे राधा बाबू। पियाज तो मैं भी खाता था मगर तैयार टमाटर जब-जब मैंने खाने की कोशिश की, तब-तब फेल हो गया। ऐसा महकता था मानो सरकारी अस्पताल के कम्पोटर का कमरा हो। तरकारी में डालकर पचासों दफे टमाटर मैंने खाया होगा मगर आम के तरह पका टमाटर चूसना मुझसे कभी नहीं सपरा। आसरम में माछ-मछरी खाना मना था। मुझे महीने में एकाध दफे मछरी मिल जाती थी। कैसे मिलती थी? छट्ठू भाई मलाह थे। उनकी चाची का नैहर पास ही एक गाँव में पड़ता था। छट्ठू जाते ही रहते थे। पुरइनी के पत्ते में लपेटकर मेरे लिए दो-चार कुटिया मछरी लाते थे। मैं आड़ में ले जाकर जलसीम का भोग लगाता था। एक बार राधा बाबू ने कहा—"अरे, तेरे मुँह से तो मछरी का गंध आता है।" मैंने माथा झुका लिया तो बोले थे—"कोई हर्ज नहीं, हम वैष्णव हैं तो इससे क्या सारी दुनिया कंठी बाँध लेगी?" यह कहकर मुस्करा पड़े। पीछे कहा—"मछरी खाने के बाद एकाध बीड़ा पान खा लेना चाहिए। इससे मछरी की महक मर जाती है।"

हम तो भुच्च गाँवार ठहरे। हमें क्या मालूम कि किसकी महक कैसे मरती है। फिर भी हमारे राधा बाबू बड़े अच्छे आदमी थे। खुले मिजाज के। कभी उन्होंने मुझे मना नहीं किया, मैं बीड़ी पीता था, मछरी खाता था। कभी उन्होंने मना नहीं किया!

अगहन में उनके साले आये। साथ आदमी था। धान का चिउड़ा, पकवान, गुड़, अचार, आँवला का मुरब्बा। दो टोकड़ी सनेसा ले आये थे। लोगों ने खूब खाया। चार दिन रहने के बाद लौटे तो मुझे भी साथ लेते गये। मालूम हुआ, मलिकिनी आने वाली हैं। मालिक के दू गो बेटा हैं, ऊ भी आयेंगे। बोझा-मोटा ढोने के लिए एक आदमी उधर से भी आवेगा और मैं भी रहूँगा।

अभी तक मलिकिनी का मैंने नाम ही सुना था, दरसन तो किया था नहीं। इसी से मेरे मन से हुद-हुदी बैठ गयी। अगर हमारी छोटी मलिकाइन की तरह ये मलिकिनी भी हुई तो चार ही रोज में आसरम छोड़कर भागना पड़ेगा। नहीं, अगर फूल बाबू की माँ-जैसी होंगी तब तो निरबाह होगा।

इस तरह सोचता-विचारता मैं कुटुम से साथ हो गया। लहेरिया सराय से समस्तीपुर। वहाँ से पहलेजा। पहलेजा से महेन्दरू। फिर पटना जक्सन।

आज तक मैं बड़की गाड़ी पर नहीं चढ़ा था। तब तक पटना जक्सन का यह नया बिल्डिग नहीं बना था। अब तो खैर बहुत बड़ा बिल्डिग है। पहले इससे छोटा था। बाहर भी इतनी बढ़िया सिलमिट वाली चिकनी सड़क नहीं थी। लेकिन गाड़ी तो बड़ी ही ठहरी। मैं पहले सोचता था कि बड़ी गाड़ी का टिकट भी बड़ा होता होगा, तास की तरह। मगर नहीं, टिकट में कुछ फरक नहीं। हाँ, टिकट कटाने में वैसी धक्का-मुक्की नहीं, जैसे कि हराही (दरभंगा जक्सन) में होती है।

गया जाने वाले हम तीन जने थे। कुटुम, उनका नौकर और मैं। कुटुम ठहरे जमींदार के बेटा। गाड़ी में साथ कैसे बैठेंगे। इण्टर का टिकट लिया। बाकी दो टिकट तीसरे दर्जे के थे।

गया लैन की गाड़ी तीसरे लाटफारम से सटकर लगती है। पहला, दूसरा लाटफारम मेन-लाइन के लिए है। पूरब की ओर जाओगे तो सीधे हबड़ा पहुँचोगे। पश्छिम की ओर जाओगे तो लखनऊ, दिल्ली। बड़ी-बड़ी इन्जन, बड़ा-बड़ा आने-जाने के लिए खुशफैल रास्ता। बड़े फाटक। सब कुछ बड़ा। कुली भी पक्की बोली बोलते थे। बीड़ी-सिगरेट बेचने वाले भी

काहे-कुहे करते थे। साहबी ठाठ में कोट, पैण्ट पहने हुए पचासों आदमी। कोई जमशेदपुर जा रहा था कोई धनबाद। कोई हजारीबाग जा रहा था तो कोई चाइबासा।

बड़ी लाइन की गाड़ी के आगे छोटी लाइन की मधुबनी, झंझारपुर वाली गाड़ी बकरी-जैसी लगती है। पटना के तरफ शहरूपन भी ज्यादा है। उधर जिसको रखना कहेंगे, इधर उसको हम धरना कहेंगे। उधर के लोग साफ जबान बोलते हैं। यहाँ गाड़ी में बाबू लोगों के मुँह से 'किहिस-दिहिस' निकलता है, तो उधर तुम लोगों के मुँह से 'किया-दिया' सुनोगे। अकास-पताल का फरक पड़ जाता है, भइया।

रात का बखत था। गाड़ी पर बैठते ही मुझे नींद आ गई।

गया पहुँचने पर ही नींद टूटी। वहाँ से दूसरी गाड़ी पकड़कर नवादा पहुँचे, नवादा से आधा कोस पड़ता है मोहनपुर। दूर से ही कोठा चमक उठा। कुटुम के लिए टमटम आया था। वह उसी पर चढ़कर गये। हम दोनों जने पाँव-पैदल।

राधा बाबू के ससुर लखपती जमींदार थे। दो पट्टियों में इस्टेट बँटा हुआ था। उपज और आमदनी ही बँटती थी, जायदाद-जमीन इकट्ठी ही थी। हाथी भी था। मोटर भी थी। टमटम भी थी, बग्गी भी थी। खड़खड़िया-पालकी भी थी। पक्का बैठकखाना था। कुरसी, आरामकुरसी, कोच, बेंच, टेबुल, सब कुछ था। नौकरों के लिए कच्ची ईंट की दो-तीन कोठरियाँ उस तरफ बनाई गई थीं जिधर गाय-भैंस रहने की जगह थी। मुझे टिकाने के लिए कुटुम का नौकर उसी कोठरी में ले गया।

दस नाँदों की लम्बी कतार। दोनों ओर बँधे हुए बीस भैंसे। भैंसा को इधर वाले 'पाड़ा' कहते हैं। उन्हीं से उधर हल जोते जाते हैं मगर राधा बाबू के ससुर का एक भी भैंसा ऐसा नहीं था जिसके पीठ और कमर की हड्डी झकझक न करती हो? बीस-बीस गो भैंसा, उनके खिलाने का कोई ठिकाना नहीं। सभी रोते रहते थे। सभी की आँखों में मैंने कीचड़ देखा। पेट और राँदों में अठगोरवा कीड़ा बजबज करता था। सच जान लो भैया, बहुत बड़ा कुकरम किया होगा तभी जमींदार के यहाँ भैंसा होकर जनम लिया होगा उन्होंने। मरना न जीना, हुकहुक करना। मैंने एक आदमी से

पूछा—"ये कमजोर किस तरह हल खींचते हैं ?" उसने कहा—"खेती के मौसम में इन्हें थोड़ा बहुत खाने को दिया जाता है, जब खेती हो गयी तो सत राम ! लार-पुआर, घास-भूसी को अमला लोग छिपा-छिपाकर बेचते रहते हैं। किराये पर मकान उठाने वालों को जितनी ममता अपने मकानों के प्रति होती है, उससे भी कम ममता जमींदारों को अपने माल-मवेशियों की तरफ हुआ करती है। नौकर-चाकर, अमला-फैला बहुत मामूली तनख्वाह पाते हैं।" उन दिनों किसी की तनख्वाह दो रुपये माहवार थी, किसी की चार, किसी की सात। दस से ऊपर किसी की नहीं।

भैया, तुम पूछोगे कि इतनी कम तनख्वाह में जमींदार के नौकरों की दुनिया-जहान कैसे चलती होगी ?

जवाब टेढ़ा नहीं, बिल्कुल सीधा है। अमला लोग तनख्वाह की कमी लूटपाट से पूरा करते थे। रैयत को लूटने में जमींदार के नौकर-चाकर किसी बात की परवाह नहीं करते। हरी-बेगारी से लेकर कोहड़ा-कद्दू तक रैयत की एक-एक चीज पर मालिकों का एकछत्र अधिकार रहा है। इसमें सरकार बहादुर अपनी पुलिस, पलटन से जमींदारों की मदद करती है। नौकर-चाकर लूट-पाटकर छीन-झपटकर निर्बाह करते हैं। जमींदार का भी खजाना भरते हैं और अपना भी घर भरते हैं। जमींदारों के अमला लोगों का सब जगह यही हाल है।

कुटुम के दरवाजे पर ठाट-बाट की कमी नहीं थी। हाल में दू गो आरामकुर्सी, चार गो मामूली कुर्सी, एक ठो गोल मेज पड़े थे। मोटे गद्दे का एक भारी-भरकम कोच पड़ा था। सिर टेकनी की जगह तेल से काला और चिकना पड़ गया था। कोच की बांहों पर जहाँ-तहाँ चूना और सुँघनी के दाग पड़े थे। जरूर ही बैठने वाले सुँघनी के शौकीन होंगे, पान खा चुकने पर ऊपर से और चूना खाते होंगे।

दूसरी ओर बैठक में दो बड़े-बड़े तख्तपोश पड़े थे। उनमें कहीं-कहीं कील उभरी हुई थी। शतरंज के खाने चाकू से खरोंचकर कभी किसी ने बनाये थे, यह निशान भी मौजूद था। तख्तपोश के नीचे मकड़ों ने जाले लगा रक्खे थे, जरूर ही झाड़ देने वाला लापरवाह या अहदी होगा। बक्सर-डुमराँव की ओर के दो मेहमान टिके हुए थे।

राधा बाबू के साले को मेरे बारे में अच्छी तरह मालूम था। अपनी आँखों से देख चुके थे। इसलिए मेरे साथ मामूली मजदूर का-सा बरताव नहीं किया। खास टहलुआ की तरह मुझे भितरिया समझा गया।

मलिकिनी दो ही भाई-बहन थीं। नाम था लवंगलता। भाई का नाम बाबू कामेन्द्र प्रसाद नारायण सिंह था। सरकारी अफसर बाबू के० पी० एन० सिनहा कहा करते थे। हमारी मलिकाइन दुलार के मारे बबुनी कहलाती थीं। उनका रहना नैहर ही होता था। राधा बाबू ठहरे सोराजी, अपने घर वालों से मनमुटाव चल रहा था। बाल-बच्चों को ससुराल ही में छोड़े हुए थे। यहाँ भी किसी चीज की कमी नहीं थी। लाख से ऊपर की जमीन-जायदाद थी। पच्चीस-तीस हजार का लहना था। हजारों मन की उपज थी। पुश्त-दर-पुश्त से आयी हुई खानदानी इज्जत थी।

बाबू कामेन्द्र प्रसाद नारायण सिंह कालेज की पढ़ाई पूरी नहीं कर पाये थे। बाप को आसाम के जंगलों में हाथी फँसाने का शौक था। इस शौक के चलते बेचारे की जान भी गयी। कहते हैं. एक बार छोटे लाट साहब के कोई दोस्त विलायत से आये। उन्हें हाथियों के बारे में बड़ी दिलचस्पी थी कैसे आसाम के जंगलों में हाथी पकड़े जाते हैं? कैसे उन्हें पालतू बनाया जाता है? कैसे वे फिर बिकने के लिए हरिहर-क्षेत्तर तक लाये जाते हैं? यह सब लाट बहादुर के दोस्त साहब अपने तजुर्बे से जानना चाहते थे। इसी सिलसिले में राय बहादुर जानकी नाथ कुँवर को छोटे लाट साहब ने आसाम भेजा था। डिग्बोई के पास जंगल में कैम्प डाला गया था। हाथी पकड़ने वाले पहाड़ियों की असावधानी से हाथी का एक झुण्ड कैम्प पर टूट पड़ा। साहब बहादुर ने पेड़ पर चढ़कर अपनी जान बचाई। मगर राय बहादुर एक बिगड़ैल दंतार हाथी के गुस्से के शिकार हो गये। उनकी लाश तक घर न पहुँच सकी थी।

तभी 19 वर्ष की उमर में बाबू कामेन्द्र प्रसाद नारायण सिंह के कंधों पर इस्टेट का भार पड़ा था। बाबू के न रहने से चाचा की नियत बदलने लगी, मगर माँ की होशियारी की वजह से इनको नुकसान नहीं उठाना पड़ा। बाबू साहब की माँ बड़ी अकलमन्द मसोमात थी। उन्हीं की अकिल का परताप कहो कि इस्टेट तरक्की करता गया।

अपनी नई मलिकाइन को इससे पहले मैंने नहीं देखा था। लम्बी डील-डौल, चौड़ा मुँह, बड़ा कपार, फैली हुई आँखें, औसत दर्जे की नाक, पतले ओठ, सुराही जैसी गर्दन। रंग गेहुँआ था। हाथ-पैर बड़े-बड़े थे। धानी रंग की तीन पढ़िया साड़ी पहने हुई थीं। बोलने से पहले आँखें फैलाकर माथा नचाने की आदत थी। याद है, मुझे देखकर उन्होंने गहराई से माथा हिलाया था और जरा देर के लिए मेरी ओर देखती रह गई थीं। पैर छूकर मैंने प्रणाम किया तो मुस्करा उठीं। दाड़िम के दानों-जैसे उनके दाँत पान की हल्की लाली के कारण खूब खिल रहे थे। कुछ बोला नहीं था। थोड़ी देर हवेली में बैठकर मैं बाहर आ गया।

कातिक का महीना था। जाड़े की शुरुआत। सुबह चावल की फरही, नमक, हरी मिर्च। यह रहा नास्ता। उसके बाद मैं बाबू साहब की धोती में साबुन लगाता रहा। फिर अपने मालिक के छोटे बच्चे के साथ तास खेलकर जान-पहचान बढ़ाई। बच्चे उनके तीन थे। एक लड़की, दो लड़के। लड़की नौ साल की। बच्चे सात और पाँच साल के, लड़कों का चेहरा बाप से मिलता था लड़की का नहीं। बड़े घर के बच्चे तुनुक-मिजाज तो होते ही हैं। घमंड, फरेब और झूठ—यह बड़ी आसानी से उनके अन्दर जड़ कर जाते हैं। मचलना, रूठना, बिदकना, रंज होना—यह सब वे माँ-बाप से ही सीखते हैं। अच्छाई जो कुछ सीखते हैं उनमें से ज्यादा हिस्सा नौकर-चाकर और गरीब पड़ोसियों की देन रहती है।

हमारे मालिक के बच्चे बराबर ननिहाल में रहते आये थे। बाप, चाचा की सोहबत उन्हें नहीं मिली थी। ननिहाल के नौकर-चाकर उनकी ओर एक अजीब तरह की लापरवाही बरतते थे। नतीजा यह था कि वे नौकरों के बच्चों से हिल-मिलकर खेलते थे। अम्मा जी अपना बखत पूजा-पाठ और कथा-पुराण सुनने में बिताती थीं। हवेली के कामों की देखभाल बाबू साहब के ममेरे भाई साहब करते थे। हमारी मलिकाइन को किताब पढ़ने का भारी चाव था। किस्सा-कहानी की पोथियाँ खूब पढ़ती थीं। बच्चों की देखभाल नौड़ी करती थी।

मुझे मालूम हुआ कि मलिकाइन भी अब आसरम में ही रहेंगी। बच्चे भी अब वहीं रहकर पढ़ेंगे। यह जानकर मुझे बड़ी खुशी हुई।

इसमें खुश होने की क्या बात थी भैया!

समझा नहीं ? बात यह थी कि आसरम मर्दों से भरा था। एक देवी थीं। कभी रहतीं, कभी नहीं रहतीं और अब राधा बाबू का परिवार बराबर आसरम में रहेगा। जनानी और बच्चों की बात सुनने को मिलेगी, उनका चेहरा देखने को मिलेगा। आसरम जहलखाना-जैसा नहीं लगेगा। घर-जैसा मालूम होगा।

खाने गया तो थाली में दो तरह के भात दिखाई पड़े। बाबू लोगों के लिए महीन चावल का खुशबूदार भात होता है। जूठन में बच रहने पर खुशबूदार महीन चावल का भात नौकर-चाकर की किस्मत में जाता है। मैं देखते ही समझ गया कि राधा बाबू के साले का जूठन है। बता ही चुका हूँ पहले कि उन दिनों बाबू-भैया का जूठन हम बड़े चाव से खाते थे या यों कहो कि अच्छी चीज जो भी खाते थे वह जूठन ही होती थी। नौकरों के लिए मोटे चावल का जो भात बना था, उसमें धान के छिलके और कंकड़ थे। हाय रे तिरहुत ! क्या मजाल कि तिरहुतिया चावल में एक भी कंकड़ तुम निकालो। यह कंकड़-वंकड़ गंगा के उत्तर तरफ जाने की हिम्मत नहीं करेंगे। खैर, खाना क़ोई खराब नहीं था। मगर बैंगन की भुजिया इस बात का गवाह थी कि हवेली में कंजूसी का राज है। बूँद-भर तेल डालोगे और चाहोगे कि अच्छी भुजिया बन जाये तो यह कैसे होगा ? अँचार अलबत्ता अच्छा था। थाली देखने में कठौती-जैसी थी। हमारे इलाके के बड़े घरों में थालियाँ बड़ी अच्छी और मोटे किनारे वाली होती हैं। ऐसा नहीं कि देखने पर परात याद आये।

खा चुकने पर मलिकाइन के इशारे से रसोइया ने जरा-सा दही दिया। यह उनकी मेहरबानगी थी। मालिक लोगों के कहने के मुताबिक "नौकर-चाकर, टहलू और खवास को दही खाने का हक नहीं है।" फिर जो थोड़ा-सा दही मिला इससे मुझे बड़ी खुशी हुई। खुशी इसलिए नहीं हुई कि दही मिला। खुशी की वजह थी कि मलिकाइन को मेरा ख्याल था। मलिकाइन के मन के किसी कोने में मैं जरूर बैठ चुका था। इस बात से यह साफ हो गया कि आगे भी मलिकाइन मेरा ख्याल रखेंगी।

खाने के बाद, हाथ धोकर जब मैं लोटा रखने आँगन में गया तो

सरौते से सुपारी कतरतीं हुई मलिकाइन बोलीं—"पुराना स्वीटर है, जास्ती पुराना नहीं, दो साल का पुराना। तेरे देह में अँटे तो पहन ले।"

उन्होंने सरौता वाले हाथ को उठाकर अन्दर ट्रंक की ओर इशारा किया। उस पर कपड़ों का गट्ठर पड़ा था। उसी गट्ठर पर वह स्वीटर भी था। मैंने जाकर उसे उठा लिया। मलिकाइन ने आँखें नचाकर पहनने का इशारा किया तो मैंने उसे पहन लिया। बिना बाँह का वह स्वीटर मेरे बदन पर चुस्त होकर बैठा। मलिकाइन के बदन का होगा, यह सोचकर मुझे खुशी हुई।

"एक कुर्त्ता भी सिलवा दूंगी"—वह बोलीं। अहसान के बोझ से मेरी गर्दन झुक गई। मन ने कहा—जिएँ जुग-जुग हमारी यह मलिकाइन। सिनेह से भरी निगाह में ऐसा ही जादू होता है भैया। बाल-बच्चों वाली का दिल बड़ा ही मुलायम होता है। हमारी छोटी मलिकाइन ने कसाई का दिल पाया था। वह तुम्हें अमिरती भी देतीं तो उसमें करैले का स्वाद लगता।

पलथी मारकर बैठ जाना और पान का डब्बा खोलना और फिर कायदे से बीड़े लगाना, दो बीड़े मलिकाइन पहले अपने मुँह में डालतीं, बाद को मेहमान के लिए या किसी और के लिए। भाई मौजूद होते तो पहले उन्हीं को। आखिर में अलग से एक पत्ती का छोटा-सा बीड़ा वह मेरे लिए भी लगातीं। चाँदी की डिबिया से बनारसी सूर्ती निकालतीं और मुँह में चुटकी-भर डाल लेतीं। इसमें दूसरा कोई साझीदार नहीं था। बाबू कामेन्द्र प्रसाद नारायण सिंह सुर्ती नहीं खाते थे।

कामेन्द्र बाबू का ससुराल छपरा के देहात में था। ससुर नेता थे, लड़की को गाँधी जी के आसरम में रखकर पढ़ा-लिखा रहे थे। आगे चलकर उन्हें लीडरानी बनना था। उनका एक फोटो कामेन्द्र बाबू के रहने के कमरे में था। सूखा चेहरा, धँसी आँखें, पिचके गाल। सामने चरखा पड़ा था। नाम था—कनक किशोरी।

राधा बाबू और कामेन्द्र बाबू के शील-स्वभाव में बड़ा ही अन्तर नजर आया मुझे। एक को फकीरी पसन्द थी तो दूसरे को अमीरी। हमारी मलिकिनी भी अपने भाई की तरह थीं। राधा बाबू की फकीरी उन्हें पसन्द

नही थीं। आसरम का जीवन भी उन्हें पसन्द नहीं था। मगर कई साल दोनों एक-दूसरे से अलग रहे थे। अब कुछ दिनों तक साथ रहने का मन हुआ।

रिस्ते के एक भाई के साथ हमारी यह नई मलिकाइन बरहमपुरा आ गयीं। मैं तो खैर साथ था ही। राधा बाबू के परिवार के आ जाने से मेरी खुशी का ठिकाना न था। खुशी यही कि आसरम मुझे हमेशा सूखा-सूखा-सा लगता था। कहने को वहाँ हरियाली काफी थी, बाग-बगीचे का क्या कहना है? लेकिन खाली हरियाली से क्या, अगर मन उदास रहा? और मन की उदासी को भगाने के लिए मुसकुराते चेहरों की जरूरत पड़ती हैं। जरूरत पड़ती हैं किलकारियाँ भरते बच्चों की। निगाहों से ममता टपकाने वाली माँ-बहनें, मिठास-भरी बोलियों वाली भाभियाँ, दिल-दिमाग को गुद-गुदाकर गम को गर्क कर देने वाले हमदर्द साथी—यह सब न हुआ तो खाली हरियाली, खाली घर-आँगन, खाली बाँसकाँठ किस काम के? आसरम की जिन्दगी बेहद रूखी-सूखी थी, बतला ही चुका हूँ। वहाँ मिठास बूँद-भर थी तो चिड़चिड़ापन घड़ों था! मैं तो भैया, थोड़े ही दिनों में ऊब गया था। वह तो खैर समझो कि राधा बाबू घूमते-फिरते रहते थे और बन्दा उनके साथ रहता था। अब तीन बच्चे, मलिकाइन और एक नौकरानी—ये पाँच प्राणी उदासी को मेरे पास फटकने तक न देंगे, यही सोचकर मैं खुश हो रहा था।

आसरम के अन्दर ही अलग बाँस-फूंस के दो मकान थे, रसोई के लिए एक मड़इया थी साथ। जाफरी और सरपत के ठाट से आँगन घिरा हुआ था। आँगन के बीचोबीच आम का एक भारी पेड़ बड़ा ही सुहावना लगता था। मकान के दो-दो कमरे थे। तीन-एक तख्तपोश रहे होंगे। एक परिवार के लिए काफी था।

मलिकाइन को भी जगह पसन्द आयी। हाँ, उन्होंने घरेलू सुभीते की निगाह से वहाँ कुछ और सुधार किए। रसोई वाली मड़इया में धुआँ निकलने की खिड़की लगवाई। घड़े रखने के लिए लंबोतरी चबूतरा बनवाया। पाखाना और नहाने की जगह, बर्तन-बासन माँजने की जगह, ईंधन और लकड़ी के लिए मचान···सबकी जरूरत पड़ती है भैया! राधा बाबू

आसरम में अकेले रहते थे तो न अलग क्वाटर की जरूरत थी न दूसरे खटरागों की। मुदा अब गिरस्ती का सुभीता तो देखना ही था न?

आसरम में चाय पीना मना था, मगर मलिकाइन नहीं मानती थीं। रोज तो नहीं, कभी-कभी बड़े प्रेम से चाय बनाया करतीं। दूध और चीनो उसमें खूब डालती थीं। पटने में फूल बाबू के साथ रहते बखत चाय बनाना मैं जान गया था। वह भी चाय में दूध-चीनी काफी डलवाते थे। महेन बाबू के यहाँ जो चाय बनती वह मुझे कभी पसन्द नहीं आयी। जास्ती मीठा होने पर महेन बाबू चाय को होंठ लगाते ही छोड़ देते थे। कहते—क्या शर्बत बना लाया है, शू: ! जानते हो भैया, चाय के असली पियक्कड़ कैसे चाय पसन्द करते हैं? पानी को खूब खलबला लो और पीछे कटेली में पत्ती डाल दो। थोड़ी देर इसी तरह छोड़ दो। फिर कप या गिलास में छान लो। उसमें छोटी चम्मच से डेढ़-दो चम्मच दूध और उतना ही चीनी डालो। मिलाने पर गूलर के रंग की चाय तैयार हो जायेगी। बड़े-बड़े दिमाग वाले बाबू लोग इसी किसिम की चाय पसन्द करते हैं। यहाँ हमारी मलिकाइन जो चाय बनाती थीं वह तो भैया सोलह आना शर्बत होती थी। पूस की सुबह-शाम को जब ठंडी हवा चलती थी या बच्चों को सर्दी-जुखाम हो जाता था तो वह चाय जरूर बनातीं। उनको पान का भी बड़ा शौक था।

आसरम के बाहर, बस्ती के इसी तरफ एक स्कूल। अपर प्राइमरी स्कूल। राधा बाबू के बाप ने खुलवाया था। उसमें चार मास्टर थे। पढ़ने वाले लड़कों की कमी नहीं थी। आसपास के गाँव से आकर सत्तर के लगभग विद्यार्थी वहाँ पढ़ते थे। खास इस गाँव के भी बीस-एक लड़के रहे होंगे। स्कूल का मकान खपरैल का था, तीन रूम थे। भीतें मजबूत और मोटी। दो बिना बाँहों की कुर्सियाँ, एक स्टूल, एक छोटी चौकी। सामने लम्बी फुलवाड़ी। उसी के बीचोबीच स्कूल में आने के लिए मेहराबदार रास्ता। गेंदा के लाल-पीले फूल वहाँ इतने अधिक खिले हुए थे कि कुछ मत पूछो। स्कूल ऊँची जमीन पर था, हमारे आसरम से स्कूल ही नहीं फुलवाड़ी तक दिखलाई पड़ती थी। मालिक ने अपने बच्चों के नाम इसी स्कूल में लिखवा दिये, लड़की का भी। लड़कियाँ वहाँ तीन ही चार आती थीं। तुमसे क्या छिपा है भैया,

हमारे तरफ जनाना लोग पढ़ी-लिखी नहीं होती हैं। अब दरभंगा, मधुबनी-जैसे शहरों में मास्टरानी-डाक्टरनी दिखाई पड़ती हैं। देहात में कहीं-कहीं लड़कियों का स्कूल देखोगे···मगर भैया, इतना से क्या होता जाता है? जब लड़कियाँ भी लड़कों की तरह पढ़ी-लिखी होने लगेंगी तभी इस मुल्क का उद्धार होगा। अभी तो बाबू-भैया लड़कियों को मतलब-भर पढ़ने देते हैं। पढ़ता सुग्गा गाहक को अपनी ओर खींचता है, पढ़ती लड़की काबिल दूल्हे को अपनी ओर खींचती हैं। इससे बाप का काम हलका होता है। शादी हुई कि पढ़ाई बन्द। बाप भी आँख मूँद लेता है, ससुर भी। कहीं-कहीं ऐसा नहीं भी होता होगा। खैर, राधा बाबू कांग्रेसी थे, उनकी नजरों में लड़का-लड़की दोनों बराबर थे। बच्ची पढ़ेगी नहीं तो करेगी क्या—एक रोज मलिकाइन से उन्होंने कहा—"तुम पढ़ी-लिखी होतीं तो मैं दुगना काम कर दिखाता!"

इस पर मलिकाइन आँखें नचाकर बोलीं—"ना भाई, तुम्हारा यह काम तुम्हीं को मुबारक! मैं अपढ़ ही भली हूँ···लँगोटी लगा लो और जटा बढ़ा लो, बाज आई मैं तुम्हारे इस चर्खे से! तुम्हें तो औरत होकर जनम लेना था, बड़ा ही किरोध होता है मुझे विधाता पर···"

मालिक हँसने लगे। थोड़ी देर बाद बोले—"समझोगी क्या? जिसके खानदान में हाथियों का कारोबार होता रहा हो उसकी अकिल बारीक हो ही नहीं सकती···"

इस पर मलिकाइन ने हाथ चमकाकर कहा—"रहने भी दो, मैं भी तुम्हारा बाप-दादे के बारे में कहूँ तो कैसे लगेगा? कौन मना करता है? लड़की तुम्हारी, स्कूल तुम्हारा। जितनी मर्जी उतना पढ़ा देना, हुआ न?"

राधा बाबू चुप हो गये।

अब वह मुझसे भी पढ़ने को कहने लगे थे। कहते पहले भी रहे लेकिन इधर बल्कि जोर डालने लगे। मलिकाइन नहीं चाहती थीं कि मैं अच्छर बाचूँ या गिनती-पहाड़ा याद करूँ। एक बार ननद मिलने आयी तो उसने मेरे बारे में पूछ दिया। मैं वहीं आड़ में बैठा तिपहरी को जरा दम मार रहा था। मलिकाइन मेरी परसंसा कर चुकने के बाद बोलीं—"तुम्हारे भाई

साहब ने बलचनमा का दिमाग खराब कर दिया है। कलमुँहा खड़ी लेकर बैठता है और समूचा पहाड़ा लिख लेता है!"

इस पर ननद ने कहा था—"ऐसा! मैं भाई जी को मना कर दूँगी। नौकर-चाकर जितना नासमझ रहे उतना अच्छा भाभी! हमारे अजिया-ससुर का कहना था कि छोटी जात वालों को जो एक आखर भी ज्ञान देता है। उसका अपना ही तेज घटता है और जो कोई शूद्र को समूची पोथी पढ़ा दे उसके पित्तर स्वर्ग छोड़कर नरक में रहने को मजबूर होते हैं।"

मलिकाइन ने इसी बात के दुनियादारी पहलू को छुआ और बोलीं—"वह तो खैर ऊपर की चीज हुई, असल मुसीबत यह होती है कि पढ़-लिखकर नौकर तुम्हारी बटलोई रगड़ने को बैठा नहीं रह जायेगा और फिर इन्हें पढ़ाने-लिखाने से फायदा ही क्या?"

अच्छा!—मैं मन-ही-मन बोला—तो यह बात है? इसी से तुम मुझे खड़िया नहीं खरीद देती हो? देख लेना महतमाइन, कैसे मैं नहीं पढ़ता हूँ।···

मुझे बड़ा अपसोच हुआ, मलिकाइन की नियत यों बुरी नहीं मालूम हुई थी और खाना वह कभी खराब नहीं खिलाती रहीं। तो, भैया बात यह है कि चोला जितनी आसानी से बदलता है उतनी आसानी से आदमी का खयाल नहीं बदला करता।

राधा बाबू ने जाने कितना मनाया, कितना समझाया तब जाकर तो वह खद्दर पहनने को राजी हुईं। जो कपड़ा वह पहनती थीं वह महीन से महीन सूतों की बनावट का होता था। छपउआ साड़ी, छींट का ब्लाउज। ब्लाउज समझा तुमने? अरे, वही आँगी। नये फैसन की चोली समझो। तितलियों की तरह उनकी गेहुँआ सूरत पर हरे छींटों का ब्लाउज और लाल फूल व भूरी छोपे वाली साड़ी बहुत अच्छी लगती थी। वह बड़े बाप की बेटी थीं, मोटा-झोटा कपड़ा भला काहे पहनतीं? महीन खद्दर भी जो वह पहनती थीं सो मानो अपने घर वालों पर भारी एहसान लादती थीं। राधा बाबू ठहरे नामी लीडर और उनकी आँगन वाली भला खादी न पहने! बच्चों के लिए, लेकिन वह एक रोज लड़ पड़ीं—इनको मैं किसी भी हालत में मोटिया कपड़ा नहीं पहनने दूँगी। बड़े होकर चाहे जो पहनें-

ओढ़ें, अभी से क्यों जुलाहों का बाना धरेंगे ?

भरी सभा में अंग्रेज सरकार को ललकारने वाले हमारे राधा बाबू अपनी घर वाली की टेढ़ी भौंहों से बुरी तरह घबराते थे। बाबू का बाहर तो खूब चलता था, घर में नहीं चल पाता था। यहाँ मलिकाइन ही दहला होती थीं, मालिक हमेशा नहला रहे थे।

उनका आपस में जो चलता रहा हो, मुझ पर बुरी निगाह नहीं थी उनकी। मलिकाइन को मेरा किताब छूना या खड़ी पकड़ना असहाज था लेकिन दूसरी बातों में वह कभी मुझे नहीं टोकती थीं। मालिक तो खैर हरफनमौला थे ही !

गौना का दिन नजदीक आ गया। राधा बाबू ने पचास रुपया नगद दिया। लहेरिया सराय के एक बनिये से दो साड़ियाँ जनानी और दो मर्दानी दिला दीं। मैं मगन हो गया। खुशी के मारे देर तक मुँह खुला रहा। आखिर मालिक मलिकाइन के पैर छूकर और बच्चों को दुलारकर तीन रोज पूस बीते मैं अपने घर के लिए चला।

छह

धान की कटाई जहाँ-तहाँ शुरू हो गई थी। बल्कि आधी फसल कट भी चुकी थी। रौंगी धान सब धानों से पहले तैयार होता है।

पकी पीली फसलों से समूचा बाध ऐसा बुझाता था मानो सुनहली मिट्टी से पुता हुआ भारी मैदान हो। मेंड़ों की चौकोर लकीरें धान के शीशों से ढँकी पड़ी थीं। बीच-बीच में अगोरने वालों की झोंपड़ियाँ भूरे पाल वाली नावों की तरह लगती थीं। सारे खेतों पर अनपुर्ना भवानी के असिरबाद पकी फसलों की सकल में छाये हुये थे। लोगों की खुशी का न ओर था न छोर। सभी के मुंह पर मुस्कान, सभी की आँखों में कामयाबी

की झलक। जिनकी अपनी फसलें थीं वे भी खुश थे, जिनके नहीं थीं वे भी खुश थे। गिरहथ, बनिहार, जन-जनी, कल्लर-भिखमंगा, सभी के चेहरों पर आशा की रौनक थी। फसलें हुई हैं तो मजूरी भी मिलेगी, बनिहारी भी। भिखमंगों को भीख भी मिलेगी, ब्राह्मन देवता को दान भी मिलेगा और गिरस्तों का क्या कहना? मूंडन, छेदन और सुन्नत से लेकर सराध और चालीसा तक सब काम इन्हीं फसलों के भरोसे चलता है। अच्छी फसलें देखकर महाजन को भी कर्जा देने में उत्साह होता है। पुजारी मन्दिरों में दिल से घंटी बजाते और मन से आरती उतारते हैं। फसल अच्छी दिखाई दी तो मिन्नत-मनौती में भी सुभीता रहता है। काली माई को छागर की जोड़ी, बरहम बाबा को फूल-छत्र, पित्तरों को गया का पिंड, बाबा कुसेसर-नाथ को घी-दूध—यह सब तुम तभी करोगे जबकि खेती सुतरेगी। समय-समय पर बादल न बरसे और बाढ़ नहीं आवे तब तो ठीक है, नहीं तो खेती हुई चौपट और खेती चौपट हुई तो लोगों के गाल चुकट जायेंगे, आँखें धँसकर अनगढ़ दिया बन जायेंगी।

इस बार लेकिन कमला मैया की किरपा हुई थी, जहाँ देखो वहीं लछमी महारानी धान के रंग-बिरंगे शीशों पर छाई हुई थीं। हाट-बाजार में इसी से अनाज का भाव काफी नीचे उतर आया था। दो रुपैया मन धान और तीन रुपैया मन चाउर था। मकई सवा रुपैया और मड़ुआ डेढ़ रुपैया मन था।

हमने पहले ही पक्का कर लिया था कि भर पूस धनकटनी करेंगे। धान काटने की मजूरी से इतना अन्न हो जायेगा कि चार महीने का बुतात चलेगा। मगर माँ कातिक में पड़ी बीमार, पैंतीस जून उसने कुछ नहीं खाया था। काफी कमजोर हो गई थी। गाँव के बैद जी ने बुखार को और लम्बा कर दिया था। वह तो खैर हुआ कि संयोग से फूल बाबू आ गये और छोटी मलिकाइन की मेहरबानी हुई। एक बोतल अलबर टोनी उन लोगों ने मँगवा दिया था, थोड़ा-बहुत पथ-पानी का भी इन्तजाम कर दिया।···

रेबनी से मैंने पूछा—"तुझे इतना भी नहीं फुरा कि भैया को ए' गो पोसकाट लिखवाकर भेज देती!"

"मैया ने मना कर रखा था"—वह बोली।

मुझे रेबनी की अकिल पर तरस आई। इसमें भला अम्मा को पूछने की क्या बात थी? चार अच्छर किसी से लिखवा लेती और टीसन पर ढोल टँगा रहता है उसमें डाल आती पोसकाट! यह तो ससुराल में अपने नैहर का नाम हँसावेगी, हे भगवान!

मगर कसूर रेबनी का नहीं था। पीछे मालूम हुआ कि लिखने वाला नहीं मिला। छोटे मालिक से वह लिखवाती तो कैसे? बल्ली बाबू का छोटा भाई पढ़ाई छोड़कर घर बैठा हुआ था। उससे लिखवा सकती थी लेकिन रेबनी की हिम्मत नहीं हुई वहाँ जाने की। वह लड़का थोड़ा बदनाम था और उन लोगों का मकान गाँव से जरा हटकर, बाँसों की लम्बी झुरमुटों की आड़ में पड़ता था। उधर जाते हुए रेबनी ही नहीं गाँव की कोई भी बहू-बेटी काँप उठती थी। बाँसों का वह छोटा-सा जंगल लुच्चों के लिए बाग था। कई तरह की खट्टी-मिठी कहानियाँ उस झुरमुट के बारे में मैं बचपन से ही सुनता आया था। अच्छा हुआ, रेबनी उधर नहीं गई चिट्ठी लिखवाने।

माँ अब भी कमजोर थी फिर भी धनकटनी में वह हमारा हाथ बाँटना चाहती थी। मैंने समझाया—मर जायेगी, बेटा-बेटी और पतोहू कोई नहीं काम आवेगा। आप भला तो जहान भला! बड़ी मुश्किल से उसने माना, फुच्ची भर गाय का दूध रोज लेने लगी।

हम दोनों भाई-बहन मालिकों के खेतों में जाकर धान काटते थे। रात का रखा हुआ खाना सुबह-अँधेरे हाथ-मुँह धोकर खा लेते थे। मैं जब तक हुक्का पी लेता था तब तक रेबनी बर्तन-बासन माँजकर चूल्हा-चौका कर लेती थी। फिर कमर में हँसिया खोंसकर हम खेतों की ओर चल देते। अगले रोज किस खेत में फसल कटेगी सो पिछली शाम को ही गिरहथ बता देता था। मर्द-मेहारू, जवान-बूढ़े, सभी ठीक बखत पर खेत में पहुँच जाते थे। एक कतार में होकर बनिहार धान काटना शुरू कर देते हैं। निचले खेतों में धान के पौधे पाँच-पाँच छः-छः हाथ होते थे, उनके सिरिफ शीश छीप लिए जाते थे। हमारी तरफ ऐसे निचले खेत कम थे! यहाँ तो भैया हम जड़ से काटते थे। काटते समय खप-खप, खुप-खुप की आवाज

उठती रहती थी। यह आवाज कानों में बड़ी मीठी लगती थी।

पहर-डेढ़ पहर तक तो हम सारी सुध-बुध खोकर धान काटते रहते! हँसी-खुशी की आवाज, गाने की आवाज और खेत-खेत घूमकर लाई-मूढ़ी बेचने वालों की आवाज, सारंगीबाजों की भरथरी बिलाप ... कैसे दुपहरी के बाद तिपहरी आ जाती, पता ही नहीं चलता। माँ, खाना और पानी, लिए आती तो घड़ी-भर के लिए हँसिये को आराम मिलता। मेंड़ पर नहीं, खेत ही में बैठकर हम खाते। धान-खेतों में कटी फसलों की खूँटियाँ मुलायम ही होती हैं। तुम्हारे मुलुक में गेहूँ, जौ, ज्वार-बाजरा होता है, उनकी खूँटियाँ कड़ी होती हैं। उन पर इस तरह बैठा-लेटा नहीं जा सकता।

बड़े-बड़े मालिक खुद खेतों में नहीं आते थे। बराहिल, गुमस्ता या कोई दूसरा नौकर-चाकर धनकटनी की देखभाल करता। मझोले मालिक और गिरहथ लोग खुद आते थे। छोटे-छोटे किसान और मामूली खेतिहर बड़ी मुस्तैदी से मजदूरों से काम लिया करते। खेत-मजदूरों के अपने भी तो खेत हुआ करते थे जिनकी फसल वे खुद काट लेते थे! मेरे भी चार कट्ठा खेत थे जिसमें धान था। अपनी फसल हमने आप काट ली थी।

बत्तीस बोझों की मजूरी एक बोझ धान होती थी। खास मजूरों को मालिक लोग कुछ ज्यादा मजूरी देते थे। उस साल हमने बीस-बाईस रोज फसल काटी थी। मजूरी में छः मन धान हुआ था। वह तीन महीने के गुजारे के लिए काफी था। माँ बीमार न पड़ती तो दो-तीन मन और होता। अपनी जमीन में छः मन धान हुआ था। दो-तीन कट्ठा खेत में रबी की भी फसल थी, जौ, चना और खेसाड़ी।

खलिहान मालिकों के बड़े-बड़े थे। सधारन गिरहथ का खलिहान भी सधारन ही हुआ करता था। तिपहरी के बाद धान के बोझ खेतों से खलिहान आने लगते थे। पहर-भर तो खाली ढुलाई में लग जाती थी। खलिहान कभी खेत के नजदीक होता है तो कभी दूर। फसल के बोझ एक पर एक रखते जाओ और टाल बनता जायेगा। टाल या खोप इतना-इतना बड़ा हो जाता है कि गर्दन टूट जायेगी ऊपर ताकोगे तो, हाँ, हमारी बस्ती में ऐसे गिरहथ चार ही पाँच थे जिनकी उपज हजार मन से जास्ती थी—

बड़े मालिक, मझले मालिक, छोटे मालिक और बल्ली बाबू। मझले मालिक की उपज ढाई हजार मन की, बल्ली बाबू की डेढ़ हजार मन की। बाकी हजार मन वाले थे। यह हुई सिर्फ धान की उपज की बात, रब्बी और मकई की उपज इससे अलग थी। सौ-डेढ़ सौ मन वह भी हो जाती थी।

खलिहानों में दँवरी का काम माघ-फागुन तक चलता रहता। फागुन में रबी की फसल तैयार होने लगती। सरसों, तीसी, खेसाड़ी, चना···चैत में जौ, गेहूँ, मसुरी वगैरह।

हमने अपना धान झाड़-पीटकर तैयार किया। खेत-मजदूरों के पास कहाँ खेत और कहाँ खलिहान, कहाँ बैल और कहाँ हर-फार? मनियार चाचा के यहाँ से बड़ी ओखली ले आये और उसी के कमर पर सारा धान हमने झाड़ डाला। तुम्हारे तरफ तो ऐसा नहीं होता है न? ओखल को लेटा देते हैं, शीशवाले धान के पौधों को उस पर जोर-जोर से पटकते हैं। ठीक उसी तरह जैसे धोबी पत्थर या लकड़ी पर कपड़े को पटकता है; शीश से झड़-झड़कर धान से दाने नीचे गिरते जाते हैं। झाड़े हुए पौधों को अलग रखते जाओ और दाना झाड़ते जाओ। लेकिन इस तरह सैकड़ों मन धान नहीं झाड़ा जाता, यह तो दो-चार मन धान वालों का ढंग है।

मिला-जुलाकर देखा तो छः महीने का खर्चा घर में मौजूद था चार परानी खाने वाले भी तो होंगे। कौन, दस रोज तो रह गये थे गौने के।

माँ जल्दी अच्छी हो गई। लेव-मूँदकर उसने घर के टाट को चिकना बना दिया। अलग एक सात हाथ का छप्पर डलवा लिया मैंने। उसका भी रुख आँगन की ही ओर था। आँगन के बाहर घर के सामने दूब थी, उसे छील-छालकर साफ कर लिया।

डोरा-सिंदूर और सगून का समान लेकर चुन्नी मेरे ससुराल गया और गौने के लिए उन लोगों को राजी कर आया। यह एक किसिम की रसम-अदाई थी।

मेरी सास को मरे पाँच-सात साल हो गये थे। ससुर के तरफ से गौने का इशारा पिछले साल ही मिल चुका था। माघ सुदी पंचमी का दिन, गौने की मुहूरत तय हुआ। चुन्नी की माँ, उसकी घरवाली, भौजी और माँ-बहू—सबका अबजात बढ़ गया। कोई बरी के लिए बेसन पीसने बैठती

तो कोई पुती-लिपी घर की टाटों में हाथी-घोड़ा आँकने लगती। तेल में सेंदूर घोला गया और उससे कई जगह पेड़-पौधे आँके गये। मैं देख-देखकर हँसता था। धनवन्ती चाची ने मुझे हँसते देखकर कहा—"तुम्हें क्यों पसन्द आवेंगे भैया ? दरभंगा-पटना घूमे हुए हो, हम तो जाहिल-चपाट ठहरीं। हमें क्या पता कि फूल-पत्ती कैसे आँकी जाती है। अपनी घरवाली को पटना ले जाना; सीख आयेगी···"

धनवन्ती चाची जब हँसती थीं तो घर-आँगन उसके ठहाके से गूँज उठते। उस बखत मेरी लाज-शरम उसके ठहाके की भरी आवाज में दब गई। चुन्नी की घरवाली भी मुसका रही थी। चुन्नी मुझसे चार महीने बड़ा था। उसकी जनानी मुझको जब-तब छेड़ती ही रहती। पिछली होली में भर लोटा अबीर उसने मेरी नई बनियाइन पर उड़ेल दी और देर तक हो-हो करती रही, तो मैंने क्या यों ही छोड़ दिया ? थोड़ी देर बाद अबीर ले आया कि रानी जी मसाला पीस रही थीं, झपाटे से जाकर दबोच डाला और गालों पर आधा पाव अबीर मसल दिया; घड़ी-भर 'मइयो-बप्पो' करती रहीं ! समझ गईं कि बालचन्द को छेड़ने का कैसा फल मिलता है।

यह कोसी-किनारे की लड़की थी। साँवली सूरत हो, आँख-नाक अच्छी हो, चेहरे का काट ठिकाने का हो तो ऐसी जनाना खूबसूरत ही कहलायेगी भैया, नहीं कहलायेगी ? उस पर तन्दुरुस्ती अच्छी हो तो क्या कहना ! गोद में उसके एक ढाई साल की लड़की थी। मनियार चाचा का मनोरथ था कि पोते का मुँह देखकर मरें। रोज बेचारे नहाकर उस बूढ़े पीपल की जड़ों में लोटा-भर अँछिजल इसीलिए डालते थे। मगर यह अपने बस की बात तो थी नहीं ?

गौने से दो रोज पहले ही मामा आ पहुँचे। तैयारी सब पूरी हो चुकी थी। घर-आँगन की जिम्मेवारी माँ पर थी। नगदी का इंतिजाम मैंने कर ही लिया था। हाँ, साड़ी एक खंड और मँगवानी पड़ी।

मुझे याद नहीं था कि जिससे कभी शादी हुई उसकी शकल-सूरत कैसी है ? दो-एक दफे दिमाग ने कोशिश की याद को सही लकीरों पर लाने की मगर कुछ फल नहीं निकला भैया। फिर तंग आकर मैंने कहा—छोड़ो भी, अपने ही कौन मैं राजा नल हूँ कि उसे दमयन्ती होना ही

चाहिए !

बाढ़ की नदी में तैरते वक्त जैसे कोई थकक्र आँखें मूंद ले और थोड़ी देर के लिए देह को छोड़ दे उसी तरह मैं अपने को चिन्ता की धार में छोड़ देता कि चट से नींद आ जाती···

मामा, चुन्नी और मैं—तीन जने गये गौना कराने। पैदल ही जाना पड़ा, उस ओर रेल नहीं गई है। बहेड़ी से दो कोस और दच्छिन-पच्छिम। गाँव का नाम सितलपट्टी था। बस्ती कोई बड़ी नहीं, निहायत मामूली। चार-छै घर राजपूत, पच्चीस-तीस घर ग्वाले और पचास-एक घर जुलाहे थे। गाँव से कोस भर पच्छिम जीवछ नदी का छाड़न था, बरसात में उसके जरिये कमला का पानी यहाँ की फसलों को दो-चार दिनों के लिए डुबा जाता था। उससे नुकसान नहीं, गिरहथों को फायदा ही था। राजपूत मझोले ढंग के काश्तकार थे, छोटे-छोटे खेतिहर। जमींदारी शुंभा ड्योढ़ी के राजपूत जमींदारों की थी। खेत-मजूर हो चाहे खेतिहर, सधारन गिरहथ हो चाहे काश्तकार—सितलपट्टी वालों की जिनगी उतनी कठोर नहीं थी जितनी हमारे गाँव वालों की। इसकी दूसरी वजह यह भी थी कि वहाँ के जुलाहे खेती के अलावा अपना बखत तानी-भरनी और करघों के सहारे गुजारते थे। उनके टोले में दस करघे चल रहे थे। दरभंगा-समस्तीपुर से सूत लाकर वे चादर, अँगोछा, तहमद-लुंगी, चारखाना, वगैरह तैयार करके पास-पड़ोस के हाटों, पह और नजदीकी बाजारों में बेच आते। बीसों जवान जुलाहे ढाका और कलकत्ते रहकर अपने गाँव की खुशहाली को बढ़ा रहे थे। सच पूछो तो इन जुलाहों ने उस बस्ती का ढांचा ही बदल रखा था।

वहाँ हम एक दिन और एक रात-भर रहे। हमारी बिरादरी वालों ने वहाँ एक साधू को पाल रखा था। वह अपर पास करके पहले कांग्रेस का भोलंटियर और बाद में रमता जोगी बन गया था। अब उमर तीस के लगभग रही होगी। यादव महासभा का भी परचार करता था। सितलपट्टी में उसकी फूफी रहती थी, निपूती होने से माइनजन को अपना डीह-डाबर सौंप गई थी। वही मकान बाबा जोगादास का आसरम बन गया। इनका नाम पहले कारी राउत था। उन्होंने हम तीनों को उस शाम

को भंग पिला दिया। मुझे कुछ भी नहीं मालूम कि उस रात ससुराल की औरतों ने मुझसे क्या-क्या रस्म अदा करवाई ?

सुबह गौने का महूरत था। महफा और चार कहार उन्हीं लोगों ने ठीक कर रखे थे। औरतों ने रो-रोकर आसमान को माथ पर उठा लिया। गौने वाली का तो मानो कंठ ही फूट गया था। पीली साड़ी और लाल चोली। पीठ की ओर से साड़ी पर हथेलियों के लाल-लाल थप्पे पड़े हुए थे। तलवों में महावर के नाम पर लाल रंग अपनी गहरी लाली खिला रहा था। आँचल में धान-दूब-पान की पत्ती और साबित सुपारी और हलदी बँधी थी। हथेलियों में मेंहदी का निशान दिखाई पड़ा।

रस्म के तौर पर थोड़ी दूर तक महफे में मुझे भी रहना पड़ा। गाँव के बाहर मैं उतर गया। दो आदमियों का बोझ चार बेचारे कैसे ढो पाते ? और शरम के मारे उसकी गर्दन भी तो टूट गई होती। अरे, हँसते हो ! नई-नवेली का शील-संकोच से तुम्हारा भी तो पाला पड़ा ही होगा या कि नहीं पड़ा ? झूठ मत बोलो भैया !

बहू का अपना भाई नहीं था, चचेरा भाई साथ हुआ। दही, पकवान, केरा और समधिन के लिए साड़ी लहठी··· एक आदमी छींकों पर यह सब लिए हुए था, ~टई के सहारे। बीच में दो बार पर्दा उठाकर महफे में झांका, एक दफे नजर मिलते ही मुस्करा पड़ी और दूसरी दफे नींद में मगन थी बेचारी। पहले-पहल यहीं मैंने उसकी झलक पाई। अरे, देखा तो रात को भी होगा ही लेकिन साले ने जाने भंग में क्या मिला दिया था, सुध-बुध बिल्कुल खो गई थी ! अभी मगर होश में था। आहा ! बुचुवा की मैया का वह चेहरा आज तक नहीं भूल पाया हूँ भैया ! वह भी क्या भूलने की चीज है ? गोल मुँह, बदामी आँख, छोटी नाक, पत्तर-सा कपार, सुनहले बाल, पतले होंठ, तनिक-सी ठुड्डी, सुरेब गर्दन—बड़ी भली लगी वह। पहली झांकी में ही इस मन में धँस गई, सच कहता हूँ भैया ! माँग में सेंदूर की घनी लकीर, कपार पर चमकी के खुदिया दानों से सिंगार किया हुआ था। गले में सुन्दर हँसली थी। बाँहों में बाजूबन्द, कलाइयों में लाख की चूड़ियाँ। पैरों में गिलट के कड़े। दाहिने हाथ की दो अंगुलियों में पीतल की अँगूठियाँ···माँ नहीं थी तो क्या, बाप ने सँवारने में कोई

कसर नहीं रखी। मामूली खेतिहर था बेचारा। मैं ही कौन-सा नवाब का नाती था? सच पूछो तो मुझसे मेरे ससुर की हैसियत कई गुनी अच्छी थी।

जाड़े का दिन यों ही छोटा होता है। हम पहले से भी थके-माँदे थे ही, उस रोज तो और भी चूर-चूर हो गये। कहार तो मानो दौड़ते ही चलते हैं। नई-नवेली बहू-बेटी अगर पालकी में सवार रही फिर तो उनके पैरों में पंख ही लग जाते हैं। मैंने और चुन्नी ने कहारों को मना कर दिया—"रफ्तार इतनी तेज मत करो, मामा बेचारे तुम लोगों के साथ कब तक दौड़ सकेंगे?"

इस पर अधेड़ उम्र का एक कहरिया तुनुककर बोला—"मैं तो पहले से ही जानता था, इसी से चौठी-भर चढ़ा आया हूँ…हूँ। अब क्या कछुए की चाल चलें हम?"

मामा ने डपटकर कहा—"खच्चर कहीं के! छोटी जात वालों की अकिल भी छोटी ही होती है। चल, जितनी तेजी से चलना हो…छोड़ दे बलचंद, दौड़ें ससुर!"

कहारों में से जो सबसे कम उमिर का था वह काफी कठमस्त और खुशमिजाज था। जरा रुखाई से उसने कहा—"तो गालियां दोगे तुम?"

बाकी कहारों ने हमारे तरफ घूरते रहकर उसके गुस्से पर और शान चढ़ा दिया।

मामा के देह पर पैर से लेकर माथे तक बुढ़ौती छाई हुई थी। बाल अच्छी तरह सफ़ेद हो चुके थे। इस वक्त वह हथेली पर खैनी मल रहे थे। ग्वाले को एक तो गुस्सा आता नहीं और कहीं आ गया तो पर्लय मच जाता है भैया! सो, मामा भी बमक उठे और छाती तानकर उस जवान कहार को उन्होंने ललकारा, आगे बढ़ते हुए बोले—"तो क्या कर लेगा हमारा?"

पहले कहार ने उस जवान को जवाब देने से रोक दिया। चुन्नी ने इधर मामा को सँभाला। बीच-बचाव करते हुए मैं बोला—"इसमें नाराजी की भला बात ही क्या थी? कैसे भी हम चलें, साँझ से पहले ही घर पहुँच जायेंगे…"

इतना कहकर कहारों की ओर नजर मारी। मामा की तरफ देखकर बोला—"ये बेचारे कहाँ तेज चल रहे हैं? अपनी असल चाल अगर ये लोग दिखावें तो आल्हा-ऊदल के घोड़े भी इनका मुकाबला नहीं कर सकेंगे।"

दोनों ओर का गुस्सा ठंडा पड़ गया। मैंने पेड़ की आड़ में मामा से अलग ले जाकर उस नौजवान कहार को समझा-बुझा दिया कि तुम लोग अपनी चाल में भी चल सकते हो लेकिन डेढ़-डेढ़ दो-दो कोस पर हमसे मिल लिया करना, बस?

इस पर उसने खुश होकर कहा था—"हाँ मालिक, कंधे पर भारी बोझ हो तो फिर फुर्ती ही फुर्ती चाहिए। वैसी हालत में तनिक भी सुस्ती कोख-करेज को खखोड़-खखोड़कर खा जाती है।"

कैसी बात कही थी उसने? थी न लाख रुपैया की बात?

आधा रास्ता पार करने पर हम घड़ी-भर के लिए खाने को रुके। सड़क के किनारे ही इनारा था। कलमी आमों का बड़ा बगीचा। पीपल का भारी पेड़। देवी का मंडिल। स्कूल का खपरैल मकान। इन्जन की सीटी सुनाई पड़ी।

हम तीनों चिउड़ा भिगो रहे थे कि फिर सीटी सुनाई पड़ी। अब की मामा ने पत्तल से हाथ उठाकर पूछा—"कौन टीसन है यह बालचंद?"

"सकुरी"—मैंने कहा। चुन्नी ने मुँह खोला—"जहाँ बैठे हो मामा, यह कौन गाँव है, जानते हो?"

अपनी अनजानपन जतलाने के लिए मामा ने मुँह बा दिया। चुन्नी ने उठकर दही परोसा। गठरी में नमक खोजते हुए वह बोला—"यह दहउरा है मामा, कई बार आया हूँ मैं इधर, बड़े मालिक की कुटमैती इस गाँव में भी है और नेहरा में भी। यहाँ के सरसुती लोग और नेहरा के चउधरी लोग मुलुक-भर में नामी हैं।"

मैंने पहला कौर निगलते हुए कहा—"मैं भी इधर से गुजरा हूँ, चुन्नी!"

"भक्, तू कब इधर आया?"—वह डपट बैठा, तो मैंने कहा—

"बाबा कुसेस्सर नाथ का दरसन करने जो जाते हैं वह किधर से जाते

हैं ?"

अब चुन्नी को कबूल करना पड़ा—"हाँ, इधर से ही कुसेस्सरधाम का रास्ता गया है ।"

हम चारों ने चूड़ा-दही खाया । कहारों ने सूखा ही चिउड़ा फाँक लिया, हम मामा के अधीन थे और वह इसके लिए कतई राजी नहीं हुए कि थोड़ा दही कहारों को भी दिया जाय ।

सवार को भी वही खिलाया गया हमारी निगाह बचाकर। वह जरा देर के लिए पालकी से निकली भी । इधर हम हुक्का गुड़गुड़ाते रहे । मामा ने हुक्का साथ ले लिया था। खैनी उन्हें इतनी प्यारी नहीं थी जितना प्यारा हुक्का था । कहते थे—बाँभनों की सोहबत से ही सुर्ती खाने की लत पड़ी, मार साली के, मुँह गंधा देती है ।

दहउरा से डोली उठी तो एकदम पंडौल चली गई । कौन, डेढ़ ही कोस तो पड़ता था। मामा भी टनमना गये थे। राज के सर्कल के नगीच सड़क के किनारे-किनारे बड़े-बड़े छायादार पेड़ थे, मामा वहीं लुद् से बैठ गये तो हमें भी बैठना पड़ा वर्ना हम जरा आगे चलकर हाट की गाछी में बैठकर सुस्ताने वाले थे ।

चुन्नी गये, मामा के लिए वहीं पानी ले आये। अब की खैनी का लम्बर था । हथेली पर तम्बाकू-चूना ठोका गया । थोड़ी देर में सुर्ती तैयार हुई तो चुन्नी और मामा ने उसे अपने-अपने होंठ तले दबाया और चल पड़े । मैं बीड़ी का भगत ठहरा, एक फूंककर आधा टुकड़ा दूसरी का भी खतम कर चुका तब उठकर बिदा हुआ। रास्ते में एक-दो बार उस जवान को भी मैंने बीड़ी दी थी, बिल्कुल स्वारथ भी किस काम का भैया ? सस्ती महंगी और खुली-तंगी तो जिनगी-भर साथ चलेगी । जीना है संग्राम बंदे, जीना है संग्राम ! सुना है न कभी ?

एक जगह सड़क बेहद खराब थी । वहाँ सवारी को डोली से उतर जाना पड़ा था। डिस्टिक बोर्ड का पुल जाने, कब से टूटा पड़ा था । उस साल की बरसात में उस जगह सड़क पर कई गड्ढे पड़ गये थे मगर अब तक मरम्मत नहीं हुई थी । वहाँ आते ही सभी को सवारी छोड़नी पड़ती । मैंने मन में ठान लिया कि राधा बाबू से कहूँगा, बोड के चेरमेन उनके

दोस्त हैं।

राम-राम करके आगे बढ़े। रइमा के पास एक जगह आम के बौरों की खुशबू का ऐसा झोंका आया कि तबीयत मस्त हो गई। माघ बीस रोज बीत चुका था। आम कें मजरने का समय आ गया था। कहते हैं आम का बौर चूस-चूसकर ही कोयल अपनी तान को तीखी बनाती है। खुशबू का वह झोंका लगा तो मामा तक अपनी लाठी टेककर खड़े हो गये। चुन्नी बोला—"साला पेड़! मानो चिढ़कर बौराया है, ऐसी मस्त खुशबू तो यार कहीं नहीं मिली थी आज तक!"

पास के मेंड़ पर एक आदमी खड़ा था। एक हाथ में दो गन्ने, दूसरे में ताजी खोंटी हुई मटर के साग की मूँड़ियाँ! वह गुनगुना रहा था:

सखि हे मजरल आमक बाग?
कुहू-कुहू चिकरए कोइलिया
झींगुर गावए फाग!
कन्त हमर परदेस बसइ छथि
बिसरि राग-अनुराग!
विधि भेल बाम, सील भेल बैरी
फूटि गेल ई भाग!
सखि है मजरल आमक बाग···

मैं समूचा गाना सुन लेना चाहता था। मगर चुन्नी से नहीं रहा गया, उसने बीच में ही टोक दिया—"खूब मंजरा है, कौन आम है बाबू?"

"कपुरिया के दो पेड़ हैं, वही अबकी बौराये हैं"—जवाब मिला।

"जभी तो"—मैं और चुन्नी साथ ही बोल पड़े।

मामा ने धीमी आवाज में कहा—"कपुरिया आम खाने में भी ऐसा ही गमकता है। बाबू, यह किसकी बगिया है?"

शकल-सूरत तो नहीं, लेकिन कपार का लाल टीका और छाती पर के सफेद धागे बता रहे थे कि वह बराहमन है। ये लोग सीदे-साधे सबद को चिबा-चिबाकर बोलते हैं। तो उसने कहा—"बाबू छत्रमणि ठाकुर की।"

मामा ने दुहरा दिया—"छतरमइन ठाकुर! बड़े अकबाली आदमी

होंगे।"

"हाँ"—वह बोला—"अपने तो ठाकुर परतापी थे ही मुदा लड़िका दोनों अबुरबान निकले..."

मैंने कहा—"छोड़िये भी मामा, डोली बहुत आगे निकल गई। पकने लगेगा तो इस आम की गुठली ले जाइयेगा, चलिए ?"

"गुठली क्यों, दो-चार गो आम ही मिल जायेंगे"—बराहमन देवता बोले—"जरूर आना, असाढ़ में...तुम लोग कौन आश्रम हो ?"

"जदुवंशी"—चलते-चलते चुन्नी के मुँह से निकला।

उधर मैया और रेबनी और टोल-पड़ोस के मर्द-मेहरारू हमारा बाट जोह रहे थे। दाल-भात, चार तरकारियाँ, बड़ी, अचार, नींबू और आँवले की चटनी...सब कुछ तैयार था। दुलहिन के लिए खीर बना था।

डोली पर गुलाबी रंग की साड़ी लपेटी हुई थी। छोकड़ों ने दूर से ही देख लिया। गाँव के बाहर पोखर के भिंडे पर रेबनी और चुन्नी की भाभी वगैरह अगवानी के लिए खड़ी हो गईं।

मुझे लाज लगी। मामा से बोला—"तुम चलो मामा, मैं दिसा-फराकत से निबट के अभी आया..."

चुन्नी ने मुस्कराकर नजर मारी। खग ही जानै खग की भाषा ! मैंने उसे इशारे से ही डाँट दिया। शरमाये को और शरमाकर क्या फायदा ! मगर ऐसे भी लोग होते हैं जिनको भिगोये पर पानी उलीचने में मजा आता है। मामा आगे बढ़े तो चुन्नी के कानों में मैंने कहा—"बड़ी लाज लग रही यरवा, क्यों तू मेरे पीछे पड़ा है हाथ धो के ?"

"ऐसे मौके पर सबका यही हाल होता है"—चुन्नी ने हँसकर कहा और अपने दाहिने हाथ से मेरे बायें गाल पर एक चपत मार दी...वह भी गाँव की ओर चला गया।

लेकिन नहीं, रिवाज के मुताबिक दुलहा और दुलहिन दोनों को एक डोली पर सवार होकर आँगन में दाखिल होना चाहिए।

मालिक की हवेली से दच्छिन बाग था, उससे दच्छिन रास्ता। पच्छिम की ओर हमारे घर थे। बाग के पास मुझे डोली पर सवार हो जाना पड़ा, वह घूँघट डाले हुए थी। उसकी हथेली पर अपनी अंगुली से गोदकर मैंने

छेड़ने की कोशिश की लेकिन वह तो जरा भी नहीं शुगबुगाई, कठुआ गई थी।

सभी उम्र की औरतें गीत गाने लगीं। मोटी और महीन, शंख-जैसी भोंपू आवाजें सब मिलके एक अजीब समाँ बाँध रही थीं।

आँगन की मुहानी पर पालकी रखी गयी और कहारों को फुर्सत मिली। देखा, तेल-बाती डालकर कछुए के खप्पर का दिया बना लिया गया है। परछन की वही चीज अब तक मुझे याद है! हम दोनों से माथे पर धान छींटकर मुँह, बांहों, छाती और घुटनों से दही छुआकर चुमावन किया गया; बस!

देर तक जनी-जात गाती रहीं। मुझे छुट्टी मिल गई थी। कुछ खाकर हम सभी सो गये, मामा शायद देर तक जागते रहे थे। कहारों के लिए चुन्नी ने अपना बथान दे दिया, पुआरा बिछाकर उन्होंने वहीं आसन जामाया। ऊपर छप्पर तो थे ही। मेहमान दोनों नई मड़इया में ठहराये गये। टिकिया, हुक्का और पीने की तम्बाकू का इन्तजाम था ही। आव-भगत का भार था चुन्नी के छोटे भाई पर। गारजियन का काम मनियर चाचा कर रहे थे! ऐसा लगता था कि समूची बिरादरी मेरे ही कामों में जुटी हुई थी। नौजवान भाई मेहमानों को चींथ रहे थे—साले, जुलाहे की औलाद हो! तुम्हारी नानी हमारे ही पड़ोस की थी···मुशहढ़ हमारे पड़ोसी हैं···

मेहमान तो गूँगा पड़ गया, साथ जो आदमी आया था वह बोला—"तभी तो आप लोगों की साँस से डोंका की बू आ रही है···"

उनका यह सब चलता रहा और इधर एक ओर खजूर की पटिया पर मैं सो गया।

जाने कितनी रात गये, रेबनी ने झकझोरकर मेरी नींद तोड़ दी। शराबी की तरह गुर्राकर मैंने उसकी कलाई पकड़ ली और कहा—"क्या है?"

"भीतर चलो भैया!"—बाँह पकड़कर उठाते हुए वह बोली—"माँ बुलाती हैं, उठो, जल्दी चलो।"

नींद का झोंका आया तो मैं फिर ढेर हो गया। रेबनी हारकर वापस

चली गई। थोड़ी देर बाद माँ आई और पीठ पर हलका चाँटा लगाकर बोली—"उठ रे बाली, उठ, भीतर चल !"

चिकोटी काटकर, कान में तिनके से सिहरन पैदा करके माँ ने आखिर मुझे उठा ही दिया। अकास में चनरमा नहीं थे। आज पंचमी थी न ? पाँच ही घड़ी अँजोरियाँ रही होगी···

"कितनी रात बीती ?"—माँ से पूछा और जँभाई ली। माँ मुझे आगे ढकेलती हुई बोली—"दो पहर रात बीत गई बेटा ! मुझे पिछली दो रातों में नींद ही नहीं आई, पलकों पर पनसेरी पड़ी है मानो; चल सो जा ! हम भी सो जायेंगे···"

घर के अन्दर ढकेल दिया मैया ने। पुआल की सेजावट पर बोरी बिछी थी। दुलहिन दुबककर एक ओर हो गई थी और सोने का बहाना किये हुए थी। फाटक ढकेलकर अन्दर से मैंने घर को बन्द कर लिया।

ढिबरी आले में जल रही थी, लौ काफी तेज थी। किरासन की भभक से दिमाग भारी हो उठा। रानी जी से इतना भी नहीं हुआ कि बाती तनिक कम कर देतीं !

फिर बेचारी पर दया आ गई—फँसाकर लाई गई चिड़िया ही तो है ! पराये घर में क्या छुए, क्या न छुए ! किससे क्या कहे, किधर कैसे देखे ! महीना-दो महीना तो बेचारी को अपना बथान पहचानने में लग जायेगा···

खुद ही मैंने ढिबरी आले से उतार ली और उसका मुँह खोला। बत्ती पर उँगली डालते ही घुप ! बुत गई साली, धत् तेरी !

जो सोने का नाटक रचे हुए थी, उससे नहीं रहा गया। खिल-खिलाकर हँस पड़ी···

ढिबरी छोड़कर मैं बिस्तरे की ओर लपका, ठिकियाकर उसे बाँहों में कस लिया तो मेरा मुँह उसकी कनपटी पर पड़ा। उतावले में फुसफुसाकर मैं बोला—तरीका तो तुमने यह अच्छा निकाला लेकिन इतने जोर से खिलखिलाना ठीक नहीं था, मैया और रेबनी क्या कहती होंगी अपने मन में ?

मुझे अँधेरे में अनुभव हुआ कि बेचारी लजाकर काठ हो गई है। चुम्मा लेते हुए मैंने कहा—खैर, कोई बात नहीं है। अच्छा, दियासलाई

कहाँ है, बताओ ?

वह उठी। सिरहाने से माचिस निकालकर चुपचाप जलाया, ढिबरी की बाती से तीली को छुआकर फिर उसे बुताकर अलग फेंक दिया···लौ को मद्धिम करके ढिबरी को आले पर रख रही थी तो देखा, चेहरा भारी हो आया था। मिट्टी से रगड़कर जब अपनी उँगलियाँ मैं साफ कर चुका तब उठकर उसे अपने पास बैठाया।

फिकिर काहे की ?— मैं बोला— अपने घर में ये दो ही परानी तो हैं, बाकी मैं हूँ और अब तुम आई हो। तुम्हारी खिलखिलाहट सुनकर माँ बड़ी खुश हुई होगी, आज उसके मन पर से चिन्ता की सिल उतर गया होगा। देखना, बुढ़िया को आज से अच्छी नींद आयेगी, रही रेबनी सो वह बड़ी सुधंग है। वह तुम्हारे इस ढीठपने का भी जिकिर नहीं करेगी।

अब उसके चेहरे की साबिक सूरत लौट आई थी। बात-बात का फरक है भैया, एक बात आदमी को रुला देती है और दूसरी बात उसे हँसा देती है। सोलह-सत्रह की उमर, मेहरारू की जात और ससुराल की पहली रात—लाज और डर का भला क्या पूछना !

मैंने कहा—"घर का नाम तो बताओ।"

फिर लजा गई। दुबारा पूछा सो आहिस्ता से बोली—"सुगनी !"

"सूगा तो तुम हो ही"—ठोढ़ी उठाकर उसके मुँह को अपने तरफ करके मैं बोला—"बड़ा अच्छा नाम है। मैं भी इसी नाम से तुम्हें पुकारूँगा।"

इनकार तौर पर उसने माथा हिलाया।

"क्यों ?"—मैंने पूछा।

कपड़े से एक खूँट को अँगूठे में लपेटती हुई बोली—"यह मेरा नइहर नहीं है, यहाँ उस नाम से बुलाओगे तो सब मुझे चिढ़ायेंगे।"

"तो अकेले में सुगनी कहके बुलाऊँगा, है न मन्जूर ?"

अबकी उसने मुस्कराते होंठों और नाचती नजरों से मंजूरी का इशारा किया।

इसी बीच कई बार जँभाई ले चुकी थी। मैंने कहा—"सो जाओ और हाँ···यह रहा तुम्हारा मुँह-बजावन···"

पाँच रुपैया अंटी से निकालकर उसके हाथ पर मैंने धर दिया। जो रस्म नइहर में नहीं पूरी हुई, वह आखिर यहाँ पूरी हुई। उस रात बाबा जोगा-दास ने भंग पिलाकर मति-गति मेरी हर ली थी। इसीलिए यह रुपया माँ ने मुझे दिया था।

बाप ने सुगनी को रजाई दी थी; हम वही ओढ़ के सो गये। बेचारी को नींद भी आ रही थी और बात-बात में लजा जाती थी सो अलग। मैंने उसे सो जाने दिया। हमारी साझी जिन्दगी का यह पहला ही मौका था। वह मुझे काफी शर्मीली और ठंडी मालूम हुई। बिना माँ के पाँच-सात साल बेचारी ने न जाने कैसे काटे थे!

सात

गौना के बाद मैंने तय किया गाँव नहीं छोड़ेंगे और दूर-दराज जाकर चाकरी भी नहीं करेंगे। तुम कहोगे, नई महरिया का मोह हो गया! हाँ, भैया, सो तो था ही। झूठ काहे कहूँ, जनानी मुझे बड़ी गुनमन्ती मिली।

जब से वह आई, कैसे बखत बीतने लगा कुछ पता नहीं चलता था। अगले बैशाख में हमने रेबनी को बिदा कर दिया, माँ को कचोट जरूर हुआ मगर रास्ता भी तो दूसरा नहीं था। आदमी मेरी बहन को भी अच्छा ही मिला था। वह पटना के एक होटल में काम करता था। पुरानी और बढ़िया नोकरी थी। खा-पीकर पाँच रुपैया महीना ऊपर पाता था, रेबनी बहुत रोई थी, माँ भी। धन्नो चाची ने समझाया—जभी लड़की होकर पैदा हुई तभी न पराये करम के साथ तेरी नसीब जुड़ गई! कै रोज नइहर रहेगी?

सुगनी माँ को इतना आराम पहुँचाने लगी कि कुछ मत पूछो। घर के अन्दर का कोई काम वह बुढ़िया को नहीं करने देती थी। दुपहरिया में खाने

के बाद और रात को सोते बखत सुगनी मलसी में तेल लेकर अम्मा के पायताने बैठ जाती, लगती गोड़-डाँड़ चाँपने। कुआँ पर जाकर नहला देती थी। राख-गोबर खेत में डालना होता तो खुद ही डाल आती। माँ का काम था—मलिकाइन के यहाँ जाकर छोटा-मोटा काम कर देना, दुकान से सौदा-सुलुफ कर लाना, खेत से साग-छीमी तोड़ लाना, मुझे मजूरी करते बखत कलेवा पहुँचा आना।

वह भी सुगनी को बहुत मानने लगी। पैसा-कौड़ी खुद नहीं रखती थी। मलिकाइन के यहाँ खाने-पीने की कोई निम्मन चीज-बस्त हाथ लगती तो अकेले कभी नहीं खाती। कनिआ (बहू) बखत पर खाय, बखत पर सोए, मैया को इसका भारी ध्यान रहता।

अपने खेतों में हम सभी काम करने जाते थे। पहले कुछ दिनों तक माँ ने सुगनी को खेत में नहीं जाने दिया, पीछे मगर वह मान गई। गरीबों के यहाँ भैया यह सब चोंचले-नखरे नहीं चलते। बहू हो चाहे बेटी, खेत में काम करने जाना पड़ेगा, पानी भरना होगा; माल-मवेशी चराने होंगे। सिंगार-पटार में बर्बाद करने लायक बखत गरीब घर की जनानी को कहाँ से मिलेगा भैया? बड़ी जात वाले चाहे कितना ही गरीब हों, उनके घर की औरतें रोजी-धंधा के कामों में मर्दों का हाथ नहीं बटा सकतीं। उनके यहाँ औरतें निकम्मी-निठल्ली बैठी रहती हैं। जितना ही बड़ा खानदान होगा, औरतों में उतना जास्ती निठल्लापन पाओगे। हमारी औरतें मेहनत-मजूरी का दाना खाती हैं। अपनी माँ-बहनों और बहू-बेटियों के हाथ-पैर हमारे यहाँ सिरिफ छूने-मसलने या नाचने-थिरकने का सामान नहीं हुआ करते; हमारी जिन्दगी का सहारा हैं वे हाथ-पैर। क्या मैं झूठ कहता हूँ भाई?

रेबनी ससुराल रहने लगी तो अपनी तीनों बकरियाँ मैंने बेच डालीं, दस रुपये मिले। चरवाहा न हो तो जान की बवाल हो जाती है माल-मवेशी। बकरी तो साली और भी परेशान कर देती हैं। मझले मालिक की गालियाँ सुननी पड़ी थीं एक बार—अब कौन रेबनी थी जो उन पर नजर रखती? दो बकरे थे, सो भुइयाँ महाराज को बलि चढ़े। मनौती थी।

उस साल रबी की फसल भी खूब हुई थी। आम भी अच्छे फले थे।

बल्ली बाबू कई बगीचों के मालिक थे। उनसे एक छोटे बाग की रखवाली का काम मुझे मिल गया। दिन को मैया भी अगोरती, रात को मगर मुझे ही वहाँ मचान पर सोना पड़ता। पचीस-तीस पेड़ थे, उनमें खट्टे दो ही तीन रहे होंगे, बाकी सभी पेड़ों के आम बड़े मीठे, रसदार और गूदादार निकले। हमने खाया भी खूब, बेचा भी काफी। मैया ने अमावट भी खूब डाला। तिहाई हिस्सा मिलता था। पाँच हजार से कम आम हमारे हिस्से नहीं पड़े होंगे, दो हिस्से मालिक के हुए। रात को लगभग एक महीना मैं बाग में ही सोया। आस-पास बाग थे जिनमें मेरी ही तरह पचीसों रखवाले रात-दिन मौजूद रहते थे। सुगनी का मन कभी-कभी ऊबता था लेकिन थी तो आखिर कमाऊ जनानी। दिन-भर डट के काम करती और रात-भर तान के सोती। एक रात मैंने रामखेलावन को अपने बदले बाग में रख दिया, खुद आकर घर में सोया।

दोनों परानी मिलकर उस बार हमने अपने खेत में मड़ुआ भी ढ़ाई-तीन मन उपजा लिया।

धान रोपने का मौसम आया। मैं दो मजूरों का काम करने लगा। याने दो मजूर जितना काम करते उतना मैं अकेले कर लिया करता था। आठ सेर धान मजूरी मिलती थी, एक आदमी का खाना भी घर आता था। चालीस रोज में मैंने अस्सी मजदूरों का काम किया। माँ मना करती ही रह गई—अरे, बीमार पड़ेगा ! काहे इतना खटता है बेटा ?

जवाब में मैं तनिक हँस देता और बीड़ी टानता हुआ आँगन से निकल जाता।

भादों, आसिन, कातिक और आधा अगहन—साढ़े तीन महीने वहाँ कोई काम नहीं रहता। इन दिनों कोई पूरब निकल जाता, सिलीगुड़ी, दिनाजपुर, ढाका की ओर। कोई कलकत्ते के तरफ चला जाता, कोई घर पर ही बैठा रहता—ऐसे लोग मोथी की चटाई बुनते, सन-साबे या मूंज की डोरी बाँटते या फिर मछली फँसाने के लिए टापी, गाँजा वगैरह तैयार करते हैं।

लेकिन मैं कहीं नहीं जाता। बीड़ी पीता रहता और बाघगोटी खेला-करता। ईमानदार और मजबूत काठी का था, इसी से महीना पीछू पाँच

सात मजूरियाँ भी मुझे मिल ही जातीं। मेरी शोहरत थी कि बलचनमा खूब मन लगाकर काम करता है। एक मजूरी में वह सवा मजूर की मेहनत करता है। कितने ही लोग ताना मारते थे—गधा है, अकिल छू नहीं गया! उस जनम में तेली का बैल रहा होगा! अच्छा भाई, मैं बैल ही सही, गधा ही सही! बेइमान तो नहीं हूँ, काम चोर तो नहीं हूँ, कोढ़ी तो नहीं हूँ··· असल बात यह थी भैया कि काम करते बखत मैं किसी भी किसिम की विचिर-फिचिर या ढिलाई का कायल नहीं था। जिस मुस्तैदी से अपना काम करता उसी मुस्तैदी से दूसरे का भी।

दूसरी ओर मजूरी में अगर कोई खराब अनाज देता तो फौरन मैं उसे वापस कर आता। गाली मुझे बिल्कुल बर्दास्त नहीं होती। झूठ-मूठ की जी-हजूरी मेरे लिए जहर-माहुर था···

लेकिन कभी-कभी झुकना भी पड़ता ही है। अभी वह जमाना कहाँ आया है कि खाली ईमानदारी से सारा काम निकल आये। चालाक और चाँई लोगों की चालबाजियों से बचने के लिए चौकस रहना जरूरी हो जाता है भैया!

भात-रोटी-चबेना···निर्बाह एक तरह से हो ही रहा था। माँ भी खुश थी, सुगनी भी मस्त रहती थी और मैं भी मगन रहता।

इस तरह हमारी गिरस्ती के तीन साल कटे। बीच में एक दफे बाढ़ आई। लेकिन फसिल को नुकसान नहीं पहुँचा। भूचाल आई, गाँधी महतमा आये और राधा बाबू सोसलिस्ट हो गये। मेरे लिए यह तीनों बातें नई थीं। भूचाल बड़े जोर की आई थी। माघ का महीना था, अढ़ाई पहर दिन बीतने पर गड़गड़ाहट सुनाई पड़ी। मैं चुन्नी की बैठक में लेटा हुआ था कि एकाएक छप्पर मचमचा उठे, भीत समेत दालान हिलने लगी। चुन्नी भी लेटा हुआ था। हम दोनों बातचीत कर रहे थे। दालान के हिलने का अंदाज मुझे तो बिल्कुल ही नहीं हुआ लेकिन चुन्नी 'बाप-बाप' करता हुआ उठ खड़ा हुआ। उधर बड़े-बूढ़े मनियार चाचा धूप सेंक रहे थे, वह भी चिल्लाकर आँगन की ओर भागे।

"क्या है जी?"—मैंने उठकर चुन्नी से पूछा तो वह मुँह बनाकर बोला, "क्या है! क्या है! देखता नहीं है? धरती डोल रही है, बाहर

निकल बेवकूफ कहीं के।"

बैठक से कूदकर हम बाहर आ गये। चुन्नी अपने घर की ओर दौड़ा और मैं अपने घर की ओर।

सुगनी अन्दर सोई हुई थी, माँ ने उसे जगाकर बाहर निकाल लिया था। पन्द्रह-बीस मिनट के लगभग धरती उसी तरह डोलती रही। हाथी पर चढ़े हो कभी ? नहीं ? अरे, रेलगाड़ी पर तो खूब चढ़े हो न ? सोनपुर जो रेलगाड़ी पहलेजाघाट तक जाती है वह किस तरह हिलती-डोलती चलती है ? बस, वही समझ लो ! उससे कुछ अधिक ही भैया।

माँ और सुगनी की ओर से निफिकिर होकर मैं फिर मनियार चाचा के मकान के तरफ दौड़ा। उनके दो घर भीतों वाले थे, दो जगह भीतों में हल्की दरारें पड़ गईं। बरेरी तनिक अलग हो गई थी एक भीत के माथे पर से। बस, मनियार चाचा का इतना ही नोकसान हुआ था।

खैर, भगवान मालिक हैं सबके !—मेरे मुँह से निकला कि उधर से रामखेलावन का छोटा भाई सुबधा दौड़ा आया। हाँफते-हाँफते वह बोला—"बालो भाई, मँझले मालिक का इनारा पानी फेंक रहा है, बलुआ पानी ! और मालिकों के कई मकान गिर पड़े हैं, शायद कोई दब भी गया है..."

मैं और चुन्नी दौड़े मालिकों की हवेलियों की तरफ। पहले बड़ी तरफ गये। वहाँ हाहाकार मची हुई थी। डिप्टी साहब की नई-नबेली औरत दुतल्ले के नीचे सो रही थी। उसी साल गौना हुआ था। नींद टूटी तो बाहर जयमंगला के मामा की आहट सुनकर अन्दर ही रह गई। ईंट की पुरानी दीवाल भहराकर गिरी सो बेचारी दब मरी। लोग अब मलवा हटा रहे थे। थोड़ी ही देर में उसके अचेतन देह को बाहर निकाला गया और तुलसी-चबूतरे के नगीच उत्तर सिरहाने लाश लेटा दी गई। जयमँगला और उसकी माँ गला फाड़-फाड़कर और छाती पीट-पीटकर रोने लगीं, बाकी लोग बुत बने खड़े रहे।

महपूरा के खान बहादुर का भी मकान गिर पड़ा था। बल्ली बाबू का भोटिया घोड़ा दब गया। गोसाईं पोखर के उत्तर थोड़ी दूर हटकर जो मैदान है उसमें भारी दरार पड़ गई, उसमें तीरी अमात की बछिया धँस के दब

मरी थी।

हमारे जबार में लोगों का काफी हर्जा हुआ। दस कोस पच्छिम, सीतामढ़ी के तरफ तो मानो पर्लय मच गया। सैकड़ों जान-माल बर्बाद हुए, पक्के मकानों की बस्तियाँ पहपट पड़ गईं। सरकारी बँगले, पोस्टाफिस, थाना, कचहरी, जहल, असपताल, इसकूल बेकार हो गये। सड़कें फट गईं, जगह-जगह पानी और बालू पट गया। रेलवी लैन अलग-अलग, किसी काम की न रही। तार के खंभे झूलने लगे। दस-पंद्रह रोज के लिए सरकार की मानो नाड़ी ही डूब गई! जो जहाँ था सो वहीं कैद हो रहा। देवी-देवता के मंडिल तक नहीं साबित बचे भैया! और क्या बताऊँ? इधर सीतामढ़ी और उधर मुंगेर—इन्हीं जगहों पर जास्ती धक्का पड़ा?

पीछे सरकार भी सँभलकर खड़ी हुई, लीडर लोग भी दौड़े। रजिंदर बाबू की रिहाई हुई। जवाहरलाल तक भोलंटियर बनके सीतामढ़ी आ धमके। बम्बई के सेठों ने खैराती होटल खोल दिये आकर। कांग्रेस ने चन्दे के लिए अपील निकाली तो तीस-चालीस लाख रुपैया इकट्ठा हो गया।

पीने के पानी का सवाद सैकड़ों जगह बिगड़ गया था। अजीब बदबू आती थी। होंठों से पहले साली नाक ही जवाब दे देती! जंगली गड्ढों में भर चौमासा घास-फूस, डंठल-टहनी, लत्ती-पत्ती जाने क्या-क्या सड़ती रहती हैं, उनके करीब से गुजरोगे तो नाक मूँद लेना होगा···जूट और सन के पौधों को पानी में डाल देते हैं, कुछ दिनों बाद निकालते हैं तो वहाँ भी बड़ी बिकट बदबू उठती है···भूचाल ने जिन कुओं को खराब कर दिया उनका भी पानी कुछ वैसा ही गन्धाता था। हाय-हाय मच गई! सबसे जरूरी काम कुआँ सुखाना हो गया।

कांग्रेस ने रिलीफ फण्ड खोला। उसकी तरफ से कुएँ खुदवाने के लिए लाखों की रकम बाँटी गई। हमारे इलाके में रकम बाँटने का काम फूल बाबू के हाथों से हुआ। इधर के गाँवों के लिए उन्हीं को अफसर बनाकर भेजा गया था। रामपुर भारी और नामवर गाँव ठहरा। बाल-बच्चा, औरत-मर्द, धनी-गरीब कुल मिलाकर दो हजार आदमी बसते थे। लेकिन भुँइकम्प से इस बस्ती का एक भी कुआँ खराब नहीं हुआ था कुल बीस कुएँ थे। चमारों और मुसलमानों के कुएँ अलग थे ही। सुना कि रिपोट माँगी गई

थी, छोटे मालिक और बल्ली बाबू ने मुंशी बिपिनबिहारी लाल दास से राय-बात करके जिला कांग्रेस कमेटी को लिख दिया था : चार कुएँ खराब हो गये हैं और बीस-एक परिवार ऐसे भी होंगे जिन्हें थोड़ी बहुत मदद मिलनी चाहिए, क्योंकि अपने गिरे-पड़े मकानों को फिर खड़े करने की ताकत बेचारों में नहीं है···

फूल बाबू मधुबनी से टमटम पर आये, सीधे जाकर अपने फूफा के घर उतरे। बता ही चुका हूँ, हमारे छोटे मालिक उनके फूफा लगते थे।

एक ही रोज वह हमारी बस्ती में रहे थे। मैं जान-बूझकर उनसे नहीं मिला। मालिकों के यहाँ और बभनटोली में एक चक्कर लगाया था उन्होंने, साथ में दो भोलंटियर रहे।

जानते हो, उस रोज से फूल बाबू हमारी बस्ती में क्या कुछ कर आये थे?

रिलीफ फण्ड की ओर से भगवान जाने कितनी रकम इस गाँव के लिए उन्हें मिली थी। लेकिन कुछ दिनों बाद मुँशी जी के लड़के से जो मुझे मालूम हुआ वही तुम्हें बता देता हूँ। इससे तुम्हें इतना अन्दाज जरूर होगा कि लाखों की वह रकम लोगों में किस तरह बँटी होगी। लो सुन लो भैया :

1.	बबुअन पाठक	के नाम पर	60)	की रकम लिखी थी	30)	मिले
2.	दामो ठाकुर	,,	40)	,,	20)	,,
3.	मोसम्मात जानकी	,,	30)	,,	15)	,,
4.	तारानंद झा	,,	30)	,,	15)	,,
5.	खोंखाई मिसर	,,	25)	,,	10)	,,
6.	चतुरानन चौधरी	,,	40)	,,	20)	,,
7.	पचकौड़ी झा	,,	25)	,,	10)	,,
8.	जैबल्लभ मल्लिक	,,	25)	,,	10)	,,
9.	बंभोले झा	,,	25)	,,	10)	,,
10.	बचवे मिसर	,,	25)	,,	10)	,,
11.	मनियार गोप	,,	25)	,,	8)	,,
12.	छकौड़ी गोप	,,	25)	,,	8)	,,

13. कपिसेलर मंड़ड़	,,	25)	,,	8) ,,
14. तीमी अमात	,,	20)	,,	6) ,,
15. कल्लर केवल	,,	20)	,,	6) ,,
16. मोसम्मात कुंती	,,	15)	,,	3) ,,
17. बुद्धू चमार	,,	15)	,,	3) ,,
18. शेख अब्दुल	,,	25)	,,	8) ,,
19. करीमबख्श	,,	15)	,,	3) ,,
20. मोसम्मात हमीदा	,,	15)	,,	3) ,,

समझा भैया, बीस आदमियों के नाम सवा पाँच सौ रुपये की खैरात लिखी गई लेकिन इन लोगों को मिले सिरिफ दो सौ छः रुपये ! कुएँ सुधारने के नाम पर एक हजार रुपैया मिला। एक-एक को अलग-अलग बुलाकर बल्ली बाबू और दास जी ने रुपये बाँटे। लोगों ने अकासी आमदनी समझकर दसखत कर दिया, अँगूठे की छाप दे दी। जिसका जैसा मुँह, जिसकी जैसी अवाज, उसको उतनी ही रकम मिली। हमारे मनियार चाचा ने चुपचाप ली थी, चुन्नी खैराती रकम लेने के खिलाफ अपनी राय परगट कर चुका था। मालिक मेरी माँ को भी पाँच रुपये देना चाहते थे, पूछने आई तो मैंने उसे डाँट दिया। मोसम्मात कुन्ती जुगल कामति की विधवा औरत थी, उसे भी खैरात मिली थी। पूछने पर बोली—"बबुआ बालो, भुइकंप यह क्या हुआ, बड़े लोगों के लिए आमदनी का एगो अउर रास्ता निकल आया···"

हँसिया था हाथ में, घास काटने जा रही थी। नगीच आकर मेरे कान की तरफ मुँह करके वह फुसफुसाई—"ये लोग जुलुम करते हैं बेटा, देते हैं दो और कागज पर चढ़ाते है दस ! इमान-धरम इनका सब डूब गया, तेल जरे तेली का और फटे मशालची का ! छोटे मालिक का सरबेटा आया था असफर बनके खैरात बाँटने। हो न हो; हजार-पाँच सौ उसने जरूर मार लिया होगा···पता लगाना बेटा; मेरे नाम के रुपैया चढ़ा है ?"

"चाची, तुमको मिला कितना ?"

हलके हाथ से छाती ठोंक के कुन्ती बोली—"हाथ गोसइयाँ तीन ही तो मिले हैं !"

मुझे तब तक कोई खास बात खैरात के बारे में कहाँ मालूम हो सकी थी ! सिर हिलाता हुआ मैं उस अनाथ औरत की ओर आँखें फाड़-फाड़ कर देखने लगा । छन-भर बाद बोला—"जाने दो चाची, क्या होगा अब पता लगाकर ? राकस के पेट में जो गया सो गया ।"

फूल बाबू पर इसके बाद मुझे और असर्धा हो गई । कांग्रेस के बारे में सोचने लगा कि स्वराज मिलने पर बाबू-भैया लोग आपस में ही दही-मछली बाँट लेंगे, जो लोग आज मालिक बने बैठे हैं आगे भी तर माल वही उड़ावेंगे । हम लोगों के हिस्से सीठी ही सीठी पड़ेंगी ।

राधा बाबू पर सर्धा बढ़ गई, क्योंकि वह सोसलिस्ट हो गये थे । बरहमपूरा जाकर मैं चार रोज उनके साथ इस बीच भी रह आया था । उतने बड़े लीडर से बातचीत तो भला मैं क्या करता, मगर देखा कि अब वह धोती-कमीज पहननें लगे थे, दाढ़ी तीसरे दिन बनाने लगे थे । सुना कि आसरम छोड़कर शहर में डेरा जमावेंगे । रूपलाल कुछ समझदार था, अब वही राधा बाबू के साथ रहता । उससे मालूम हुआ कि कांग्रेस के अन्दर ही इन लोगों का एक अलग दल बन गया है । इस दल में बूढ़े लीडर नहीं हैं, सभी जवान हैं । गाँधी महतमा से किस बात में सोसलिस्टों का मेल नहीं खाता है अँग्रेज राज न कांग्रेस चाहती है, न सोसलिस्ट ही चाहते हैं । लेकिन गाँधी महतमा कल-कारखाना के खिलाफ हैं । वह इसके भी खिलाफ हैं कि सेठों-जमींदारों-राजाओं-महाराजों से जमीन-जायदाद और धन-सम्पदा छीनकर उसे लोगों में बाँट दिया जाय । बूँद-भर भी लोहू नहीं बहाना चाहिए । मार खाना ठीक, मारना ठीक नहीं । लबकर-दबकर अपनी बात मनवाना चाहिए । सचाई पर रहोगे और अपनी माँग पर अड़े रहोगे तो एक दिन जालिम का भी दिल जरूर पसीजेगा…गाँधी महतमा नोकसान किसी का नहीं चाहते, न गरीब का और न अमीर का । वह अँग्रेज से भी कड़ाई का बर्ताव नहीं रखते । उनका कहना है कि एक न एक दिन अंग्रेजों की मति फिर जायेगी तब वे आप यह मुलुक छोड़कर चल देंगे उनको जास्ती परेशान मत करो !

इस पर भैया, सोसलिस्टों का क्या कहना था ? उनका कहना यही था कि दो-चार साधू-महात्मा के गिड़गिड़ाने से अँग्रेजों का दिल नहीं बदलेगा ।

समूची जनता आपस के भेद-भाव भुलाकर उठ खड़ी होगी, तभी अँग्रेज भागेगा। समूची जनता कैसे आपस का भेद-भाव भूलेगी, कैसे एक होगी ? लोगों को जब विसवास हो जायेगा कि जमींदार-महाजन की फाजिल धन-सम्पदा उन्हीं में बँट जायेगी, रोजी-रोटी का सवाल हल होगा, बच्चों की पढ़ाई-लिखाई···बुढ़ापे की बेफिक्री···खान-पान और रहन-सहन का ठौर-ठिकाना···दवा-दारू, पथ-पानी का इन्तजाम···यह सब सभी के लिए सुलभ होगा, दरभंगा के महराज हों चाहे पटना के लाट साहब—मुफत का खाना किसी को नहीं मिलेगा···सब काम करेगा, सब दाम पावेगा··· लूल-अपंग, बूढ़-बेकार सबकी जिम्मेदारी सरकार को उठानी पड़ेगी, पैसे के बल पर कोई किसी को बँधुआ गुलाम नहीं बना सकेगा।

मैं बोला— ठीक तो कहते हैं सोसलिस्ट भाई, जिसका हर-फार उसकी धरती ! जिसकी हुनर और जिसका हाथ उसी का कल-कारखाना !

रूपलाल—हाँ बालचन्द, कमाने वाला खायेगा···इसके चलते जो कुछ हो !

सोसलिस्टों के बारे में उस रोज जितना कुछ मुझे मालूम हुआ, अभी उतने से ही मेरा दिल उछलने लगा। भैया ! कहो न कैसी अच्छी बात थी ? फूल बाबू पटना में एक बार नमक बनाते बखत खूब पिटाये थे, तब भी गाँधी महतमा के पंथ की वह बात मेरी समझ में नहीं आई थी। इस तरह तो तुम पिटाते-पिटाते बेदम हो जाओगे, एक भी काम नहीं होगा।

राधा बाबू की रहन-सहन, बात-विचार में यह जो फेर-फार हुआ इससे उनकी स्त्री भी तिरपित मालूम हुई। घर आने लगा तो बाबू ने कहा—"क्या करता रहता है गाँव में बैठकर ?"

बायें हाथ की उँगलियों से मेरे दाहिने कान को वह हौले-हौले मसलने लगे। मैं सकुचाकर खड़ा हो गया। छन-भर बाद वह फिर बोले—"दो महीने बाद मैं महपूरा आने वाला हूँ, खबर कर दूँ तो जरूर मिलना।"

इशारे से मैंने 'हाँ' कहा और चला आया।

उसी महीने में गाँधी महतमा की अवाई हुई। मैं, चुन्नी और राम-खेलावन उनका दरसन करने मधुबनी पहुँचे थे। भारी मेला जुट गया।

पचास हजार लोग आये थे महतमा को देखने। फूल-फल, केला, अररनेबा हाथ का कता हुआ सूत, खुशबूदार धान की बालियों के गुच्छे, लौकी, बैंगन···चढ़ाने के लिए न जाने कितनी किसिम की चीज-बस्त लोग ले आये थे। खद्दर-भंडार के पास वाले मैदान में ऊँची जगह बनाई गई थी, उसी पर गाँधी जी बैठे हुए थे। हम सीसम के पेड़ पर चढ़े तभी उनको भर आँख देख पाये। रमखेलौना पेड़ पर चढ़ना नहीं जानता, वह यों ही उचक-उचक के अपने आप खीझता रहा, साथ ही कोसता भी। मगर इसमें हमारा क्या कसूर था? पल्थी लगाये बैठे थे महतमा, उनकी बोली हमारे कानों तक नहीं पहुँच रही थी। हाँ, दाहिना हाथ उठा-उठाकर बार-बार कुछ समझा रहे थे, यह साफ लौक रहा था।

घर लौटते-लौटते रात हो गई थी। माँ खा-पीकर सो चुकी थी, सुगनी मेरा बाट जोह रही थी। ऐसा ही होता था। लाख समझाने-बुझाने पर भी उसे मैं इस बात के लिए राजी कहाँ कर सका कि खाने-पीने में मेरा इन्तिजार न करे। जड़ काला तो वह था ही, भात ठिठुरकर चावल के दाने हो गये!

खा-पीकर निचेन हुआ तो सुगनी को थोड़ा गाँधी महतमा के बारे में समझा दिया। जोरू न ठहरी! कौड़ी-भर भी नई बात मालूम हो उसमें से जरा-सी खोंटकर बेचारी के कान में जरूर डाल देनी चाहिए, क्या राय है तुम्हारी?

अगले बैसाख में छोटी मलिकाइन के लड़के का जनेऊ हुआ। काफी भोज-भात, खूब रमन-चमन। मैंने और कल्लर ने मिलकर आम का एक पेड़ काटा, उसके दो तने थे। फाड़कर हमने चैलियों का ढेर लगा दिया। बीस-पचीस मन से कम का तो वह क्या रहा होगा? मालिक का घराना था, काज-परोजन के दिन थे! मालिक ने मुझसे अकेले में माफी माँग ली थी। उस साल मेरी बहन के साथ वैसा सलूक करके उन्होंने हमारे मन को हमेशा के लिए फाड़ दिया था, किस मुँह से उस शख्स ने फिर मुझसे माफी माँगी। मैं तो भैया दंग रह गया! मलिकाइन पर मुझे उतना गुस्सा कभी नहीं आया जितना इस पतीत पर···उपनैन के रोज मुझे गुलाबी रंग में रंगी हुई दो धोतियाँ मिलीं मलिकाइन के हाथों से, माँ को बारह हाथ की साड़ी मिली।

सोलह ठो तो छागर ही बलि चढ़े थे, चार खस्सी पीटे गये थे। चार रोज तक हवेली मसुआइन महकती रही। भगवती की पिंडी के सामने देवाल पर खून के फब्बारों की निशानी हवेली के अन्दर तक तुम अब भी देखोगे। हमारे तिरहुतिया बराहमन, औकात रही तो, लड़के का जनेऊ बड़ी धूम से करते हैं। ढोल-ढाक, रशनचौकी नटूआ-रंडी का नाच, कीर्तन, थिएटर, भेड़ों की लड़ाई-जैसा पंडितों का सासतरार्थ···क्या नहीं होता ? सब होता है भैया ! तमाम रिश्तेदार बुलाये जाते हैं, नाते की औरतों का भी लिआ-वन होता है। गाँव की और कभी-कभी पड़ोसी गाँवों की बिरादरी को जिवाया जाता है। छोटी जात वालों की तकदीर में उनका जूठन और बचा हुआ या बासी ही पड़ता है। यहाँ भी वही हुआ भैया !

फूल बाबू अब भारी लीडर हो गये थे, साइकिल से आये, मंड़वा पर थोड़ी देर बैठकर जनेउआ का रसम-रेवाज देखते रहे और उठे तो घेर-घेर के मलिकाइन ने नाश्ता कराया। फिर वह फौरन चल पड़े। उनकी माँ का लिआवन हुआ था; वह पाँच-छः रोज रही थीं।

कुछ और खेत मैंने बटाई पर ले लिया। फूदन मिसर की विधवा जानकी ने अपनी उपजाऊ जमीन का एक टुकड़ा मुझे बटाई पर दे दिया। यह चार कट्ठा था। जबसे मिसिर मरे तभी से छकोड़ी चाचा इस खेत को उपजाता आया था। सूखा हो चाहे महीनों मेघ बरसे, यह जमीन कभी धोखा नहीं देती थी। फी कट्ठा मन-भर धान तो होता ही, समय-साल अगर अच्छा हुआ तो फिर पूछो ही मत। फिर तो आठ मन से कम उपजता ही नहीं। मगर पिछले दो-तीन वर्षों से यह छकौड़ी चाचा से सँभल नहीं रहा था। दो जवान लड़के बंगाल में नौकरी पर थे, काम चलाने लायक रुपैया भेजते रहते। अपनी उमर सत्तर पार कर आई थी। बेचारे ने कई बार बाट-घाट पर राह छेककर मुझसे जब कहा तो मैं राजी हो गया। बात यह थी कि मेरा बाप गाढ़े बखत पर छकौड़ी के काम आया था। गाय बँधी थी। सावन का महीना रात का वक्त। करैत आकर बेचारी को डस गया। जहर रग-रग में फैलने लगा, गाय रँभा-रँभा उठती थी। छकौड़ी ताड़ी पीकर उस रोज बेहोश पड़ा था। औरत बाल-बच्चे लेकर नइहर गई हुई थी, माँ के सराध में···सुबह होते-होते अभागी जीव के प्रान डूब

गये, छकौड़ी को गोबध का परासचित लगा—वही पण्डित बबुअन झा ने पचास रुपये लिए तब जाकर पतिया लिखा था। सिमरिया घाट जाना पड़ा, मय चोटी के बाल काटने पड़े, बालू-गोबर निगलना पड़ा, दान-दच्छिना करनी पड़ी। घर लौटकर सतनरायन भगवान की कथा सुनी। बिरादरी को और समाज को तब जाकर छकौड़ी का छुआ हुआ पान-पर्साद गरहाज हुआ! और भैया, मेरा बाप ऐन मौके पर सौ ठो रुपया नहीं दिये होता तो छकौड़ी चाचा रामपुर छोड़-छाड़ के भाग गये होते। बाबू मेरा ढाका से दो साल पर आया हुआ था। छकौड़ी आकर उसके पैरों पर गिर पड़ा और रोता हुआ बोला— लालचन, जो चाहे सो लिखवा लेना लेकिन 'ना' मत करो, भीत से टकराकर कपार फोड़ लूँगा और मर जाऊँगा तेरे ही सामने। चल के इस पाप से मेरा उद्धार कर दे लालो!" बाबू चुपचाप भीतर आया, सौ ठो रुपैया लेकर उसके हाथ पर धर दिया—दादी के मुँह से यह सब मैंने सुना था। सो, छकौड़ी ने अब उसी उपकार का बदला चुकाकर अपने सिर को हलका कर लिया। यों वह कर्जा उसने मेरे बाबू के जीते जी ही चुका दिया था।

पाँच कट्ठा खेत दामो ठाकुर के मेरे पास यों ही आ गये। बटाई भी लोग उसी खेतिहार को देना पसन्द करते हैं जो मेहनती और ईमानदार हो। ठाकुर गाँव में अब साल-पीछे छः महीना भी नहीं रहते। घरवाली नइहर गई थी, वहाँ हैजा फैला तो उसी की लपेट में आ गई बेचारी। दस साल की एक लड़की थी, उसे कहाँ-कहाँ लिए फिरते? हारकर उसको भी ननिहाल में छोड़ आये। जमीन-जाल मामूली ही था। यही पाँच कट्ठा-भिट्ठा खेत, घर आँगन, बाड़ी-बंसवार, कलकतिया के छः-सात पेड़, बस। लोग कहते हैं, ठाकुर दारू भी पीते थे। मैंने नहीं देखा कभी, हाँ, भंग वे जरूर पीते रहे। एक बार क्या, दिन में दो-दो बार!

नहाते वखत, जँभाई लेते बखत, भेंट-मुलाकात के बखत, अहल-भोरे नींद टूटते बखत उनके मुँह से 'तारा-तारा जगदम्बा, जगत्तारिणी, माँ-माँ' यही निकला करता था।

मुझ पर खूब खुश थे। पीछे चलकर अपने घर-आँगन की निगरानी का भार मुझको सौंप दिया। बाहर से आते तो मेरे लिए कमीज-कुर्ता या

बनियान जरूर लाते। एक बार मैंने कहा—"यह क्या देते हैं मालिक, धोती दीजिए !"

पहनी हुई को छूकर बोले—"गाढ़े रंग की यह तो तुझे पसन्द आवेगी नहीं तो फिर सादी निकालकर रखूँगा, ले लेना कल।"

अगले दिन फस्ट किलास की एक धोती ठाकुर ने दी तो मेरी बाछें खिल गईं, मन-ही-मन बोला—एँ, ऐसी बढ़िया धोती पहन के तू निकलेगा !

उन्होंने मुझे छूट दे रखी थी—चाहे जितने बाँस काट लेना मुदा अपने ही मतलब के, न दूसरों के लिए और न बेचने के लिए। मैं भी साल भर में मुश्किल से चार-पाँच से जास्ती बाँस काटता रहा होऊँगा।

उपज का अपना हिस्सा वह नगदी ही लेना पसन्द करते थे।

राधा बाबू की खबर लेकर एक रोज महपूरा से एक बूढ़ा पासी आया तो मैं वहाँ गया। उस बस्ती के डॉक्टर रहमान इलाके-भर में मशहूर थे। कांग्रेस की तरफ से जेल भी हो आये थे। राधा बाबू उन्हीं के यहाँ ठहरे थे।

जमींदार खानबहादुर सादुल्ला खाँ थे। रैयत हिन्दू-मुसलाम, सभी जात की थी। आठ-दस मौजे की मालगुजारी आती थी। वह खुद ढाई-तीन सौ बीघा ही रखे हुए थे, बाकी हजारों बीघा जमीन मनखप लगी हुई थी। मनखप समझा भैया ? नहीं ? अरे भाई, उपज का सोलहवाँ-बीसवाँ या दसवाँ हिस्सा मालिक वसूल करता है, जिन्सी लगान के तौर पर; एक मन बीघा, दो मन बीघा या तीन मन···उतना अनाज या उतने ही रकम जाकर मालिक के यहाँ जमा कर दो।

महपूरा के छोटी औकात के तीन सौ खेतिहर खानबहादुर की हजार बीघा जमीन पुश्त-दर-पुश्त से मनहुंडा जोतते आये थे। अब कांग्रेसी अमल आने वाला था। तरह-तरह की अफवाहें फैल रही थीं। खानबहादुर पहले से ही चौकस हो गये। वह इस कोशिश में लगे कि एक की जोत का खेत दूसरे के नाम बन्दोबस्त होता चला जाय। गुपचुप चार-छः बन्दोबस्तियाँ हो भी चुकी थीं।

खेतिहरों में कुनमुनाहट आई। उनके तरफ से डॉक्टर रहमान जिला

के कांग्रेसी लीडरों के पास पहुँचे। लेकिन महतमा जी के चेला लोग उलटे रहमान साहब को ही सांती और संतोख का शर्बत पिलाकर चुप बैठे रहे। मगर खानबहादुर नहीं बैठे रहे, भीतर-ही-भीतर जमींदारी दाव-पेंच उनका बढ़ता ही गया। गरीब किसानों की यह जमीन अपने-अपने नाम चुपचाप लिखा कौन रहे थे? बड़े-मझले किसान जो अक्सर हमारे तरफ के बराह-मन, भुंइहार, शेख और सूंडी-महाजन होते हैं—यही हड़पना चाहते थे गरीबों के मुट्ठी-दो मुट्ठी भात को। डॉक्टर रहमान कब तक बैठे रहते, गरीब लोग उन्हें कैसे बैठने देते? राधा बाबू के साथ उनकी पटना-कैंप जेल की दोस्ती थी, पहुँचे सीधे उनके पास। उन दिनों सोसलिस्टों में बड़ी गर्मी थी भैया! वे जो कुछ कहते, उसे करने की भी कोशिश उनकी ओर से होती थी। मजूरों की हड़ताल हो, चाहे किसानों का आन्दोलन—सोस-लिस्ट भाई उसमें आगे बढ़कर हिस्सा लेते थे। सो, राधा बाबू ने डॉक्टर रहमान की बातें मन लगाकर सुनीं और खानबहादुर के खिलाफ लड़ाई छेड़ने का रास्ता बता दिया। किसानों का संगठन, अखबारों से जमींदार की जालिमाना हरकतों का पर्चार कम-से-कम पचास भोलंटियरों की बहाली, बीस-पच्चीस मन अनाज और सौ ठो रुपैया, इलाके-भर के किसानों की एक भारी मीटिंग···

डॉक्टर रहमान महपूरा लौट आये और किसानों को सब कुछ समझा दिया। लोग फौरन राजी हो गये। उस जालिम जमींदार का मुकाबला अकेले तो कोई नहीं कर सकता था। उसके पीठ पर थाने के दरोगा साहब थे, दरभङ्गा के कलक्टर साहब थे, इलाके भर के जमींदार, पण्डित और मौलवी, सब खानबहादुर के पच्छ में थे। पच्छिम के दस लठैत जवान, नेपाल के पाँच खुखरी बहादुर···बड़ा ताकतवर था खानबहादुर? अकेले कौन उससे भिड़ता? लेकिन सौ ठो साली लाठी एक जगह हो जाय तो उसका एक भारी बोझ बन जाता है! अपनी-अपनी धरती की हिफाजत के लिए किसान एक होने लगे। पहले उनकी तरफ से रहमान साहब जमींदार को कई बार समझा चुके थे, अब और कोई रास्ता नहीं था। रैयत लोगों ने तय कर लिया कि लाश गिरे तो गिरे, मगर अपने खेत दूसरों के दखल में नहीं जाने देंगे।

किसानों की ओर से काफी तैयारी हो चुकी थी, इलाके-भर में नोटिस बंटी थी। राधा बाबू मीटिंग से दो रोज पहले ही आ डटे थे।

मुझे देखते ही वह बोले—"अबकी मुझे भी जेल की खिचड़ी खानी होगी !"

इतना कहकर बाबू मुस्कराये और नजर मारकर एक नाटे-गोरे आदमी का ध्यान मेरी ओर खींचा। फिर बोले—"यह रहा बलचनमा, रहमान साहब, लिख लीजिए इसका भी नाम भोलंटियरों में।"

खादी का सफेद पैजामा, चारखाना कमीज। मूँछ थी, दाढ़ी साफ। बाल अँगूठिया थे। उस वक्त उनके हाथ में बंधना था, पैखाना जा रहे होंगे। भरी-पूरी खिलखिलाहट से आस-पास को गुँजाकर वह बोले—"क्यों रे, लिख लूं नाम ?"

"कह तो दिया एक बार"—चश्मा खोलकर उसे हाथ में लेते हुए राधा बाबू ने कहा—"जाइए, पाखाना से हो आइए, तब।"

धोती के छोर से उन्होंने चशमा को साफ किया, उसे नाक पर बैठाते हुए बोले—"तीन रोज अभी यहाँ तुझे साथ रखूंगा, फिर छुट्टी। जा, आश्रम देख आ।"

तो क्या यहाँ भी आसरम है ? मैं चौंककर इधर-उधर ताकने लगा। पास-पड़ोस में साफ-सूफ मकान थे। छोटे-छोटे घूरों पर दो-तीन जगह मुर्गे दिखाई दिये, दो-एक मुर्गी भी थीं। जरा हटकर भीत के आड़ में काले रंग की कुतिया पीली हड्डी चबा रही थी। बथान पर चार तन्दुरुस्त बैल काठ की लम्बी नाँद में मुँह डाले सानी-भूसी खा रहे थे। दूसरी ओर भूरे रंग की नाटी घोड़ी बँधी हुई थी। भूसी के ढेर, दो ठो हल। बैठक में दो कुर्सियाँ, एक तख्तपोश। एक मामूली आलमारी, बन्द। आले पर दवा की गोलियों से भरी कुछ शीशियाँ, रबड़ की नली और सफेद डब्बा खूँटी में टँगा था। भैया, आखिर डॉक्टर का बैठकखाना ठहरा न ? अपना-अपना औजार किसके घर नहीं होता ?

जो मुझे घर से बुला लाया था, वही ले गया अब आसरम की ओर। गाँव के बिल्कुल बाहर, बगीचे के पास।

दूर से ही देखा, बाँस की छिपाठी पर लाल झण्डा फहरा रहा है।

नगीच जाकर नजर ऊपर की तो लाल झण्डे पर दो औजारों के निशान दिखाई पड़े—एक निशान था हँसुआ का, दूसरा हथौड़े का···हँसुआ के सूने पेट पर हथौड़े का माथा !

आसरम क्या था, फूस-घास की टेपरेली मड़इया थी ! खाकी जँघिया और लाल हाफ कमीज पहने दो नौजवान अन्दर बैठे थे। ईंटों का चूल्हा, मिट्टी की हाँड़ी। रसोई बोल रही थी खुद-बुद, खद-बद खुद-बुद, खद-बद। बूढ़े रहमान बाप की बिना ब्याही बेटियों की तरह आम की सूखी टहनियाँ फटे-सूखे बाँस के साथ जल रही थीं, उनका धुआँ भी उतना ही कड़वा था।

भोलंटियर भाइयों से देर तक मैं बातें करता रहा। उनसे मैं जल्दी ही हिल-मिल गया। वे रोजी-रोटी की लड़ाई के बहादुर सिपाही थे। सोस-लिस्ट पार्टी ने उन्हें दरभङ्गा से भेजा। मेरी ही भाँति वह भी गरीब माँ-बाप के वेटा थे। एक बराहमन था, दूसरा ग्वाला। उमर भी उनकी मेरी जितनी थी। उनके यहाँ जात-पात का कोई फरक नहीं था। एक का नाम था दिनेश, दूसरे का सुरजा। दिनेश ने मुझे चूड़ा फाँकने को दिया और कहा—"भूख लगी होगी कामरेड, डाल लो तब तक पेट में कुछ।"

'कामरेड !'—यह तो मैंने कभी सुना ही नहीं था ! लाज के मारे उस रोज तो इसका मतलब मैं मालूम नहीं कर सका लेकिन दो दिन बाद मालूम हो गया। कामरेड का मतलब है लड़ाई का साथी। एक ही मोर्चे के दो फौजी जवान एक-दूसरे को कामरेड कहकर बुलाते हैं। अपने हक के लिए लड़ने वाले हम गरीबों के लिए कामरेड से जास्ती प्यारा कोई लबज है नहीं।

थोड़ी देर बाद लौटकर मैं राधा बाबू के पास आ गया, उनकी धोती और कमीज को साबुन लगाकर कचार दिया। बाहर कपड़े फैलाते ही उधर खाना हाजिर। बरहमपूरा आसरम में कई महीने रह चुका था, मुसलमानों का छुआ खाना खाने में परहेज-उरहेज नहीं था लेकिन इतना डर जरूर लग रहा था कि बिरादरी का कोई देख लेगा तो यह खबर गाँव-घर पहुँच जायेगी, नाहक बखेड़ा खड़ा होगा। इसी से थाली उठाकर बैठक-खाने के अन्दर वाले रूम में चला गया, वहीं खा लिया। खेसाड़ी की दाल

और भात था, तरकारी थी झिंगनी की। भैया, मुसलमानों के यहाँ जैसा बढ़िया खाना बनता है वैसा बढ़िया और कहीं नहीं। बाजी तो नहीं बदोगे?

माँ को खबर करने को छुट्टी माँगी तो बाबू ने हँसकर कहा—"हाँ रे, जानता हूँ, तू किसको खबर करने जाना चाहता है।"

मैं लजा गया और निगाहें नीची कर चल पड़ा अपने गाँव की ओर।

आठ

मीटिंग में चार सौ करीब लोग आये थे। आसरम के पास वाले मैदान में सभा नहीं हो सकी, बाग में भी नहीं। खानबहादुर के मनेजर ने ऐन मौके पर वहाँ अपने लठैतों को तैनात कर दिया था। अब क्या हो? क्या मीटिंग नहीं होगी? नहीं, मीटिंग हुई और शानदार मीटिंग हुई!

अधेड़ उमर के एक आदमी ने लोगों से ललकारकर कहा—"वह रहा मेरा खेत, पाँच कट्ठे का टुकड़ा है। उसमें मड़ुआ के पौधे लहलहा रहे हैं··· आओ भाइयो, वहीं मीटिंग होगी; आओ, मड़ुआ काटकर घड़ी-आध घड़ी में जगह बना लेते हैं···"

विजली की फुर्ती से वह आगे बढ़ा। देखते-देखते बस्ती से बीच-पचीस हँसियाँ मँगा ली गईं और लोग पौधे काटने लगे। किसानों में भारी जोश उमड़ा, आधा घण्टे के अन्दर समूचा खेत साफ हो गया। बीचोबीच तख्तपोश डालकर लीडरों के लिए जगह बना ली गई और मीटिंग का काम शुरू हुआ।

भैया, कौन वह आदमी जिसने अपनी हरी-भरी फसल बर्बाद करके मीटिंग के लिए जगह बना दी।

उसका नाम लतीफ था। मेहनती, गरीब और ईमानदार। कुल डेढ़

बीघा जमीन उसकी जोत में थी। बड़े-बड़े नेताओं के त्याग-तपस्या की कहानियाँ तुमने सुनी होगी, लेकिन महपूरा के उस गरीब किसान के इस त्याग को भला कौन-सा दर्जा दोगे! हरी फसल काटते वक्त मेरी तो भैया आँखें छलछला आईं! मैं सपने में भी इस किसिम की बात नहीं सोच सकता था।

लीडर पाँच-छः आये थे। पटने से स्वामी जी, गया से शर्मा जी, मुजफ्फरपुर से मिसिर जी, कहीं के एक और बाबू थे, समस्तीपुर के गंगा बाबू और राधा बाबू। स्वामी जी नाटे कद के जरा साँवले आदमी थे, कपड़े गेरुआ रंग में रंगे हुए। बोलते थे तो ऐसा बुझाता था मानो भाड़ में मकई का लावा फूट रहा हो! खाना-पीना फल और दूध, बस। उनके लिए गया का पाँच सेर दूध, पके केलों की समूची घौद और भर टोकरी संतोला-लेंबू आया था। खाते भी खूब थे, भोगिन्दर समझ लो! खाने बैठे तो एक ही बार में इतना संतोला खा गये कि सामने में सीठी और छिलका का ढेर लग गया, भर छाती! मुदा, मीटिंग में स्वामी जी दहाड़े भी खूब! मय खानबहादुर, मय दरोगा जी, मय एस० डी० ओ०, मय कलट्टर उन्होंने सबको ललकारा। महाराज बहादुरों को ऐसा रगड़ा, ऐसा रगड़ा कि क्या बताऊँ! सरकार की भी खूब छीछालेदर की स्वामी जी ने! पटना से दो ठो अफसर रिपोर्ट लेने आये थे, वे स्वामी जी के लेकचर का एक-एक अच्छर लिख रहे थे—खानबहादुर की डेवढ़ी से उनके लिए टेबुल-कुर्सी आई थी। उन्हीं के लिए क्यों, दो कुर्सी और एक टूल और भी तो मँगवाई गई थी! कुर्सियों पर एस० डी० ओ० और डिप्टी मजिस्ट्रेट बैठे थे, टूल पर खजौली के दरोगा जी।

स्वामी जी ने किसानों से कहा—"बाहरी लीडरों के भरोसे मत रहिए, अपना नेता आप खुद बनिए। मँगनी और उधार के बाहरी नेता बहुत देखे मगर कुछ हुआ-हवाया नहीं। माना कि नेता पढ़े-लिखे होते हैं और आप अपढ़ा-अनजान हैं, लेकिन गेहूँ-चावल, दूध-घी, तिलहन-कपास सब कुछ आप ही पैदा करते हैं, लीडर लोग तो आपकी ही कमाई का हेलवा खाकर लेक्चर देने आते हैं और अपने दिमाग व पेट की बदहजमी मिटाते हैं। आप अपनी अकल से इतना तो जानते ही हैं कि लेक्चर चाहे

लाख दे जाय, उससे न एक दाना चावल पैदा होता है, न गेहूँ और न घी-दूध ही ! लेक्चर सुन के भूख-प्यास नहीं मिटती। आप लोग लीडरों से लाख दर्जे अच्छे हैं। आप सब कुछ पैदा करते हैं तो अपना लीडर भी अपने ही यहाँ पैदा कीजिए। जो आपका आदमी होगा वही आपकी तकलीफों को समझेगा, जाके पाँव न फटी बिवाई सो क्या जाने पीर पराई ! ···कांग्रेस आपका दुःख-दर्द क्या समझेगी ? वह खादी पहनाकर और गले में माला डालकर जमींदारों को जेल भेजने का नाटक करती है। पीछे जेल से निकले वही जमींदार कांग्रेसी आप लोगों को शान्ति और सन्तोष का सबक सिखाते फिरते हैं···खबर्दार ! भाइयो, ऐसे लीडरों के फेर में कभी मत पड़ना···आप अकेले नहीं हैं, करोड़ों की तादाद है आपकी। आप जब उठ खड़े होंगे और एक कंठ होकर हुँकार करेंगे तो जालिम जमींदारों का कलेजा दहलने लगेगा। वे हैं ही कितने, दाल में नमक के बराबर ! अपने बल पर नहीं, सरकारी अफसरों के बल पर ही जुल्म करते हैं। आप सिर्फ तीन काम कीजिए—संगठित होकर एक हो जाइए, जान जाये तो जाये मगर जमीन नहीं छोड़िये और अदालत-कचहरी के इर्द-गिर्द कभी मत जाइए···किसान सभा आपकी मदद करेगी, बाहर के किसान लीडर आपके बीच आते-जाते रहेंगे। किसान भाइयो, अब आप जग गये हैं। खानबहादुर हो, चाहे महाराज बहादुर, कोई आपका हक नहीं छीन पायेगा। आप अपनी ताकत को पहचानिए, बोलिए सब मिलकर इन्किलाब—"

जिंदाबाद !—लोगों ने मिलकर आवाज लगाई। सबके चेहरों पर तेज छा रहा था, आँखें चमक रही थीं। स्वामी जी देर तक बोले थे, किसानों ने दम साधकर सुना।

खानबहादुर के मैनेजर ने लोगों के बीच चार-छै बदमाशों को बैठा रखा था। शुरू-शुरू में उन्होंने 'महत्मा गांधी की जय', 'भारत माता की जय' और 'स्वामी जी बैठ जाइए' वगैरह कुछ आवाजें लगाईं तो किसानों को बड़ा गुस्सा आया, बाँह पकड़-पकड़कर उन्होंने गुण्डों को बैठा दिया। लोगों की नराजी और कड़ा रुख देखकर फिर उनकी हिम्मत ही नहीं हुई।

स्वामी जी के बाद शर्मा जी उठे, गया वाले। लम्बा कद, साँवली

सूरत। बेतरतीब बाल। बदन पर कमीज-कुर्ता या गँजी कुछ नहीं था। ढाई-तीन गज का कपड़ा कमर से लपेटे थे। उन्होंने कहा—

रहिमन चाक कुम्हार के माँगे दिया न देय
बिल में डंडा डाल के जो चाहे गढ़ि लेय

"किसान भाइयो, माँगने से कुछ नहीं मिलेगा। अपनी ताकत से ही अपना हक आप पा सकते हैं। आपकी ताकत क्या है? एका है आपकी ताकत, संगठन। घर में रोते-रोते अकेले हाय-हाय करते-करते हजारों साल गुजर गये। सरकार को आपकी रत्ती-भर भी पर्वाह नहीं है। वह आप लोगों से नहीं, चोर-डाकुओं से घबड़ाती है। उन्हें पक्के मकानों (जेलों) में हिफाजत से रखती है। खाने-पीने का, पहनने-ओढ़ने का, दवा-दारू का उनके लिए सारा इन्तजाम सरकार करती है। मगर गेहूँ, बासमती पैदा करके गैरों को लुटाने वाले आप खुद भूखों मरते हैं, सरकार को आपकी जरा भी फिक्र नहीं! वह मानो खुद इशारा करती है—किसानो, चोरी करो और डाके डालो तभी तुम्हारा गुजर होगा···"

शर्मा जी ने समझाते हुए कहा—"जमींदार बड़ा प्रपंची, बड़ा जालिम होता है। अउअल तो पहले वह तुम्हारे अन्दर आपस ही में फूट डालने की कोशिश करता होगा, नहीं, तुम सभी एक ओर मजबूत होकर अपनी जमीन पर डटे ही रह गये तो वह पैसे के बल से तंग करेगा। अफसरों से मिलकर वह तुम लोगों को जेल भेजने की कोशिश करेगा···सम्मन, नोटिस, वारंट, सजा—सब हो सकता है। मगर खबरदार, अपने खेतों से न हटना। भुलावे में न पड़ना और कचहरी जाने की गलती न करना। पुलिस और हाकिमों से साफ कह देना कि इन्हीं खेतों को जेल बना दीजिए, हम पड़े रहेंगे, मानेंगे नहीं। उस जेल में ले चलना है तो सबको ले चलिए···बाल-बच्चे, जवान-बूढ़े, मर्द-औरत, गाय-बैल, भेड़-बकरी, कुत्ता-बिल्ली, चूल्हा-चक्की···हमारी सभी चीजें साथ जायेंगी तभी हम जेल जा सकते हैं, नहीं तो टस से मस नहीं होंगे···जो करना हो, यहीं कीजिए! और अगर पुलिस वाले खामखाम पकड़ना ही चाहें तो बूढ़े-बच्चे, मर्द-औरत एक-दूसरे को अच्छी तरह पकड़ के पड़ जाना होगा। सैकड़ों आदमियों को ले जाने के लिए हजारों सिपाही और पचीसों लारियाँ चाहिए···फिर देखना कौन तुम

लोगों को कैसे कहाँ ले जाता है ! अगर तुमने मेरी ये बातें मान लीं और डटे रहने का निश्चय कर लिया तो फिर तुम्हारे खेतों पर से तुम्हें हटाने वाली कोई ताकत इस दुनिया में नहीं है। जमींदार, सरकार, पुलिस, गुण्डे ···सभी थक के बैठ जायेंगे !"

इसके बाद नारे लगे—कमानेवाला खायेगा···इसके चलते जो कुछ हो। इन्किलाब···जिंदाबाद। जमीन किसकी···जोते-बोए उसकी। अंग्रेजी राज ·नाश हो। जमींदारी पर्था···नाश हो। किसान सभा जिंदाबाद। लाल झंडा···जिंदाबाद। इन्किलाब···जिन्दाबाद।

फिर बाकी लीडर बोले। अंत में डॉक्टर रहमान ने महपूरा के जमींदार खानबहादुर सादुल्ला खाँ को आगाह करते हुए कहा कि वह अपनी जालिमाना हरकतों से बाज नहीं आवेंगे तो इलाके का एक-एक किसान आगे बढ़ेगा और उनका होस दुरुस्त कर देगा···दरोगा और एस०डी०ओ० से भी डॉक्टर साहब ने कहा—एक बूंद भी खून गिरा तो उसकी जिम्मेवारी आप पर होगी। किसानों को धमकाने से पहले आप खानबहादुर के लठैतों को रोकिए जो खुलेआम गालियाँ बकते घूमते हैं।

राधा बाबू रहमान साहब से पहले ही जिला के अफसरों को फटकार चुके थे। तीन घण्टे तक सभा चलती रही। खतम होने से पहले एक नौजवान ने गाना गाया—

दुर्दिनमा केलक हरान
रे, फिकिरिया मारलक जान !
करजा करिके खेती केलूँ, मरि गेलइ सब धान —रे फिकि०
बैल बेचि रजवा के देलूँ, छोड़ए नहिं बइमान
जमींदार के जूलुम रोकऽ, चेतऽ भाइ किसान—रे फिकि०

गाँव को गरमाकर लीडर लोग अगले ही रोज चले गये।

मेरी भी बस्ती के पन्द्रह-बीस किसान सभा देखने आये थे। किसान सभा की गर्मी रामपुर के लोगों में भी कुछ आने लगी। मुंशी जी का लड़का थोड़ी-बहुत अंग्रेजी पढ़-लिखकर बेकार बैठा था। वह भी लीडरों का लेक्चर सुन आया और राधा बाबू से कुछ बात भी उसने की थी।

महपूरा के किसानों ने भीतर-ही-भीतर तय किया था कि जिन्होंने

अपने नाम से खेत लिखा लिया है वे खेतों को आबाद करें तो करने दो, लेकिन फसल हमीं काटेंगे। लेकिन जमींदार की ओर से किसी किसान का खेत आबाद नहीं किया गया। लोग समझ गए कि वह फसल पर ही धावा मारना चाहता है।

हमारी बस्ती के सभी मालिकों के कान खड़े हो गये। इक्का-दुक्का यहाँ भी हेर-फेर शुरू हुआ। सर्वे के बखत मालिक के परदादे ने और बल्ली बाबू के दादा ने किसानों की जोत की हजारों बीघा जमीन की बकाश्त के तौर पर दर्ज करा दिया था। समझदार किसान दस-पाँच ही थे जिनका काश्तकारी हक सर्वे में कायम रहा था। आम किसान लगान देते आये थे लेकिन रसीद लेने की जरूरत उन्होंने कभी नहीं समझी। बात उठती तो कहते—मालिक बइमानी थोड़े ही करेंगे?

पाँच-एक सौ बीघा जमीन छोटी जात वालों के पास ऐसी भी थी जिसका दर मनहुंडा था। फी बीघा धान दो मन, रबी-खरीफ एक मन। रसीद इसकी भी नहीं मिलती थी। अलावा इसके, किसान हजारों बीघा बटाई भी जोतते आ रहे थे।

मालिक लोग सूद-दर-सूद में बेचारे किसानों को काफी लूटते थे। अनाज का डेवढ़ा-सवाया जमराज की तरह असूलते थे। मगर अब किसान महपूरा की ओर नजर लगाये हुए थे और मालिकों की भी निगाह उधर ही थी।

अगले अगहन में फसल की जो छीना-झपटी हुई उसमें एक किसान की लास गिरी थी। गँड़ासा जिसने मारा था वह खानबहादुर का कोचवान ही था। पुलिस टुकुर-टुकुर ताकती रही और हत्यारा लापता हो गया। उल्टे दफा 144 को तोड़ने के नाम पर दो-ढाई दर्जन किसानों की गिरफ्तारी हुई। उन पर कई तरह के मुकदमे चलाए गये। फसल लेकिन किसानों के घर पहुँच गई थी।

धान काटने के दिन थे, इसी से मैं मसोसं के रह गया। नहीं तो चार-छः रोज महपूरा रहकर किसानों का साथ देता। और संजोग देखो भैया कि उसी माघ में सुगनी के बच्ची पैदा हुई!

चमारिन और नाइन को इनाम-तिनाम देने में, छट्ठी और पड़ोसिन

को तेल-सेंदुर देने में पन्द्रह एक रुपये लगे होंगे। ज्यादा खरचने की हमारी औकात कहाँ थी ?

बच्ची पैदा होने से माँ तनिक उदास हो गई लेकिन मनियार चाचा ने कहा—हमारी बिरादरी बराहमन की, भुँइहार-राजपूत की नहीं है कि लड़की के माँग में सेंदूर पड़ना मुश्किल हो जायेगा। काहे की सोच, काहे की फिकिर ? एक रेबनी गई तो दूसरी रेबनी आ पहुँची !

यह बोलते हुए चाचा आँगन आये। सुगनी धूप सेक रही थी चिलका को लिए हुए। खखास सुनते ही उसने घूँघट को तनिक सरका लिया था। बुढ़ऊ आगे आकर बोले—दुर्गा भवानी का दरसन करने आया हूँ।

माँ ओसारे पर धान उबाल रही थी। चट से वह सुगनी के नगीच उठ आई और बच्ची को अपने हाथों में लेकर मनियार चाचा के सामने कर दिया, अपना मुँह फेरे ही रही, क्योंकि बाबू मेरा उमर में मनियार चाचा से साल-भर छोटा था।

बच्ची के कपाल पर अठन्नी साट दी चाचा ने और कहा—चेहरा-मोहरा बिलकुल बालो-जैसा है ! टिट्-टिट्-टिट् टी···

बच्ची ने लेकिन बुढ़ऊ की उस टिटकारी के जवाब में कोई इशारा नहीं दिया—न पुतली हिली, न होंठ ही फड़के ! बोल तो खैर बेचारी क्या पाती ?

माँ के सामने उसे मैंने भर-आँख कभी नहीं देखा ? लाज लगती थी। अकेले में लेकिन देर तक उसे देखता रहता। कैसी अच्छी लगती थी ! तलवे गुलाबी कमल-जैसे लगते थे, उन्हें मैं अपने होंठों से, नाक से, पलकों से, कपार से हलके दबाया करता—इससे भारी संतोष होता था। छाती में या कि कपार में कभी चंदन घिस के लगाया है तुमने ? हाँ, तो बस समझ लो-कि उसी किसिम की तरावट—उससे कुछ जास्ती ही कहो—बच्ची को छूने से मिलती थी। संतान कोई मामूली चीज नहीं होती भैया ! जिसके यह चीज नहीं, ठूँठ से बत्तर समझो उसकी जिनगी को, हाँ !

किसी ने बता दिया होगा, एक दफे पँवारा गाने वाले पँवरिया आये, दो जने थे। उनकी ढोलक सुराहीनुमा था। पहर-भर वे सोहर वगैरह गाते रहे। डेढ़ रुपैया और दो सेर धान लिया तभी उठे, बड़े लगार होते हैं ये

लोग भी ! बाबू लोगों की हवेली से तो न जाने कितना सामान उठा ले जाते हैं।

एक रोज सुबह-सुबह आँख मलता हुआ उठकर बाहर निकला तो रामखेलावन से टकरा गया। वह बोला—"चल भाई कमीज पहन ले !"

मैं कुछ समझ ही नहीं पाया। पूछा—"क्या है रे ?"

"अरे, जुलुम हो गया !"

"बता भी कुछ तो !"—मैं चिढ़कर बोला तो उसने फुसफुसाकर कान में कहा—"जमंगला को वह लहेरियागंज वाला दर्जीवा उड़ा ले भागा !"

अचरज के मारे मैंने मुँह बा दिया, अभी चार ही पाँच रोज पहले मैंने उसे पोखर पर खड़ी देखा था। "आखिर ऐसा हुआ कैसे ?"

"चल, रास्ते में बताऊँगा—" रामखेलावन ने कहा।

कमीज पहनकर दोहर कंधे पर डालकर मैं घर से बाहर निकला। हाथ में लाठी थी। मालूम हुआ कि पहले लहेरियागंज, फिर मधुबनी, दरभंगा और जयनगर तक जाना पड़ेगा···

रास्ते में रामखेलावन से जो कुछ मालूम हुआ, बता दूँ ? तो, लो सुनो—

हमारे बड़े मालिक बाबू गौरीशंकर चौधरी के लड़के और लड़की यही जयमंगला। बूढ़े मालिक का कई साल पहले ही सुरगवास हो चुका था। बड़ा लड़का ओकील और छोटा डिप्टी मजिस्ट्रेट। लड़की जब से मसोमात हुई तब से माँ के पास रही। साँवली सूरत, बड़ी-बड़ी आँखें, गोल-मटोल चेहरा। देखने में काफी अच्छी थी। उमर रही होगी चौबीस-पच्चीस की।

लहेरियागंज का एक नौजवान दर्जी हवेली के सारे कपड़े सीता था। गठीला और खूबसूरत मुसलमान। उसका मामा मधुबनी बजार में सिलाई की दुकान किये हुए था। बूढ़े मालिक उसी से अपने कपड़े सिलवाते थे। हुनर सीखकर भांजा जब तैयार हुआ तो जनानी कपड़ों का नाप लेने के लिए हवेली के अन्दर आने-जाने लगा। इधर दो-तीन साल से अलग मसीन लेकर वह लहेरियागंज में रहने लगा था। बीच में दो-तीन बार ऐसा हुआ कि कपड़े कई किसिम के और काफी सिलवाने पड़े, कुछ कपड़े कीमती भी

थे। नया दर्जी सिलाई बड़ी अच्छी करता था, छोटा था तभी से मलिकाइन उसे जानती थीं। तो, बैठक में ही अलग एक कोठरी के अंदर दर्जी को सिलाई करने का हुकुम मिला। चार-चार, छः-छः रोज दो-तीन बार वह मालिक के यहाँ रह चुका था। मसीन आती थी और जाती थी। दर्जी को मजूरी भी मिलती, खाना भी मिलता और नास्ता-पानी भी···इसी बीच दोनों की नजरें चार हो गईं, दो दिलों ने मिलने का अपना रास्ता भी निकाल लिया। बाहर किसी को कुछ मालूम नहीं, अंदर-अंदर कड़ाही में गुड़ पगता रहा। अब की बार दर्जी आया तो साला रफू करने के बहाने यों ही आया, मसीन लाने की फिर जरूरत ही क्या थी! दो दिन रह के रात को गायब हो गया, जयमंगला भी गायब थी! खानदान की नाक कट गई भैया!

अब हम लाठी लेकर लैला-मजनू को खोजने निकले। लहेरियागंज में जो कमरा दर्जी ने किराये पर ले रखा था उसे वह दो महीने पहले ही छोड़ चुका था। मधुबनी में उसके मामा से पूछा तो उस बूड्ढे ने ठुड्ढी की छँटी-खिचड़ी दाढ़ी पर बारी-बारी से दोनों हाथ फेरा, फिर कान छुए और बोला—तो···बा! तो···बा! यह क्या सुनाने आया है मुझे? या इलाही!

कुछ रुककर उसने पैर से एक जूती निकाल ली, जूती उठाकर हाथ को इस तरह घुमाने लगा मानो किसी को पीटने वाला हो। फिर गुस्से की आवाज में चिल्लाया—साले को खाल उधेड़ लूंगा, आवारा कहीं का, दो-तीन महीने से गायब है, मसीन बेचकर खा गया है···

हम वहाँ से हट गये। गिलेसन घूमते हुए टीसन पर आये। सेर-तीन एक चिउड़ा दिया था मलिकाइन ने, रामखेलावन उसी को खोल के खाने लगा और मैं भी। बड़ी भूख लगी थी। थोड़ा-थोड़ा फाँक चुकने पर नमक और हरी मिर्च की सुध आई! खाकर टीसन के बाहर से पानी पी आये।

थोड़ी देर में गाड़ी आई। अब तक हमने टिकट नहीं कटाया था। एका-एक मुझे सूझा कि नाहक ही कहाँ भटकते फिरेंगे। जयमंगला यों ही नहीं निकली थी, पाँच हजार का गहना भी अपने साथ लेकर उड़ी थी। चोंच में जिनके धान के शीश या गेहूँ की बालें हो उस उड़ते जोड़े का पीछा भला

कौन कर पायेगा ? छोड़ो भी।

समूचा दिन और समूची रात हमने मधुबनी में काट दी, सबेरे घर पहुँचे। रामखेलावन गया, बड़ी मलिकाइन को ताक-हेर का नतीजा बता आया।

झूठ क्यों कहूँ, मुझे कोई खास तकलीफ नहीं थी। बदन में ताकत थी, कसकर काम करता था। पन्द्रह कट्ठा के लगभग जमीन आ गई थी मेरे हाथ पर, अपना पाँच कट्ठा अलग था। संतोखी माँ मिली थी, फरमाइस पूरा करनेवाली घरवाली मिली थी, हिलती-डुलती, बोलती-चालती, सोने की मूरत-जैसी बच्ची मिली थी। और क्या चाहिए ? मगर एक बात जरूर थी भैया, कभी-कभी पैसे की तंगी बुरी तरह खलती थी। पाँच रुपैया भी हर महीना कहीं से आ जाता, फिर तो बालचन्द राउत घटेसर राजा हो जाते। झूठ कहता हूँ भैया समांङ दुरुस्त रहे, काम-काज मिलता जाय, पलिबार छोटा हो, नियत बिगड़े नहीं, दिल में दस-बीस के लिए जगह हो···और क्या चाहिए ? तो पैसों की तंगी कैसे मिट सकती थी भैया ?

एक तो मैंने तय किया कि अबकी गन्ने की खेती जरूर करेंगे दूसरी बात जो सोच-साच के पक्की की वह थी बड़े पत्तों वाली तमाकू की खेती करने के बारे में। मेरे घर से दच्छिन पचकौड़ी बाबू की थोड़ी जमीन पड़ती थी, उसको उन्होंने बे-आबाद छोड़ रखा था। खाते-पीते आदमी थे, बेटा राज में तहसीलदास था। सतरंज खेलने का भारी सौख था। इसमें पंडित जी उनके जोड़ीदार थे, वही पंडित बौअन पाठक ?

पूछने पर पचकौड़ी बाबू ने कहा—"तमाकू नहीं, आलू उपजा सके तो ठीक है, नहीं तो नहीं।"

"अच्छा सरकार !"—मैं लौट आया। कई दिनों तक सोचता रहा कि वह जमीन लूँ या नहीं लूँ। घर के बिल्कुल करीब थी, मेरे लिए यही उसका भारी गुन था। भाँग और चकौढ़ के पौधे थे उसमें, दो-एक झाड़ धतूरा का रहा होगा। खैर, भैया तमाकू वाली बात उड़ गई। गन्ने की खेती जरूर करनी थी ! दामो ठाकुर वाला खेत था भी उसी के लायक !

पिछले साल एक बैल हाथ लगा था।

फूदन मिसिर की घरवाली के पास एक पुरानी गाय थी। सात बार

तो मेरे ही होश में ब्याई और तब मरी थी। अब उसकी निसानी के तौर पर बस यही एक बैल मिसराइन के घर रह गया था। इधर कई साल से बेचारी असक थी, बैल की सेवा उससे पार नहीं लगता था। हुआ यह कि चार दाँत का जवान जानवर बेहद कमजोर पड़ गया। चराने-चुगाने वाला वहाँ कोई था नहीं, दिन-रात गरीब खूँटे से बँधा रहता! मोसंमात एक ही बार दिन में उसे खोला करती, सो भी इसलिए कि पास के तालाब से पानी पी आवे। दो मुट्ठी पुआल सबेरे और दो मुट्ठी साम को उसके आगे डाल दिया जाता यह पुआल खाते-खाते बेचारे की भूख भोथी पड़ गई थी··· आँखों में कीचड़, कनपटियों के पास नीचे की ओर आँसू के निशान! हाड़-पाँजर पर रोएँदार चमड़ी मढ़ के किसी नाराज देवता ने मानो इस जीव को बीमार बैल की बेडौल और बदसूरत सकल दे दी हो! खूँटे के इर्द-गिर्द थोड़ी जगह थी जो मूत-गोबर से हरदम गीली रहती, दूर से ही सड़े-सूखे गीले पुआल की अजीब गैस तुम्हारी नाक को छेदती हुई अन्दर चली जाती! तीन ओर फूस की झीनी टाट खड़ी थी। अपने थुथुन से उस गरीब ने जाने क्यों उस टाट में सामने छेद कर दिया था, ठीक उतना ही जितना कि सिर-भर निकलने को काफी हो। गले की रस्सी शायद सिर को और आगे जाने से रोकती थी। सो भैया मिसराइन का वह बीमार बैल टाट के उस छेद से सिर निकाले आने-जाने वालों की ओर एकटक ताकता रहता—बेबस और सूनी निगाह से? वैसा नजारा मैंने कहीं नहीं देखा···महीनों मैं बेचारे के बारे में सोचता रहा, बीच-बीच में जाकर देख आता था—वह जबरजस्ती जी रहा था। देहाती दुनिया की लाचारी का एक डरावना साइनबोट-सा वह मुझे लगता रहा! आखिर एक रोज ऐसा मालूम हुआ कि अब अगर उस बैल से आँखें चार हुईं तो माथा फट जायेगा···खचिया-भर घास लेकर शाम को बैल के पास पहुँचा, घास सामने डालकर उससे मैंने कहा—नहीं बेटा, मैं तुम्हें इस तरह मरने नहीं दूँगा। बस, बहुत हो चुका! आज से मैं तेरा और तू मेरा···

वह धीरे-धीरे घास खाने लगा, बिना सिर उठाये खाता रहा। मैं मिसराइन के नगीच पहुँचा और पाँलगी की। वह आँगन में सितलपाटी बिछाकर तकिया के सहारे लेटी हुई थीं। भादों की उमस थी। बाँस की

खपच्चियों से बनी बिजनी थी हाथ में। आहट पाते ही उठ बैठी और आवाज पहचानकर बोलीं—"बलचनमा क्या है रे ?

"कुछ नहीं मालकिन घास लाया था थोड़ी"—मैंने कहा।

"डाल दिया बैल के सामने ?"

"हाँ मलिकिनी, डाल दी।"

"अच्छा···"

"अच्छा नहीं मलिकिनी"—उसाँस लेकर मैं बोला—"यह बैल आज से मेरा हुआ···"

मोसंमात हँसने लगी। उनको लगा कि बलचनमा दिन-भर का थका है, हलकी-फुलकी बातें कर अपना जी बहलाने आया है। कुछ नहीं फुरा तो बैल ही की बात उठा दी।

बिजनी की मूँठ से पीठ खुजलाती हुई बोलीं—"दुर मुड़हा ! महीना-डेढ़ महीना भी यह बैल अब काट सकेगा ? मरेगा तो अगले जनम में तेरा ही हल बहेगा ! घास खिलाई है, याद नहीं रखेगा ? ही ही ही ही हुः हुः हुः हुः हुह् होह्···"

ठहाका मार-मार करके हँसी मिसराइन, मैं मगर गुमसुम था। वह भी क्या हँसने की बात थी भैया ?

हँस-हँसकर जब हलकी हुई तो बोलीं—"कौन ले जायेगा इस बैल को ? चार रुपये की खाल तो निकेलेगी, मैं बुधुआ को बुलवाने ही वाली हूँ। वह आकर खोल ले जाय इसे, जब तक जिए तब तक सबूर रखे पीछे···"

"नहीं मलिकिनी, मैं इसे अभी खोल ले जाता हूँ"—इतना कहकर मैं उठा तो वह मुँह लटकाकर बोलीं—"कुछ हो गया इसे तो नाहक तुझे गउबध का परासचित न लग जाय। बालो, मुझे तो बड़ा डर लगता है ?"

"डर काहे का मलिकिनी ?"—मैंने कहा—"भगवान करेंगे तो चार महीने में इसका ढाँचा ही बदल जायेगा। आप कुछ फिकिर मत कीजिए··· यह मुझे धोखा दे ही नहीं सकता।"

इस पर वह बोलीं—"सो तुम जानो !"

कुछ रुककर कहा—"कल सबेरे ले जाना, अभी रात को ठीक नहीं

रहेगा।'

मैंने कहा—"अच्छा मलिकिनी !"

उस रात को खुशी के मारे मुझे नींद नहीं आई थी। ऐसा लगता था कि बहुत बड़ा काम कर आया हूँ···

सबेरे ही अगले रोज मैं बैल को अपने यहाँ ले आया था। महीने-भर की ही सेवा ने बेचारे की सूरत-सकल बदल दी ! दो महीने बाद तो वह मैदान में दौड़ने लग गया। भादों, आसिन, कातिक और अगहन···चार महीने बाद उसकी एकदम कायापलट हो गई। बराहमनी को कई आदमियों ने अकेले-अकेले समझाया—लौटा लीजिए अपना बैल; क्या वह बलचनमा के बाप का है ? चालीस-पचास रुपये से कम मत लेना हाँ···

मिसराइन ने किसी बात पर कान नहीं दिया, मुझसे एक रोज बोलीं—बालो, अब यह काम लेने लायक हो गया है। छकौड़ी ने मेरे खेत को तुम्हारे जिम्मे कर ही रखा है, यह बैल भी तुम्हीं रखो बाबू। मेरे यहाँ जायेगा तो फिर उसकी वही दसा होगी।

यह मोसंमात जानकी ही की दया थी कि तुम्हारे दोस्त बालचन्द राउत बैल वाले कहलाने लगे।

एक बैल रामखेलावन के भी पास था। मैंने उसी से अपनी भाँज भिड़ाई। हल उसका ही था। एक रोज वह जोतता था, दूसरे रोज मैं। हमारे पास अपनी जमीन तो मामूली ही थी। अक्सर हमारे हल-बैल दूसरों की जमीन में काम कर आते थे, इसके लिए चार आने रोज बतौर भाड़ा के मिलते थे।

गन्ने की खेती के लिए मुझे चुन्नी-जैसा अनुभवी गुरु मिल गया। चुन्नी हर साल चार-छै कट्ठा ऊख जरूर गोड़ता था। कुछ मिल में भेजता रैयाम और कुछ का गुड़ बना लेता डेढ़-दो सौ नगद मिल ही जाते।

दामो ठाकुर वाली जमीन बुढ़िया पोखर के करीब पड़ती थी। आठ-दस बार जोत-जातकर मैंने खेत तैयार किया। दो बार पोखर से पानी लाना पड़ा करीन लगाकर। सूखने पर फिर जोता। ढेलों को भुरभुरा किया। तब जाकर सीधी लकीर में टुकड़े-टुकड़े करके ऊख को गोड़ते गये। मैं था, रामखेलावन और चुन्नी थे।

मिट्टी डालने के बाद, कतारों के बीच-बीच थोड़ा-थोड़ा पानी और डाला गया।

महीने-भर बाद पेंपी निकली तो खुशी के मारे मैं नाच उठा। घर आकर बड़ी देर तक बच्ची से खेलता रहा। गन्ने की खेती यह जो मैंने शुरू की, इससे सुगनी भी फूली नहीं समाई। वह ठेठ किसान की बेटी थी। उसका मायका मेरे घर की तरह निपट उजाड़ नहीं था। भूल से भी जब कभी मैं बाहर जाकर नौकरी करने की बात उठाता तो उसकी भौंहें गुलेती की तरह तन जातीं! और जब कभी मेरे मुँह से खेती-बाड़ी के बारे में कोई नई बात निकलती तो सुगनी का चेहरा थल कमल-जैसा खिल उठता।

बैसाख आते-आते गन्ने के पौधे कमर तक लहराने लगे। इस साल सभी जगह गन्ने की खेती अच्छी थी। मौके-मौके पर बारिस होती रही; कोई रोग नहीं, न कोई कीड़ा।

मुंशी जी का लड़का मधुबनी-दरभंगा जाता ही आता रहता। अब की सावन में वह एक नई खबर लाया कि अगले साल कांग्रेसी लोग मिनिस्टर बन जायेंगे, अंग्रेजों की अमलदारी उठ जायेगी और जमींदारी भी नहीं रहने पायेगी···

ब्रजबिहारी था उसका नाम, लेकिन दुलार से लोग बच्चू कहा करते थे। जिस रोज वह दरभंगे से आया था उसी शाम को मैं उससे मिला और पूछा—"बच्चू, मलिस्टर-कलस्टर तो सभी की समझ में आता है, यह मलिस्टर क्या होता है?"

"मलिस्टर नहीं, मिनिस्टर!"—वह हँसकर बोला—"कानून-कायदा को अमल में लाने के लिए मामूली हाकिमों की देखभाल के लिए और मुलुक की सरकार को चलाने के लिए मेम्बर लोग अपने में जिन दस-पाँच आदमियों को मुखिया चुनते हैं वे ही मिनिस्टर कहलाते हैं। समूचा मुलुक भोट देकर लाखों-करोड़ों में से सैकड़ों को मेम्बर चुनते हैं। सैकड़ों मेम्बर अपने में से दस-बीस पर सारा काम चलाने की जिम्मेदारी सौंप देते हैं, फिर उन्हीं के आर्डर के मुताबिक लोग सब कुछ करते हैं।"

अब मेरी समझ में आ गया कि मिनिस्टर का क्या मतलब होगा!

स्वामी जी ने कहा था कि जमींदार लोग कांग्रेसी बन के किसानों को ठगते-फिरते हैं। मेरा माथा ठनकने लगा कि ये ही जब मिनिस्टर हो जायेंगे तो गरीबों की भलाई होगी इनसे या कि बड़े-बड़े बाबू लोगों की !

बच्चू से यह भी मालूम हुआ कि फूल बाबू भी मेम्बरी के लिए खड़े होंगे, कांग्रेस इसी इलाके के लोगों से भोट दिलवाकर फूल बाबू को असेम्बली का मेम्बर बनाना चाहती है।

मैं सोचने लगा, हो सकता है कि मेम्बर बन चुकने पर हमारी छोटी मलिकाइन के यही भतीजा बाबू मिनिस्टर भी हो जाएँ; तब तो हुआ ! भूचाल के बाद रिलीफ फण्ड का रुपैया लेकर यह बाबू साहब हमारी बस्ती में जैसी खैरात बाँट गये थे तीसरे साल, सो तुम्हें बता ही चुका हूँ भैयन, मेरे ऐसे मेम्बर से तो हमारे इलाके का बंटाधार हो जायेगा, पानी में आग लग जायेगी···

गाँव में एक-दो अखबार आने लगा था। पटना से सात-सात रोज पर निकलने वाला अखबार 'क्रान्ति' किसानों और मजदूरों के बारे में खुल कर लिखता था। उसकी पाँती-पाँती से असन्तोष की चिनगारी निकलती थी। दो रुपैया भेजकर उस अखबार को पहले बच्चू ने ही मँगवाना शुरू किया था। उसने बताया था कि महपुरा के किसानों की बातें 'क्रान्ति' में कई बार छप-छप चुकी हैं। काँग्रेसी अखबार या सेठों, जमींदारों के अख-बार ऐसी खबरों को भूलकर भी नहीं छापते थे।

'क्रान्ति' मंगलवार को निकलता था। हमारी बस्ती में बिरहस्पत और सोमवार दो बीटें थीं डाकपीन के आने की। बच्चू को यह अखबार बिरहस्पत को मिल जाता था। उस रोज शाम को उसकी बैठक में चोकड़ी जुटती। लालटेन जलाकर बच्चू हमें 'क्रान्ति' पढ़ के सुनाता। सुनने वालों में पाँच-छः जने तो हुआ ही करते—तारानन्द बाबू, बंभोल झा, राम-खेलौना, तीरी अमात, कपिलेसर मड़ड़ और मैं, कभी-कभी चुन्नी भी उस चौकड़ी में शामिल हो जाता। तारानन्द मामूली गृहस्थ थे, कर्ज-वर्ज नहीं था। बँभोल झा को था पहलवानी का शौक—खाना अच्छा पकाते थे, खासकर गोस और मछरी। घर के गरीब थे, दरभगा-मुजफ्फरपुर रह-रह के बीच-बीच में होटल की नौकरी और जमींदारों के यहाँ कुस्ती के दाँव-

पेंच दिखा आते थे। तीरी, कपिलेसर और रामखेलावन मेरी ही तरह के आधा खेत-मजूर और आधा किसान थे। बच्चू के बाप मुंशी बिपिन-बिहारी लाल दास मधुबनी इस्टेट में एकमंट थे, अच्छी आमदनी थी तो हमारी यह मंडली मन लगाकर बच्चू के मुँह से उस अखबार की एक-एक पाँती को सुना करती···

कुछ दिनों बाद बच्चू कहीं से शायद रहमान साहब के पास से किसान सभा की रसीदें उठा लाया। इकन्नी दो और अधकट्टी लो, बस आज से तुम किसान सभा के मेम्बर बन गये।

अपने टोले-मुहल्ले में मैंने दस आदमियों को मेम्बर बनाया। मोसंमात कुन्ती ने सुना तो खुद आकर इकन्नी दे गई और रसीद ले गई, कहा था—बालो, देवता के पर्साद के लिए यह एक चुटकी पिसान गरीबिन का भी !

समूचे गाँव में पचास-एक मेम्बर बने होंगे। महपूरा के किसानों की लड़ाई का ही यह असर था। मालिकों और बड़े किसानों को छोड़कर बाकी सबकी दिलचस्पी थी पड़ोसी इलाके के उस आन्दोलन की ओर। मनियार चाचा से लेकर शेख अब्दुल तक, ताराचन्द बाबू से लेकर तीरी अमात तक और फूदन मिसिर की विधवा से लेकर मोमिन मोसंमात हमीदा तक···सबने मेम्बरी की रसीद ली और एक-एक आना दिया।

मझले मालिक और बल्ली बाबू ने इसको अपने खिलाफ आन्दोलन का ओनामासीधं समझा। थी भी बात ठीक ही। इन लोगों के सूद-दर-सूद की लपेट में पड़कर गाँव की जनता तबाह हो गई थी। एक रुपैया साल-भर में डेढ़-पौने दो रुपैया और एक मन धान महीने-दो-महीने बाद ही डेढ़ मन हो जाता था।

छोटे जमींदार तो और भी कसाई होते हैं, एक तो करैला फिर नीम पर चढ़ा हुआ। कुछ मत पूछो भैया ! मझले मालिक भारी कंजूस थे, देखते तुम तो कह उठते हाय राम, मैली धोती, पीले दाँत··· यही डेढ़ लाख रुपया का आदमी है ?

हाँ भैया, यही डेढ़ लाख रुपये का मालिक है बाबू जसौंधर चौधरी···

और बल्ली बाबू की भी लगानी-भिड़ानी पचास हजार रुपये की थी। ढाई सौ बीघा खेत भी थे। मझले मालिक की अपनी खेती थी चार सौ

बीघे की।

मालिकों का चारों पट्टियों की डेढ़ हजार बीघा काश्त जमीन बेनी पट्टी के नजदीक थी, जिसे वहाँ के किसान आबाद करते थे और इन लोगों को मालगुजारी मिलती थी। यहाँ अपने गाँव में सिर्फ डेढ़ सौ बीघा जमीन रैयत जोतते थे, मनहुंडा। दूसरी तरफ, छल-फरेब से छोटे किसानों की मौरूसी जमीन का काफी हिस्सा मझले मालिक ने पहले हड़प लिया था। बल्ली बाबू की तो कुल जमीन की तीन-चौथाई ही बेईमानी का पर्साद थी। उनके परदादा भारी पंडित थे, पच्छिम की रियासतों से खूब कमा लाये थे। दादा की पाँच हजार की संपद पोते के अमल में आकर एक लाख की हो रही थी। दस-एक हजार की हैसियत ससुराल में भी हाथ लगी बल्ली बाबू के, जनानी ऐसी कि अपने भागमंत माँ-बाप की एक ही वारिस।

सो, अब तक किसानों को कुछ सूझता नहीं था। वे यह बात सोच ही नहीं सकते थे कि मालिकों की नादिरशाही का मुकाबिला किया जा सकता है। महपूरा के किसानों की लड़ाई से हमारी आँख खुल गई थी; हमने यह तय कर लिया कि आगे बित्ता-भर भी जमीन मालिकों को हड़पने नहीं देंगे।

गाँव से पच्छिम, बिल्कुल करीब, खेतों का एक बढ़िया टुकड़ा था, नब्बे बीघे का। इस जमीन में सब कुछ उपजता था। धान भी, मड़ुआ भी, सरसों भी, गन्ना भी, तीसी भी, अरहर भी, जौ-गहुम भी, उड़द भी, कुर्थी भी। यह जमीन तीस-एक मुसलमानों, ग्वालों और केवट लोगों के अधिकार में सैकड़ों साल से थी मगर चालाकी से मालिक के परदादा ने इसे अपने नाम चढ़ा लिया।

उन तीसों किसानों के नाम एक रोज एकाएक अदालत का सम्मन आया तो गाँव-भर में बिजली दौड़ गई। कागज देखने पर पता चला कि चार साल की बकाया मालगुजारी की नालिश ठोंक दी है मालिक ने।

परेशान करने का यह एक बहाना था, किसान मालगुजारी साल-साल देते आये थे।

हमारी राय हुई कि सम्मन ले लें मगर कचहरी जाय कोई नहीं।

अगले ही दिन बरहम-अस्थान में लोग जमा हुए। मैं महपूरा जाकर

डॉक्टर रहमान को बुला लाया···पचास-एक किसानों ने मिलकर कसम खाई कि जमीन नहीं छोड़ेंगे, चाहे कुछ भी हो जाय ! बच्चू को सिकरेटरी बनाया गया, मैं बना भोलंटियरों का मुखिया—फौज से पहले सर्दार ही चुना गया।

मालिकों को रुपैया का बल था, दारोगा, एस० डी० ओ० और कलक्टर का बल था। उन्होंने पहले ही ऐसी चाल चली कि किसान हिम्मत हारकर बैठ जायँ।

फसल तैयार हुई तो उस पर दफा 144 लग गई। दो लारी मलेटरी आई, जमीन के नजदीक वाले बगीचे में तम्बू तन गया। खेतों पर पहरा था।

इस मौके पर मोसम्मात हमीदा ने बड़ी बहादुरी दिखलाई। जिनकी यह जमीन थी उन्हीं किसानों के यहाँ से दस-पन्द्रह औरतों को बुला ले गई और चार कट्ठे की तैयार फसल धान काट लाई ! जाड़े की रात लक्कड़ जल रहा था और ड्यूटी वाले दोनों सिपाही पेड़ से उठंगकर सो गये थे।

महपूरा में किसानों ने खुले-आम दिन-दहाड़े फसल काटनी चाही थी जिसमें एक आदमी का खून हो गया था। अपने यहाँ हमने पैंतरा बदल लिया। जमींदार और सरकारी अफसर दुरजोधन ठहरे, उनके जुधिस्ठिल नहीं पस्त कर सकते भैया ! पिटाई पर पिटाई खाना और भेड़-बकरी की तरह पकड़ाकर जेल चले जाना बहादुरी नहीं है। ऐसी सिधाई से पूजा तुम्हारी हो तो जमीन सुई की नोंक भर भी नहीं मिलने की, हाँ !

दरोगा ने पड़ोस के मुसहड़ों को फसल काटने के लिए तैयार किया तो मैं, बच्चू, तीरी, अब्दुल वगैरह ने उन्हें हाथ जोड़कर समझाया। बड़े ही सीधे-साधे और ईमानदार होते हैं, हमारी बात मान गये और बोले—हमारे मुखिया से कल मालिक ने कहा, दो बीघा तुमको और बाकी आदमी को घर-पीछू दस-दस कट्ठा जमीन लिख देते हैं, जितने घर हो तुम लोग? ···मुखिया ने साफ जवाब दे दिया—नहीं सरकार, दूसरों का पेट काटकर हमको मत दीजिए—हाँ, अपने खेतों में से देना चाहते हैं तब तो ठीक है ···सो, कैसे हम तुम्हारी फसल काटेंगे ?

मुसहड़ों के मुँह से हमदर्दी की यह बात सुनकर हमारा सीना चौड़ा

मार-पीट, जेल, खू··· जैसे भी हो, अपनी राह के एक-एक काँटे वह नेस्तनाबूत करना चाहते थे ! रात-दिन आठों पहर अपन और अपनी जनता की निगरानी में हमारे तरफ से चौकसी रहती थी। यह गँड़ासा उसी चौकसी का एक सबूत था।

दोनों भोलंटियर बेखबर सोये पड़े थे, एक की नाक बज रही थी फों फर्र···फर्र फों···फों फ्···

बाईं बाँह का सिरहाना बनाकर मैंने आँख बन्द कर ली।

नींद आ ही रही थी कि चोरबत्ती की तेज रोशनी आँखों पर पड़ी, मैं धड़ाफड़ाकर उठ बैठा। एक हाथ से गँड़ासा सँभालता हुआ कड़क आवाज में बोला—"कौन ?"

"तेरा बाप"—जवाब में वैसी ही आवाज आई—"मार साले को, लगा !"

भोलंटियरों को झकझोरकर जगाने का बखत नहीं था। मैं गँड़ासा लिए बाहर लपका। दस हाथ की दूरी पर दो काले-कलूटे आदमी दिखाई पड़े—दोनों दो ओर तैयार खड़े थे। "चोर-चोर" "चोऽऽऽऽऽऽऽऽर र ओ-ओ-ओ-ओ···" और "दौड़ोऽऽऽऽऽऽऽऽऽ र र ओ-ओ-ओ-ओ···" और "दौड़ोऽऽऽऽऽऽऽऽऽऽ" जोर-जोर से चिल्लाता हुआ मैं उनमें से एक की ओर दौड़ा तो दूसरे ने पीछे से मुझ पर मछली फँसाने वाला जाल फेंका। मैं उसी तरह हल्ला मचाता रहा। हाथ-पैर बुरी तरह जाल में उलझ गये थे, गँड़ासा बेकार था। इसके बाद मुझ पर लाठी के चार भरपूर वार पड़े गँड़ासा से जाल को जहाँ-तहाँ मैंने काट जरूर दिया था मगर उससे मुझे कोई मदद मिली हो सो बात नहीं।

इतने में मार की दूसरी दौड़ शुरू हुई। वे दो ही नहीं थे, उनके पीछे और भी कई आदमी थे जो पलानी के अन्दर घुस गये। इधर के एक मुँह से निकला—"बलचनमा, माफी मांग चल के मालिक के यहाँ !"

दूसरी आवाज आई—"ना-ना-ना, ऐसा मत कर ! चल के माफी माँगना ससुर मंजूर कर लेगा और पीछे निपत्ता हो जायेगा साला !"

मैंने कहा—"तुम्हारा मैंने क्या बिगाड़ा है ? तुम भी मेहनत-मजूरी करके पेट पालते हो और हम भी। जाल हटा लो, मुश्कें बाँधकर ले चलो

जहाँ ले च लना है…"

उन्हें शायद बोलना मना कर दिया गया। डील-डौल के काफी तगः और काला-भुजंग जवान थे। जाने क्या सोचकर मय जाल के मुझे बाँधने लगे। उनमें से एक का हाथ अपने मुह के करीब पाकर मैंने उसकी कलाई पर दाँत धँसा दिये। 'बाप-बाप' करता हुआ वह वहीं ऐंठकर गिर पड़ा, फिर भी मैंने उसकी कलाई नहीं छोड़ी।

जिन्दगी अनमोल चीज है भैया, मगर मौके की भी अपनी कीमत हुआ करती है। होती है कि नहीं होती है ? कहो कि होती है !

उस वक्त मौत को सामने देखकर घिरनी की तरह मेरा दिमाग नाच रहा था…बेटी, औरत, माँ गन्ने की खड़ी फसल, पलानी में सोये हुए भोलंटियर कि जिनके मुँहों में शायद कपड़े ठूँस दिये गये हैं और कमाने वाला खायेगा, इससे चलते जो कुछ हो…"धरती किसकी ? जोते-बोये उसकी !" किसान की आजादी आसमान से उतरकर नहीं आयेगी, वह परगट होगी नीचे—जुती धरती के भुरभुरे ढेलों को फोड़कर…बूढ़ा सीसम अब भी झुककर मेरा कपार चूम रहा है…

कि इतने में आसरम के पिछवाड़े से दौड़कर एक और आदमी आया, उसके हाथ में नेपाली खुखरी थी।

मैं बँधा था और जाल में सभी अंग उलझे हुए थे। हाँ, दाँतों से एक की कलाई को चाँपे हुए था।

पहले ने अब मेरे सिर पर जोर से लाठी मारी—एक नहीं, दो बार… मैं बेहोश होकर जमीन पर लुढ़क गया।

□□